O Comando Negro

Coleção *Suspense*

Títulos publicados:
O COMANDO NEGRO, de Álvaro Cardoso Gomes
OLHE OUTRA VEZ, de Lisa Scottoline

Álvaro Cardoso Gomes

O Comando Negro

EDITORA GLOBO

Copyright © 2009 by Editora Globo S.A.

Todos os direitos reservados. Nenhuma parte desta edição pode ser utilizada ou reproduzida — em qualquer meio ou forma, seja mecânico, ou eletrônico, fotocópia, gravação etc. — nem apropriada ou estocada em sistema de banco de dados, sem a expressa autorização da editora.

Texto fixado conforme as regras do novo Acordo Ortográfico da Língua Portuguesa (Decreto Legislativo nº 54, de 1995)

Preparação: Beatriz de Freitas
Revisão: Carmen T. S. Barbosa, Denis Araki
e André de Oliveira Lima
Capa: Andrea Vilela de Almeida
Imagem da capa: Lalo de Almeida / SambaPhoto

Dados Internacionais de Catalogação na Publicação (CIP)
(Câmara Brasileira do Livro, SP, Brasil)

Gomes, Álvaro Cardoso
O Comando Negro : Álvaro Cardoso
Gomes. -- São Paulo : Globo, 2009.

ISBN 978-85-250-4749-6

1. Ficção policial e de mistério (Literatura brasileira) I. Título.

09-07483   CDD-869.93

Índices para catálogo sistemático:
1. Ficção policial e de mistério : Literatura brasileira   869.93

Direitos de edição em língua portuguesa
adquiridos por Editora Globo S.A.
Av. Jaguaré, 1485 — 05346-902 — São Paulo, SP
www.globolivros.com.br

*Para a Eliane,
com o amor de sempre.*

I

CRUZEI O HALL DO MEU PRÉDIO, que parece a sala de um necrotério. Decorado, no chão e nas paredes, com um mármore cinza-escuro, no inverno costuma ficar mais frio que abraço de afogado. Excelente pra saúde dos porteiros, um depois do outro pegando resfriados, catarreira, pneumonia. Como sempre, o vigia da noite estava sentado à mesa, com a cabeça apoiada nos braços, roncando feito o escapamento de um carro velho. Segurei a respiração ao entrar no elevador, fedia que nem cachorro molhado. No meu andar, uma lâmpada de quarenta velas iluminava mal e mal o corredor. Melhor assim: ninguém via as paredes sujas, com o reboco caindo, os tacos soltos, a lixeira transbordando. Fui abrir a porta do apartamento e, já de cara, senti o típico odor do mundo em que os homens solitários vivem — um misto de mofo e restos de *fast food* entragando na pia. Parei junto do batente, sem vontade de acender a luz. Não queria ver o que sabia que ia ver: a sala com os móveis desconjuntados, a tevê que só funciona a tapas e pontapés, o sofá com o estofamento rasgado e cheio de corcovas, o pôster quase apagado com a paisagem de uma praia.

Pensei se não valia a pena dar meia-volta, pegar o elevador e ir no boteco do português beber umas e outras. Mas me sentia muito cansado, com uma baita vontade de dormir. Entrei e fui direto ao banheiro tomar uma ducha. A água fria caindo sobre a cabeça me aliviou um pouco do cansaço, mas também me deixou desperto. Saí do banheiro com uma toalha na cintura e fui me debruçar na janela. O céu carregado, os prédios escuros, as putas gritando, os bêbados berrando palavrões, a freada dos carros me deram a sensação de que as coisas continuavam na mesma, que o mundo continuava a girar, cagando e andando pra mim. Dei de ombros. Eu também cagava e andava pro mundo.

Deitei no sofá, mas, em vez de descansar, meu cérebro começou a trabalhar a toda. Ouvia meus pensamentos irem e virem, na maior bagunça, feito uma carreira de formigas bêbadas. Lembranças da confusão daquela noite, misturadas com umas coisas dolorosas que queria apagar da cabeça e não conseguia, me deixaram na fossa. Talvez uma talagada de uísque fosse a solução. Mas será que valia mesmo a pena? Beber sozinho àquela hora era uma coisa meio besta: ainda que tomasse um drinque, a vida continuaria a merda de sempre. Se bebesse algo diferente, como o álcool Zulu, nitroglicerina ou soda cáustica, quem sabe pudesse resolver meus problemas. Como não tinha nada disso, optei pelo uísque mesmo. Peguei uma garrafa de Ballantines já pela metade e me servi de uma dose cavalar. Bebi um gole, o uísque desceu sem muita vontade e acabou caindo no estômago com um baque. Mas, com o calor da bebida, meu coração, que parecia estar na ponta do sapato, retornou pro lugar de costume.

Liguei o som, e a voz de Nina Simone, cantando "Alone again", encheu o ambiente. Irene, sem ser convidada, entrou no apartamento. Ao contrário do que costumava fazer, não me sorriu, mostrando os dentinhos muito iguais, e nem mesmo disse "meu amor...". Apenas fechou os olhos azul-piscina e novamente morreu nos meus braços. Penso em Irene com uma dor muito funda. Não consigo mais chorar por ela. Perdi a capacidade de chorar. Meus olhos estão secos como um rio do Nordeste. Mas talvez fosse assim que Irene quisesse me ver, sofrendo com dureza, sem compaixão por mim ou por ela. A compaixão só vinha nos pesadelos, quando, sem me controlar, chorava, vendo outra vez Irene morrer diante de mim.

Bebo mais um gole. Convido Irene a sair do apartamento, e ela se vai silenciosamente. Pra esquecê-la, me forço então a pensar na confusão daquela noite. Os tiros, os gritos e o cheiro de sangue de novo me conduzem outra vez pelas ruas esburacadas de Engenheiro Marsilac, aquele fim do mundo da periferia de São Paulo.

***

Se Parelheiros fica onde judas perdeu as botas, Engenheiro Marsilac fica onde o próprio perdeu as meias. No ó do borogodó. A uns setenta quilômetros do centro de São Paulo, junto da reserva florestal do Curucutu, fazendo fronteira com Itanhaém, já na serra do Mar. Lá não tem hospital, creche, rede de esgoto, agência bancária. Marsilac é na verdade um rascunho de bairro, com a maioria das ruas de terra mal iluminadas, as casas de alvenaria sem acabamento, o lixo amontoando-se nas calçadas esburacadas, a água empoçada na sarjeta. No centro, bem na frente da igreja, touceiras de mato e árvores peladas imitam uma praça, rodeada por umas lojinhas vagabundas, botecos e uma padaria. O que mais existe por ali é mocó de malandro. Por isso, a bandidagem, que é dona desta terra sem lei, deita e rola no pedaço.

Por precaução, a gente tinha ido sem a viatura. Era mais fácil passar despercebido em Marsilac com meu Vectra todo arrebentado. A gente estava de campana numa ruazinha, onde o esgoto corria a céu aberto. Virando a esquina, a alguns metros, ficava a padaria, a Flor do Marsilac, onde uns vagabundos faziam a maior algazarra.

— Você não acha que a gente devia pedir reforço? — disse a Swellen, preocupada.

Reparei que a voz dela tremia. Isso às vezes acontece com um policial na primeira vez que entra numa ação de fato.

— Reforço? Quando eles chegarem aqui, esses porras já se mandaram — disse e, logo em seguida, completei pra tentar acalmá-la: — Mas não esquenta não, que a gente dá conta do recado.

Como não havia delegacia nem posto policial em Marsilac, a gente tinha vindo do Campo Grande pra atender a ocorrência. Fazia tempo que o bando de um tal de Neco vinha aprontando em Grajaú, Parelheiros, na Capela do Socorro, na zona sul. Mas ultimamente tinham começado a barbarizar no bairro deles mesmo. Até que, numa quinta-feira, lá pelas oito da noite, recebemos em nosso DP uma denúncia anônima de que o bando havia assaltado um posto de gasolina e um mercadinho em Marsilac, matando duas pessoas. E, depois de sair atirando pelas ruas, confiantes na impunidade, estavam festejando na padaria da praça. O doutor Ledesma, o delegado, me mandou investigar o caso. Como o Bellochio estava internado no hospital, tratando de uma pneumonia, a Swellen veio no lugar dele. Era nova no DP, e a gente saía junto pra enfrentar bandidos pela primeira vez. Nada contra a garota, por sinal, gente fina e muito gostosa. Mas, apesar dos seus predicados, preferia mesmo ter ali do meu lado o Bellochio.

Com certeza, não ia falar em reforço. Simplesmente, ia carregar a .12 e dizer:

— Vamos lá, *partner*. Vamos botar pra quebrar.

Gordo e baixinho, vestindo um ridículo chapéu de abas curtas, um casaco de couro preto e armado com sua inseparável Beretta 9 mm, ia comigo até o inferno. Disso eu podia ter certeza.

Antes de entrar na ruazinha para avaliar a situação, a gente havia passado pelo posto de gasolina. A estrutura quase toda enferrujada, os painéis ameaçando cair, imundo de barro e graxa, tinha só duas bombas, uma de gasolina e álcool e outra de diesel. Entre as bombas de gasolina havia um corpo, com um rombo no peito, deitado de costas numa poça de sangue. Me abaixei pra examinar o cadáver: era um garoto, ainda com espinhas na cara. Devia ter uns quinze, dezesseis anos. A seu lado havia uma marmita aberta, com um bocado de arroz e feijão e um pedacinho de carne, respingados de sangue. Uma alma caridosa tinha posto uma vela acesa do lado dele. Mas alma caridosa nenhuma teve coragem de contar o que tinha acontecido. Mas contar o quê, se eu já sabia a resposta? Quinze anos e morto por uns trocados ou talvez mesmo por nada, quando estava se preparando pra comer a janta.

— Um garoto... — disse a Swellen, penalizada e balançando a cabeça.

— Pois é... — murmurei, apontando pro enorme buraco no peito dele: — E morto com um tiro de uma .12...

Deixamos o posto e fomos até o mercadinho que ficava a poucos metros, subindo a ladeira. Estava todo bagunçado, com marcas de disparos nas paredes pintadas de verde e mercadoria jogada no chão. Me aproximei da vítima. Um homem pardo, barrigudo, de uns cinquenta anos, caído meio de lado, com a cabeça arrebentada por um tiro. Uma mulher, sentada junto do balcão encardido e cheio de moscas, chorava sem parar. Nas prateleiras, algumas latas de massa de tomate, pacotes de arroz, feijão e macarrão, garrafas de tubaína e de cachaça. Miséria. A caixa registradora estava aberta. A féria do dia. Quanto? Cinquenta, cem reais? Também ninguém quis dizer nada, mas, quando a gente estava saindo, a mulher, repentinamente, se levantou, veio até nós e ladrou da boca sem dentes:

— Na padaria, os filhos da puta!

Entramos no carro, dei a partida. Rodamos uns poucos metros, mas, antes de chegar na padaria, dobrei na primeira esquina e entramos na ruazinha escura que fedia a merda. Depois de perguntar se não era melhor pedir reforço, a Swellen voltou a falar, mostrando novamente preocupação:

— Você tem um plano?

— Mais ou menos... — resmunguei, enquanto me virava pra pegar a .12 no banco de trás.

— Como assim "mais ou menos"?

Verifiquei se a .12 estava carregada. Fiz o mesmo com meu .38 cano curto.

— Já conferiu sua arma? — perguntei em resposta, apontando na direção da automática no coldre do lado esquerdo da cintura dela. A Swellen era canhota.

— Você não respondeu à minha pergunta.

Fiquei com vontade de dizer que não gostava muito de perguntas. Mas senti pena da garota. Talvez fosse sua primeira ocorrência de verdade.

— Bem... — comecei a dizer.

E me calei, porque não sabia o que dizer. Ah, que saudade do Bellochio... Com ele, o sinal de ação era simplesmente pegar a .12 e sair do carro. O resto era com o diabo.

— Então...? — ela insistiu.

Talvez a Swellen estivesse esperando um minucioso plano de ação. Parecido com aqueles inúteis ensinados na Academia de Polícia. Sem pensar muito no que dizia, comecei a explicar:

— Contando com o fator surpresa, vamos até a porta da padaria, chegamos nos vagabundos... E depois...

— Depois...? — começou a perguntar, interessada no que viria depois do "depois".

Depois do "depois" não vinha nada. Disse:

— Me dá sua arma.

Ela me deu a .40. Examinei o carregador e enfiei a pistola na cintura junto com meu .38.

— E eu? — reclamou.

— Você fica com a .12 do lado de fora pra me dar cobertura.

E emendei, gozando:

— Você saber usar essa coisa, né?

— Claro que eu sei! — disse, indignada, destravando a punheteira.

"Só faltava você me acertar com isso", pensei e disse logo em seguida com a maior naturalidade, como se a gente estivesse se preparando pra ir numa festa:

— Entro na padaria, dou voz de prisão pros vagabundos. Se algum deles tentar fugir, você não hesita. Manda bala.

À fraca luz do poste, pude ver estampado no rosto da Swellen a maior incredulidade. Talvez estivesse achando que eu era um doido varrido. Se estava mesmo pensando nisso, tinha razão: eu era completamente doido.

— Mas você não pode... — começou a me dizer, mas logo se calou, ao perceber que eu não estava muito disposto a conversar.

Tempos atrás, numa situação como aquela, teria ficado tenso, mas, agora, estava frio que nem uma bola de sorvete. Pra acalmar a Swellen, dei um tapinha na mão dela e disse com segurança:

— Vamos lá, garota, não podemos perder o fator surpresa.

Saímos do carro andando bem devagar. Pra fingir naturalidade, pus a mão no ombro da Swellen, como se a gente fosse um casal de namorados. Ela estremeceu, mas continuou caminhando, levando a punheteira, em posição vertical, escondida pela perna esquerda. A Flor do Marsilac ficava no fim da ladeira, numa esquina da praça central do bairro. Do lado que a gente estava chegando, tinha uma porta dupla de uns dois metros de comprimento. No outro lado, havia uma porta simples. Ao ver três homens bebendo e fazendo batucada nas mesas de metal, que tinham sido ajuntadas, empurrei a Swellen, indicando que ela devia ficar bem na esquina, protegida pelo encontro das duas paredes. E, sem hesitar ou pensar no que ia fazer, entrei na padaria sacando ao mesmo tempo o revólver e a pistola, enquanto gritava:

— Polícia!

Os homens estremeceram e pararam de batucar. Tive certeza de que eram eles porque em cima de uma das mesas estava uma pistola .45 e, do lado, encostada numa cadeira, dava pra ver o cano de uma punheteira. Um careca zarolho, um mulato baixinho e um negro gordo, com a cara cortada por uma cicatriz, estremeceram e olharam fixamente pra mim. Era como se não acreditassem no que estavam vendo e escutando. Mas era verdade: um maluco estava ali com uma arma em cada mão. E pronto pra atirar no primeiro puto que se mexesse. A adrenalina correndo solta no sangue, pensei: "E agora?". Parecia que o tempo tinha congelado, que estava ali, parado, fazia um tempão. Nisso, escutei o barulho de uma porta se abrindo no fim do corredor, à minha direita. Com o canto do olho, vi um cara loiro saindo do banheiro e puxando o zíper da calça. Ele me olhou espantado e levou a mão até a cintura. Nem pensei duas vezes: girei rapidamente o braço direito e atirei com o .38. Escutei um berro, e a bagunça começou. O zarolho esticou a mão na direção da pistola, e o negão tentou alcançar a punheteira, mas tropeçou e caiu da cadeira. Atirei com a .40, arrancando a tampa da cabeça do zarolho. Pedaços de miolo e sangue espirraram pra cima e pros lados. Sem perda de tempo, avancei e chutei uma das mesas, derrubando as garrafas e os copos em cima do negão. O mulato baixinho saltou da cadeira e saiu correndo pela outra porta. Escutei a Swellen gritando "Parado, aí!" e, na sequência, um estrondo da punheteira. Fui até o negão, que tentava se livrar da cadeira e da mesa e já estava com a mão no cano da .12. Meti o bico do sapato na costela dele e gritei, apontando a pistola e o revólver.

— Nem tenta fazer isso, seu porra!

O negão, franzindo a cara de dor, olhou pra mim e ficou esperto, largando imediatamente a .12. Começou a tremer que nem uma galinha degolada e murmurou:

— Que é isso, amizade?

—Amizade, o caralho! Vira de costas, com as mãos pra trás.

Obedeceu depressa. Ajoelhei e algemei o negão. Só depois disso, fui conferir o resto do estrago. O zarolho estava caído de lado, numa poça de sangue, irreconhecível sem a tampa da cabeça. O loiro também já era: ajoelhado na porta do banheiro, com a cabeça entre as pernas, tinha uma das mãos ainda apoiada na coronha de uma .45. Empurrei o cara com o pé. O .38 tinha feito um belo estrago no peito dele. Catei as armas do chão. Saí da padaria e dei com a Swellen algemando o baixinho que não parava de gemer. A parceira tinha lhe acertado a bunda de raspão. O filho da puta ia ficar sem andar por muito tempo.

A Swellen se levantou. Estendi-lhe a mão:

— Bom serviço, parceira!

Disse isso com sinceridade. A Swellen não tinha amarelado. Um belo batismo de fogo.

— Mas você é louco! — disse com os lábios úmidos e os olhos brilhando. — Entrar sozinho lá dentro...

Percebi que a parceira estava ao mesmo tempo horrorizada e admirada.

— Sabia que podia contar com você... — disse, dando de ombros.

Telefonamos pro IC e pro IML. Depois que a perícia foi feita e o rabecão levou os cadáveres, voltamos pro DP pra fazer o BO. Foi aí que me baixou a maior fome. Peguei a Swellen pelo braço e disse:

— Que tal se a gente fosse comer alguma coisa?

Hesitou um pouco, mas acabou dizendo:

— Estou sem fome, mas te faço companhia.

2

A SWELLEN TINHA VINDO SUBSTITUIR o Morganti, um tira corrupto do nosso DP, que estava preso num presídio de segurança máxima em Sorocaba. Não demorou muito, logo se enturmou com o pessoal. Não só porque fosse muito gostosa, ainda mais num lugar onde, fora a dona Tina do café e da limpeza, só tinha homem. A Swellen, além de bem-humorada, estava sempre pronta pro que desse e viesse. Era uma parceira e tanto, mil vezes melhor que o canalha do Morganti. Devido a isso, gostei dela logo de cara e não escondia isso de ninguém. Mas, pro Bellochio, eu estava é interessado em comer a garota.

— E aí, *partner* — não se cansava de me perguntar —, quando é que vai papar a parceira?

Pro Bellochio, que exagerava nos seus juízos, eu era o rei dos galinhas. Mas, no presente momento, eu estava numa outra. Não vou dizer que não achava a Swellen um tesão. Muito pelo contrário, era uma mulher e tanto. Mulata, cabelos pretos anelados, olhos verdes, lábios cheios, tinha, ainda por cima, uns peitos, uma bunda e umas coxas que Deus me livre. Devia ser uma coisa na cama! Mas, ultimamente, eu andava murcho, sem vontade de sair com ninguém. Depois que Irene morreu, parecia que tinha perdido o interesse pelas mulheres, deixando de ser um predador. Se, antes, ia ficar maluco com a proximidade de uma garota como a Swellen, agora, sinceramente, pensava nela mais como parceira do que como uma possível presa. Pra não desiludir o Bellochio, desconversava e dizia:

— Calma, parceiro, calma, ainda tem tempo.

— Tempo, *partner*? — rebatia com malícia. — Se ficar bobeando, um outro passa a mão nela. O doutor Ledesma mesmo não tira os olhos da Swellen.

Comecei a rir, porque sabia que a última pessoa do mundo com quem a Swellen ia sair era o mala do delegado. Ridículo, com o cabelo tingido de preto-pena-de-urubu, um prendedor de gravata com a cabeça de um cavalo, as unhas pintadas de esmalte incolor. Quase babava quando via a garota. Chamava ela a toda hora na sala dele e, pra impressionar, ficava contando lorota. Um dia, a Swellen comentou, aborrecida:

— Que homem mais seboso. Parece um polvo. Fica com aquela mão boba querendo me apalpar.

— Processa ele por assédio sexual — gozei.

— Eu, hein! Deixa pra lá, não passa de um coitado — deu uma risada.

— É um coitado mesmo. Também casado com aquela mocreia... — eu disse.

Muito curiosa, a Swellen quis saber de detalhes:

— Ah, me contem. Como é a mulher do doutor Ledesma?

— Tem uma queixada... — comentou o Bellochio, se retorcendo de rir.

— Bem, como o doutor Ledesma gosta mesmo de cavalos — rebateu a Swellen —, então, fez bem em escolher uma égua pra casar.

Não demorou muito, e a gente já era inseparável, almoçando juntos, bebendo umas e outras depois do expediente. E, nesse último quesito, a parceira não fazia feio. Não me lembro dela ter ido embora de um boteco baqueada, depois de umas cervejas. Até que, numa sexta, o Bellochio acabou convidando a Swellen pra almoçar na casa dele, no domingo:

— É comidinha simples, não vai reparar.

— Comidinha simples? Não vai nessa conversa, Swellen. Pode se preparar pra um banquete — interrompi o Bellochio, que, ao convidar alguém pra comer na casa dele, sempre fazia esse tipo de comentário sobre a comida.

— Exagero do Medeiros, menina. É o trivial mesmo. E, se quiser levar algum amigo, pode levar...

Logo que a Swellen se afastou, o Bellochio me deu uma cotovelada.

— Que tesão, hein? — disse, passando a mão pela boca. — Se eu pegasse uma coisinha dessas...

Como sabia que nunca ia pegar uma coisinha dessas, concentrava as esperanças em mim:

— Aproveita que ela vai lá em casa no domingo. Se não aparecer com nenhum "amigo" do lado, você já pula em cima.

O Bellochio, a Conceição e os filhos deles, o Júnior e a Gilda, são a família que não tenho em São Paulo. Quase todos os domingos almoço com eles. A comida é farta, e a bebida, idem. A gente se diverte bastante, comendo, bebendo e jogando conversa fora até a noite. Na verdade, o Bellochio é meio reservado. Se ele se dá bem com o pessoal do DP, não gosta de muita intimidade. Fora eu, raramente convida um colega pra ir na casa dele. O fato, portanto, de ter convidado a Swellen pra almoçar no domingo é porque tinha gostado mesmo dela. Sem contar que talvez estivesse querendo me ajudar, preparando o terreno pro meu assédio. Mas, mesmo com a Swellen aparecendo "sem um amigo" na casa dele, isso não aconteceu.

A Conceição, que me adora, está sempre à cata de uma mulher pra mim. Quando apareço no domingo, vem me falar de possíveis pretendentes, boas em costura e fogão, geralmente feiosas. Naquele domingo, ao conhecer a Swellen, caprichou nas insinuações. Uma hora mesmo, quando fui até a cozinha, me pegou pelo braço e disse, entusiasmada:

— Mas que gracinha a Swellen, Medeiros!

O Bellochio, que vinha logo atrás, exclamou:

— Gracinha? Bota graça nisso, Ceição! Um tesão de mulher!

— Você só pensa nisso! — rebateu. — O Medeiros precisa de uma esposa, não de uma amante!

— Esposa ou não, não vai querer casar com um tribufu.

— Beleza não põe a mesa — disse a Conceição, invocada.

— Muito menos feiura — e o Bellochio caía na gargalhada.

Eu ficava de lado, só observando aqueles dois tentando me arrumar mulher... Mas não estava a fim de arrumar mulher. Durante o almoço — que teve uma lasanha quatro queijos e bracholas — me comportei, não fazendo nenhuma insinuação pra Swellen. À noite, quando já me preparava pra ir embora, o Bellochio me pegou pelo braço e disse, como se tivesse ficado decepcionado com a minha performance:

— Pô, cara, parece que ela não tem namorado, e você nem aí. Naquela hora que a gente subiu, pensei que fosse dar um cato na garota. Entro depois na sala e vejo vocês só conversando numa boa!

Com efeito, depois da sobremesa, o Bellochio, a Conceição e os filhos, discretamente, que nem um bando de hipopótamos, tinham se retirado, subindo as escadas.

— Fiquem à vontade. Vamos até lá em cima ver umas coisas... — disse a Conceição, sorrindo amavelmente para nós.

E, pra finalizar, o Bellochio ainda deu uma piscada. Só faltou dizer "Se quiserem trepar aí no sofá, tudo bem, que a gente demora o tempo suficiente".

A Swellen não me pareceu constrangida em ficar sozinha comigo, mas também não pareceu que quisesse que eu fosse pra cima dela. Mas, pra ser sincero, não estava mesmo com a mínima vontade de fazer isso. Aproveitamos então pra conversar. Ela me contou que era do interior, de Rio Claro, que tinha vindo estudar Direito em São Paulo e que adorava o que fazia. Sua maior ambição era prestar concurso pra delegado ou juiz. Por minha vez, contei-lhe alguns casos, que ouviu com muita atenção. Depois, me pediu que falasse um pouco sobre minha última investigação, que tinha envolvido um deputado federal, acusado do assassinato de um travesti. Eu não queria falar muito sobre isso, porque aquele caso me trazia lembranças dolorosas, mas fui em frente e contei alguns detalhes da operação: como, depois de muito investigar, havia conseguido descobrir a identidade da vítima e como havia descartado falsas pistas até chegar no deputado.

— Você foi brilhante, parceiro — disse, balançando a cabeça. — Admiro sua coragem. Mexer com gente desse tipo, com muito dinheiro, não é nada fácil.

— Não é mesmo. Recebi pressões de todo tipo.

— Fiquei sabendo que o deputado até quis te subornar.

Dei de ombros, como se a tentativa de suborno de um investigador fosse a coisa mais natural do mundo:

— Ah, isso sempre acontece.

— Meio milhão de dólares! — exclamou. — Não é qualquer um que...

— Você, por exemplo — cortei a fala dela e perguntei desafiadoramente: — No meu lugar, teria aceitado a grana?

— Mas é claro que não! — rebateu, indignada.

Refleti um pouco e depois disse:

— O Bellochio seria outro que não teria aceitado. Então, pode ver que não fiz nada de mais.

— É fácil falar assim. Meio milhão de dólares! E você teve coragem de recusar! — tornou a dizer. — Francamente, Medeiros, não é qualquer um que tem o peito que você teve.

— Pode ser...

— O investigador que substituí aqui no DP se deixou subornar facilmente. Você, não...

Dei novamente de ombros e disse com sinceridade:

— Fiz o que achei melhor fazer naquela hora. Mas não vai pensar que sou um santo como está me pintando.

A Swellen deu uma gargalhada:

— Se quer saber, detesto santos. Gosto mesmo de gente de carne e osso, de pecadores como você.

Naquele domingo, voltei pra casa pensando que a Swellen era uma mulher e tanto e que talvez valesse mesmo uma investida. Mas não no presente momento. Agora, no meu coração, havia um vazio que não podia ser preenchido por ninguém, por nada. A lembrança de Irene ainda era muito forte dentro de mim. Sair com uma mulher, mesmo que fosse só pra transar, era como se a estivesse traindo. Sei que isso é uma coisa ridícula. Mas era o que estava sentindo. Por isso, quando voltava pro apartamento, só me restava entrar, encher a cara e dormir um sono sem sonhos. Não queria que Irene viesse do meio dos mortos pra dizer que me amava. Porque eu a amava mais do que nunca e o que mais queria era estar junto dela, mesmo que fosse no inferno. Mas isso não acontecia: no dia seguinte, acordava sozinho, com a certeza de que Irene tinha partido. Pra nunca mais.

***

Na noite quase madrugada da ocorrência em Marsilac, fui com a Swellen no Flamingo, uma churrascaria na Interlagos, onde fazem uma picanha de primeira. Você mesmo escolhe a peça, e o garçom assa a carne num braseiro ao lado da mesa. A picanha fica saborosa e não tem tempo de esfriar e perder o gosto. Pedi também uma caipirinha dupla de vodca e uma cerveja.

— E você? — perguntei pra Swellen.

— Pra mim, uma tônica diet, com limão e gelo.
— Ué, não vai beber?
— Pedi uma tônica...
— Estou falando de *bebida*, garota.
Ela deu uma risada.
— Não gosto de beber quando estou de plantão.
Dei de ombros.
— Agora, a gente não está de plantão.
— Não acho... — e completou com malícia: — Mas pode deixar, que não vou te dedar pro chefe.
— Me dedar pro mala? O filho da puta já sabe que bebo em serviço.
— E ele não fala nada? — perguntou, espantada.
— O doutor Ledesma quer que o mundo termine num barranco. Se você não trouxer problema pra ele...
Quando a picanha chegou, acompanhada de farofa e vinagrete, insisti:
— Não vai querer mesmo?
Swellen balançou a cabeça, franziu a testa e disse:
— Posso te perguntar uma coisa sem ofender?
— Pode, sou difícil de ofender — disse, cortando um pedaço de carne e enfiando na boca.
— Como é que pode comer assim, depois do que aconteceu?
— Depois do que aconteceu? Mas me diga uma coisa: o que aconteceu de tão extraordinário assim que eu não pudesse comer uma picanha?
— Bem... Você sabe muito bem o que aconteceu: o garoto assassinado, o tiroteio, aquela sangueira toda...
— Ah — respondi, fazendo um gesto com o garfo. — A gente se acostuma. E, no meu caso, até aumenta o apetite.

— Questão de gosto. Se quer saber, só de olhar você mastigando a picanha me revira o estômago.

— Um dia, você acostuma, querida.

Ficamos em silêncio, eu, comendo a picanha, e a Swellen bebericando a tônica diet. Mas, de vez em quando, olhava pra mim, como se quisesse me dizer mais alguma coisa. Fiz sinal ao garçom, pedindo outra cerveja, e disse:

— Diga...

— Ahn? Dizer o quê?

— Ué, o que você está querendo dizer.

Hesitou um pouco, pra depois perguntar meio sem graça:

— Você é casado?

Levantei a cabeça e rebati:

— Por que está me perguntando isso?

— Se achar que sou indiscreta, não precisa responder.

Abaixei a cabeça, me servi de mais um pedaço de picanha e disse simplesmente:

— Fui.

— Tem namorada?

Mas que garota mais curiosa. Aonde queria chegar, afinal? Fui outra vez lacônico na resposta:

— Não.

— Vou te dizer uma coisa, mas não quero que pense que estou tentando seduzir você...

— Por que não? — perguntei, dando uma risada. — Afinal, acho que não sou de jogar fora.

A Swellen desconsiderou a gozação e disse seriamente:

— O que eu ia dizer é que você... — hesitou um pouco e depois continuou: — Bem, você é um homem muito atraente... Gosto da tua coragem, da tua franqueza, da tua sinceridade. Se tem uma coisa que detesto nas pessoas é a falsidade... Você é diferente... Por isso que não posso entender como pode estar sozinho.

Desconversei:

— Você ainda não respondeu à minha pergunta. Por que não quer que eu pense que está tentando me seduzir?

— Mas não estou mesmo. Gosto de você, te acho atraente, mas estou numa outra.

— O que quer dizer com "estou numa outra"? Por acaso é casada, tem namorado?

Ela me pareceu constrangida, tanto que ficou em silêncio por algum tempo. Finalmente, disse meio sem graça:

— Mais ou menos isso.

— É casada ou tem namorado?

— Nem uma coisa nem outra.

Fiquei perplexo com a resposta e, pensando que estivesse me gozando, protestei:

— Essa eu não entendi.

A Swellen hesitou novamente, mas acabou por me dizer, pesando muito bem as palavras:

— O pessoal do DP é muito fofoqueiro. Por isso, te aviso que o que vou contar é confidencial. Gostaria que só ficasse entre nós...

— Se é assim, não precisa me contar nada.

— Como disse, gosto de você, confio em você, por isso, faço questão de contar.

A Swellen respirou fundo e disse rapidamente:

— Acontece que vivo com uma garota.

E completou, dando um belo de um sorriso:

— Mas, se fosse ter um caso com um homem, consideraria muito você... Se você me quisesse, é claro...

Que desperdício, pensei comigo mesmo, mas não disse isso, porque ia ser estúpido.

— Obrigado pela deferência — comecei a rir e disse outra coisa também estúpida: — É uma pena. Me avisa quando mudar de lado.

Deu uma gargalhada, mostrando os dentes perfeitos:

— Mudar de lado, essa é boa. Mas não acredito que isso aconteça. É minha opção de vida e, depois, se quer saber, estou apaixonada pela Sílvia.

Ao ouvir a Swellen usar a palavra "apaixonada", senti um aperto no coração, e Irene mais uma vez veio sem ser convidada. Franzi o rosto e abaixei a cabeça. A Swellen notou isso no ato e perguntou:

— O que foi, Medeiros? Te ofendi com alguma coisa?

— Nada, não.

Ficamos em silêncio. Depois de alguns minutos, ela disse:

— Bem, se não quiser contar, não conta. Não quero ser intrometida.

Por que não contava? Afinal, não gostava da Swellen, não a considerava minha amiga? E ela não tinha me contado uma coisa tão íntima? Talvez contar me fizesse bem.

— Umas coisas que aconteceram comigo... — comecei a dizer.

A Swellen pegou a garrafa de cerveja e perguntou:

— Posso?

— Claro — disse, fazendo sinal ao garçom pra trazer outra garrafa.

Ela se serviu, bebeu um gole e disse:

— Se quiser me contar, tenho o maior prazer em te escutar.

Respirei fundo.

— Quando contei sobre o caso do deputado, não te contei tudo.

— Por exemplo?

Fiz uma pequena pausa, pra depois dizer:

— Que acabei me apaixonando pela filha dele.

Swellen franziu o rosto e disse, penalizada:

— Soube que ela foi morta na ação... Com um tiro dado pelo próprio pai...

— Na verdade, o deputado matou a filha acidentalmente. Quis me acertar e errou o tiro. Antes não tivesse errado...

— Sinto muito, Medeiros. Sinceramente, sinto muito.

E, revolvendo aquela história dolorosa, contei em detalhes como Irene tinha vindo preencher o vazio da minha vida. E, sem que conseguisse me conter, disse pra Swellen uma coisa que não tinha contado pra ninguém, nem pro Bellochio, meu maior amigo:

— Sinto uma falta absurda dela.

Virei o rosto repentinamente, olhando pro movimento da avenida. Um bêbado cantava, agarrado a um poste, um ônibus passava bem devagar, jogando fumaça preta pra cima, seguido de um táxi com o escapamento arrebentado e fazendo muito barulho. "Irene, Irene", murmurei, sufocado de dor. Estava tão imerso em minhas recordações que estremeci quando a Swellen pegou na minha mão e disse, emocionada:

— Medeiros, você pode contar comigo pro que der e vier.

Me voltei pra Swellen. Reparei que os olhos dela estavam úmidos. Reuni as forças que me restaram e disse, dando de ombros:

— É a vida, né? Que que posso fazer?

Pedi a conta e saímos. Ao entrar no carro, a Swellen me abraçou e disse:

— É sincero aquilo que eu disse. Se precisar, pode contar mesmo comigo.

Nisso, o banco onde a Swellen se encontrava sentada cedeu e, com um grito, ela caiu de costas com as pernas pro ar.

— Merda! — disse, me segurando pra não rir e puxando-a pelo braço. — Você se machucou?

— Não foi nada, só o susto.

O banco, como, aliás, tudo em meu Vectra, estava em petição de miséria. O escapamento se arrastando pelo chão, os pneus carecas, a ferrugem comendo a lataria, o motor vazando óleo. Arrumei o banco como pude e, antes de ligar o carro, deixei a Swellen prevenida:

— Seria bom que você não se apoiasse muito nesse encosto...

Chegando no DP, a gente se despediu.

— Até mais ver, parceiro — ela me beijou no rosto.

— Até mais ver. E obrigado pela companhia — disse, retribuindo o beijo.

Entrei no carro, girei a chave no contato, mas fiquei parado no estacionamento com o motor ligado. Alguma coisa me dizia que, se bobeasse, ia começar a chorar ali mesmo, feito um idiota. Apertei o volante com força, até minhas mãos doerem, tentando sufocar o que me atormentava. Rangi os dentes, respirei fundo e só depois disso é que saí do pátio do DP, cantando os pneus e berrando: — Caralho! Porra! Merda!

3

NA SEXTA-FEIRA, ACORDEI gritando e saltando assustado da cama. Era como se saísse de um túmulo. Minha garganta estava ressecada, e eu sentia um pouco de dor de cabeça. Para meu sofrimento, Irene, outra vez, tinha vindo me visitar. Um fio de luz, escapando da cortina, me cortou o rosto, enterrando agulhas no fundo dos meus olhos. Voltei a deitar e enfiei a cabeça debaixo do travesseiro. De repente, a porta se abriu com força, batendo contra a parede, e a Bete entrou, puxando o aspirador de pó e exclamando:

— Bom dia, seu Douglas!

Ligou aquela máquina infernal e começou a limpar o quarto. Neguinha filha da puta! Se meu revólver estivesse à mão, juro que atirava no aspirador de pó.

— Sabe, seu Douglas — começou a berrar, por causa da barulheira —, a dona Alice anda muito triste...

A Alice é minha ex-mulher. Depois que a gente se separou, contratou a Bete pra "tomar conta" de mim. Mas, do meu ponto de vista, a Alice quis se aproveitar disso pra me vigiar, pra controlar minha vida. Mesmo depois que se envolveu com o nojento do Morganti. E, assim, ainda que não quisesse saber da Alice, era obrigado a saber. A neguinha não perdia a oportunidade de me deixar a par da vida de minha ex-mulher e vice-versa. Enfiei a cara mais fundo debaixo do travesseiro. Não queria papo. Mas a neguinha não desistia:

— Depois que seu Morganti foi preso, ela não ficou um dia sem chorar...

E eu com isso? — fiquei com vontade de dizer, mas não disse.

— Ela fala que foi por culpa do senhor, que o senhor armou pra cima do seu Morganti.

Continuava a falar sempre aos berros. Minha cabeça martelava de dor. Levantei pra tomar uma aspirina. Só de cuecas, mas a Bete não é de ficar constrangida com isso. Quantas e quantas vezes já não me pegou pelado no banheiro ou sentado no trono.

Na cozinha, fiz um café bem forte que tomei com duas aspirinas. Ela, atrás de mim. Pelo menos, com o maldito aspirador desligado. Um dia, juro por Deus, ainda jogava aquela merda pela janela.

— Não custava nada o senhor ligar pra dona Alice. Ela chora o dia inteiro, diz que o senhor é ingrato, que o senhor...

Como não dissesse nada, perguntou:

— O que foi, seu Douglas? O gato comeu a língua do senhor?

Meus olhos, que pareciam ter cicatrizado, se abriram, afinal. Foi aí que reparei na aparência da Bete. Estava engraçada com o cabelo de trancinhas, enfeitadas com bolinhas coloridas. Comecei a rir.

— O que foi? — perguntou de novo a Bete, pondo as mãos na cintura. — Tá bestando, seu Douglas?

— O que foi que fez com teu cabelo?

— Agora o senhor vai implicar com meu cabelo? É ratasfari.

— Rastafári, você quer dizer...

— Ih, também vai ficar corrigindo o português?! Sei que sou ignorante... — disse, fechando a cara.

O dia começava mal: o buraco negro do sonho, o aspirador de pó, o mau humor da Bete. Mas talvez quem estivesse de mau humor fosse eu mesmo. Dei um suspiro e tentei abraçar a neguinha:

— Não fica brava, não, minha querida.

— Que é isso, seu Douglas? Tá pensando que sou dessas vagabundas que pega na rua?

Aproveitei pra lhe dar um beijo na bochecha e disse:
— Bete, você é a paixão da minha vida.
— Deixa de ser enxerido! Homem é tudo falsidade, seu Douglas — procurou se desvencilhar de mim, mas sem fazer muita força. Em seguida, tornou a ligar o aspirador e, como se não tivesse ficado brava comigo, voltou a aspirar a sala, sempre falando pelos cotovelos: — A dona Alice acha que o senhor tem muita explicação pra dar pra ela. Custava nada telefonar. Se não fosse o senhor, o seu Morganti não estava na cadeia...

Se não fosse eu... Com efeito, tinha sido o responsável direto pela descoberta do envolvimento do Morganti com o deputado e pela prisão dele. Mas não tinha explicação nenhuma pra dar pra Alice. Queria é que ela se danasse. Ela que tomasse mais cuidado com os homens que escolhia. É claro que não disse nada disso pra neguinha e nem mesmo pensei em telefonar pra Alice. Não sentia vontade nenhuma de recomeçar uma relação estúpida. Alice era uma página virada na minha vida, ainda que fosse um tesão de mulher. Pelo menos, achava isso quando ela era minha esposa. Mas seria um doido se pensasse numa reconciliação. O preço era alto demais, além de que sabia que era impossível amar duas vezes a mesma mulher.

***

Cheguei no DP quase na hora do almoço e já me vieram dizer que o doutor Ledesma queria falar comigo. Fui até a mesa da Swellen, que parecia muito atarefada redigindo o relatório. Dando-lhe um beijo, sentei numa cadeira a seu lado.
— Oi, parceiro. Caiu da cama?
— Por quê? Minha cara está tão amassada assim?

— Põe amassada nisso — deu um sorriso e voltou a escrever o relatório.

Apontei na direção da sala do doutor Ledesma.

— O que será que o mala quer comigo?

— Sei lá, talvez saber por sua boca da ocorrência de ontem.

Dei de ombros:

— Ele nunca se incomoda com isso. Dá uma espiada no relatório, assina e continua a ver as peladas da *Playboy*. Deve ser outra coisa.

— Só sei que ele ficou te procurando a manhã inteira. Vai ver que é porque você não estava aqui no DP no horário.

— Também acho que não é por isso — suspirei e disse, me levantando: — Mas vamos ver o que ele tem pra estragar ainda mais o meu dia.

Bati na porta, o doutor Ledesma gritou "entra". Pra minha surpresa, em vez de fingir que trabalhava, mexendo numa pilha de papéis inúteis, me esperava com um ar bem sério. Até o busto do cavalo de bronze, que fica do lado dele, estava com a cara fechada naquela manhã. Se, pelo menos, o bicho me sorrisse um pouco, talvez ficasse um pouco mais tranquilo.

— Sente-se — disse de um modo seco, indicando a cadeira na frente da mesa.

Será que o doutor Ledesma estava mesmo invocado com meus atrasos? Nos últimos tempos, a verdade era que andava meio relaxado. Por isso, comecei a dar umas explicações esfarrapadas:

— O senhor desculpe, mas tive uns problemas...

Fez um gesto com a mão em que brilhava, num anel de ouro, uma pedra vermelha quase do tamanho de um ovo de codorna.

— Você ainda não deu o retorno pro doutor Videira? — perguntou, aborrecido.

— Doutor Videira...? — "Mas que porra de doutor Videira?", pensei comigo mesmo.

O doutor Ledesma parecia impaciente. Mas não era por isso que ia me esforçar pra me lembrar do tal do doutor Videira.

— O doutor Videira! Não se lembra de quando ele veio aqui com aquele delegado de classe especial do DEIC, o doutor Fragelli? Na festa do Bellochio?

Uma luz se acendeu dentro da minha cabeça. Me lembrei, então, de que, no dia em que o Bellochio foi homenageado no DP, depois de se recuperar do tiro dado pelo Morganti, realmente eu havia sido apresentado a um tal de doutor Videira. Era um cara meio vaselina, muito bem vestido, com os cabelos presos por gel. Apesar do sujeito ter procurado me agradar, não tinha ido com a cara dele.

— Ah, me recordo... — disse por fim.

O doutor Ledesma tamborilou com os dedos sobre a mesa e perguntou:

— Por que não telefonou pra ele?

— Sei lá, não achei que fosse importante.

O doutor Ledesma balançou a cabeça e disse, franzindo a testa:

— Claro que era importante! Não se lembra de que ele veio recomendado pelo Fragelli? Pois trate de telefonar imediatamente pro doutor Videira!

— Só isso? — perguntei, sem conseguir esconder a irritação.

— Não. Tem outra coisa — disse o doutor Ledesma. — Você liga pro doutor Videira ainda hoje, marca um encontro logo pra próxima segunda. Depois de falar com ele, quero que vá até o DEIC, onde você foi convocado pra participar de uma reunião no fim da tarde.

Reunião no DEIC? Tinha coisa. Eu sabia, ia sobrar pra mim. O lixeiro preferido do 113º DP.

— Queria lembrar a você que tudo isso é muito sigiloso. Peço encarecidamente que não conte a ninguém o teor desta conversa e das outras que seguirão — ainda se lembrou de me advertir.

Acenei com a cabeça. O que mais podia fazer senão concordar? Levantei, saí da sala dele muito aborrecido. Dei um encontrão na Swellen, que vinha com o relatório.

— Não era coisa boa, né? — disse, interpretando minha cara fechada.

— Nem sei o que é, mas desconfio que não seja coisa boa.

— Se você quiser, no almoço, conversamos.

— Sinto muito, mas vou dar uma passadinha na casa do Bellochio pra ver como ele está.

— Diga pro Belo que mandei um beijo.

O Bellochio havia saído do hospital mas ainda estava de repouso, se recuperando da pneumonia. Como a casa dele era bem perto, na rua Sócrates, fui a pé. Segui pela Sabará, caminhando bem devagar, mas minha cabeça ia a mil. O que será que o vaselina do doutor Videira queria comigo? E depois tinha ainda aquela reunião no DEIC. Talvez conversando com o Bellochio pudesse esclarecer um pouco a coisa.

Estava com fome quando cheguei na casa do parceiro. Certamente já tinham almoçado, mas sempre havia um bife ou outra coisa qualquer pra mim. Nunca que a Conceição ia me deixar na mão.

— E então, como vai nosso paciente? — perguntei, dando um beijo nela.

— Teimoso — disse, irritada. — Não segue a dieta de jeito nenhum! Imagina que queria que eu fizesse uma chuleta com dois ovos em vez da canjinha! E acompanhada de vinho. O doutor Moura foi muito claro. Esse homem ainda vai morrer enfartado!

Ela me mandou subir, enquanto ia pra cozinha preparar uma "coisinha" pra eu comer. Encontrei o Bellochio com uma cara de poucos amigos.

— E aí, parceiro? Qual a tua?

Muito furioso, disse de enfiada:

— Qual a minha? A de um fodido! Três dias naquele hospital de merda, comendo merda, cuidado por um bando de tribufu, volto pra casa, e a patroa entra na porra do doutor, querendo que continue comendo merda!

Dei de ombros e disse, conciliador:

— Você está se recuperando, parceiro...

Me olhou espantado e disse com tristeza:

— Até você, *partner*?

De repente, mudou a expressão do rosto e, levantando o corpo da cama, sussurrou:

— Você é capaz de ir até o bar e pegar uma garrafa de Periquita sem a bruxa perceber?

Hesitei um pouco, e ele completou:

— Uma gotinha, *partner*. Pelo amor de Deus! Faz uma semana que não sei o que é uma pinguinha...

Fiquei com pena dele. Afinal, que prejuízo podia causar uma taça de vinho? Desci a escada pé ante pé e, procurando não chamar a atenção da Conceição, que estava atarefada na cozinha, abri o bar e peguei o Periquita, duas taças e o abridor. Subi de volta com a garrafa. Ansioso, o Bellochio segredou:

— Vamos logo, antes que a bruxa volte.

Sentei numa cadeira do lado da cama, abri o vinho e servi nas taças. Justo nesse momento, para nosso azar, a Conceição entrou com uma bandeja, em que havia um prato com um bife imenso, afogado em molho, cebolas, pedaços de tomate, rodelas de paio. Ao surpreender a gente com as taças na mão, parou na soleira da porta e bradou, cheia de fúria:

— Mas onde estamos?! Você, Bellochio, não tem o mínimo juízo?!

— Querida, você não entendeu... Eu... Eu... — começou a dizer, apavorado.

— Entendi muito bem! Nem saiu do hospital e já está na esbórnia! E a besta aqui que se mate! Você ainda vai me deixar viúva.

Procurei consertar, atraindo pra mim a fúria da Conceição:

— A culpa foi minha. Eu que trouxe o vinho.

Me olhou desconfiada.

— Não vi nenhum vinho quando você entrou!

— Mas é claro que eu tinha trazido o vinho! Você é que não reparou.

A Conceição resmungou, mas acabou se acalmando e me dizendo ainda um pouco ressabiada:

— Você também não tem juízo. Sabe que o Bellochio teve uma pneumonia...

— Por isso mesmo, Conceição. Um amigo meu que é médico disse que uma tacinha até faz bem pro coração.

O Bellochio, muito afobado, veio em meu socorro:

— Pois é... O doutor Salim, sabe, Ceição, aquele médico que me examinou no fim... o bigodudo... disse a mesma coisa no hospital.

— Você aí fica calado — voltou a resmungar a Conceição, pra depois completar: — Mas só uma taça, Medeiros!

Deixou o quarto. O rosto do Bellochio se iluminou. De uma só virada, engoliu o vinho. E disse, enquanto estendia a taça:

— Você me salvou, *partner*. Vamos, mais um gole desta delícia!

Hesitei um pouco antes de servir.

— Porra, larga de ser regulado — o Bellochio reclamou.

Enchi a taça e disse:

— Você é que sabe, você é de maior...

Comecei a comer. Como sempre, o bife estava muito bom. De repente, dei com o Bellochio quase babando, com o olhar fixo no meu prato. Fiquei com dó e disse:

— Vai um naco?

— Claro que vai! — respondeu, avançando a cabeça.

Servi o Bellochio com o meu garfo mesmo, e ele foi devorando o imenso bife. Era divertido ver o parceiro comendo. Parecia que tinha diante de si o último pedaço de carne da vida. Quando acabou de limpar o prato, arrotou ruidosamente e disse, parecendo satisfeito:

— Isso que é comida, e não aquelas merdas do hospital.

Bebemos o resto do vinho. O Bellochio falava sem parar, mas eu não prestava a mínima atenção no que ele dizia. Estava pensando no que o doutor Ledesma tinha me mandado fazer.

— E, então, o que você acha disso? Tenho ou não tenho razão? — o Bellochio me perguntou de repente.

Fiquei sem resposta, porque não tinha escutado nada do que ele dizia. Pra não dar um fora, apenas murmurei:

— Bem, depende... Você...

— Como depende? — disse, irritado. — Depende porra nenhuma! Acho que você nem prestou atenção no que eu disse.

Contava ou não contava o que estava me preocupando? O doutor Ledesma tinha me alertado que o caso era sigiloso. Mas o Bellochio era meu amigo do peito.

— Desculpa, parceiro, mas estou preocupado com umas coisas.

— Preocupado com o quê? — abriu um sorriso e continuou: — Xereca nova no pedaço?

— Antes fosse... — disse, dando um suspiro, pra depois resumir a conversa com o doutor Ledesma.

— Você tem razão em ficar preocupado — disse o Bellochio. — Esse negócio cheira mal. Você sabe muito bem que o mala está pensando em se candidatar no ano que vem. Por isso quer agradar o tal do doutor Videira, que deve estar metido em algum rolo...

— E toca pro lixeiro aqui limpar a bunda do cara...

— Com certeza. Deve ter pintado alguma sujeira pro lado do homem, e você foi escalado pra resolver.

O Bellochio refletiu um pouco e depois disse:

— Mas, se quer saber, o que me encuca é esta sua ida até o DEIC... — me olhou desconfiado e continuou: — Por acaso você andou aprontando alguma, *partner*?

— Aprontar? Só o de costume.

Contei rapidamente sobre a ação em Marsilac.

— Eu queria estar lá pra ver — disse, entusiasmado. — Como sempre, você tem o dedo leve. Com esses porras dos direitos humanos cantando de galo por aí, vai ver que estão te preparando uma advertência, uma suspensão.

— Pode ser...

Voltou a me olhar desconfiado:

— A menos que você tenha aprontado uma coisa diferente...

— Mas que coisa, Bellochio? — perguntei, já irritado.

A cara dele voltou a se iluminar com um sorriso.

— Será que não te pegaram comendo a Swellen no DP?

O Bellochio deu uma gargalhada. Comecei a rir também e ri, até chorar, quando ele veio com essa:

— Porra, *partner*, com tanto motel por aí, você foi papar a parceira no sofá da sala do Ledesma e, ainda por cima, limpou o pau na cortina!

Saí da casa do Bellochio e voltei pro DP. Como um menino bem-comportado, obedeci ao doutor Ledesma e telefonei pro doutor Videira, marcando um encontro pra segunda, às duas da tarde.

4

O ESCRITÓRIO DO DOUTOR VIDEIRA fica na rua Iguatemi, pros lados da Faria Lima, no Itaim Bibi. E lá estava eu, numa segunda fodida como todas as segundas, de paletó e gravata, enfrentando o calor de outubro, o trânsito pesado da avenida Rebouças, só pra me encontrar com um filho da puta que mal conhecia. Já estava nervoso porque, pela manhã, tinha ido no centro resolver uns rolos no Bradesco. Como sempre, meu cheque especial estava estourado. Fui conversar com a gerente, uma dona que não era de jogar fora. Morena, alta, os olhos cinza-azulados, os lábios cheios pintados de vermelho, vestindo um tailleur azul-marinho. Mas dura na queda. Logo que disse qual era meu problema, as íris cor de cinza dispararam na minha direção fagulhas de metal, finas que nem agulhas. Sorria encantadoramente, mostrando dentinhos delicados que nem porcelana, mas os olhos desmentiam o sorriso, pois me diziam: "É melhor pagar logo, senão você vai ficar definitivamente no vermelho e nós vamos levar até a sua cueca". Porque minhas calças fazia muito que já estavam no prego. Saí do banco com a sensação de que tinha perdido meu tempo. Comi uma feijoada numa biboca qualquer e, depois, tomei a direção da Berrini.

Como desconfiava, o prédio onde ficava o escritório do doutor Videira era um luxo só. Nunca vi tanto mármore e vidro fumê na minha vida. As atendentes eram bonitas, e os seguranças, muito educados. Mas não me enganavam. Sabia de onde vinham aqueles caras. Policiais militares fazendo bico, lutadores de boxe em fim de carreira e levantadores de peso de academia. Uma gente que só o terno preto de qualidade e um bom corte de cabelo criavam a ilusão da legalidade. Mas a fronteira com a ilegalidade era uma linha mais fina que a que aguentava o peso de uma aranha papa-moscas.

Pelo elevador panorâmico dava pra ver o Pinheiros, viscoso como uma mancha de piche, escorrendo entre as faixas da marginal congestionada. Acima daquela sujeira, o céu cinza-chumbo, efeito do monóxido de carbono, parecia pesar como uma tampa. Diante do escritório do doutor Videira, me fiz anunciar pelo interfone. A porta abriu com um clique e entrei num hall, decorado com móveis de metal e vidro e plantas que pareciam de plástico. Uma secretária cheia de corpo, de cabelos longos e pretos, veio ao meu encontro, com um sorriso nos lábios e rebolando feito uma gata no cio. Parecia estar pedindo pra que alguém a comesse. De preferência, alguém que tivesse muita grana, o que, infelizmente, não era o meu caso.

— Doutor Medeiros? Por favor, por aqui. O doutor Videira o aguarda.

Acompanhei-a, me deliciando com o bambolear da bunda apertada na saia justa. Ela abriu uma porta e anunciou:

— Doutor Videira, o doutor Medeiros chegou.

— Ah, por favor, faça-o entrar.

Entrei numa sala, com grandes vidraças, dividida em dois ambientes, onde, com certeza, caberia todo o meu apartamento. O doutor Videira se levantou da cadeira estofada, contornou a escrivaninha, atulhada de papéis, e veio ao meu encontro, mais vaselina do que nunca:

— Doutor Medeiros! Que prazer em rever o senhor!

Me apertou a mão com força, irradiando energia e me conduziu até um jogo de sofás de couro preto.

— Um café? Um suco? Uma água? — fez um gesto, me convidando a sentar.

Aceitei o café. Foi até a mesa, disse alguma coisa no interfone. Voltou, sentou diante de mim e perguntou:

— Então, como vamos? Já recuperado?

Não estava a fim de conversar sobre minha saúde e nem mesmo sobre qualquer outra coisa com o vaselina. Mas, como o mala do meu chefe queria que eu conversasse...

— Sim — respondi secamente.

Pareceu ou fingiu não ter reparado na minha reserva, pois abriu um sorriso e disse com entusiasmo:

— Ótimo! Ótimo! Afinal, a sociedade precisa de investigadores em plena forma como o senhor. Estimo sinceramente que esteja bem.

Veio o café. Infelizmente, não foi a secretária que serviu, mas um garçom de jaleco branco com botões dourados. O doutor

Videira começou uma conversa mole. Não prestei muita atenção no que dizia. Eram coisas que não me interessavam em absoluto. Até que, de repente, chegou no ponto:

— Bem, não quero mais tomar seu tempo. Acredito que gostaria de saber por que convidei o senhor pra vir até aqui.

Não disse nada, e o doutor Videira prosseguiu:

— É um assunto muito espinhoso e... — demorou um pouco até completar a frase — ... sigiloso, mas, quanto a isso, o doutor Ledesma já deve ter alertado o senhor, não é?

Balancei a cabeça, confirmando. O doutor Videira disse, parecendo constrangido:

— Não sei por onde começar...

— Pode começar pelo começo — deixei escapar.

O doutor Videira deu uma risada.

— O senhor tem razão. Então, vamos lá, sem perda de tempo...

Começou a contar que tinha uma filha de quinze anos que havia desaparecido de casa há coisa de uns sete meses. Embora já soubesse a resposta, perguntei por que não tinha acionado o DHPP, que cuidava de pessoas desaparecidas. Parecendo aborrecido, fez um gesto com a mão e disse:

— Um instante, a coisa não é tão simples assim. Não se trata de um simples desaparecimento. Também não se trata de um sequestro. Trata-se de uma coisa mais complicada.

"O que podia ser mais complicado que o sequestro de uma garota filha de um milionário?" — pensei com meus botões. Ele se adiantou aos meus botões e voltou a falar:

— Acontece que a Claudinha, nos últimos tempos, vinha tendo como companhia uma gente que não era de esperar numa garota como ela. E isso fez com que se tornasse rebelde, que se envolvesse com drogas. Cheguei a internar minha filha nas melhores clínicas, lhe arranjei os melhores psicólogos, mas parece que foi em vão. Continuou a frequentar uma roda da pesada...

Fez uma pausa, suspirou e continuou:

— Também temos uma parcela de culpa nisso. Minha esposa e eu sempre fomos muito tolerantes. Sabe, essa educação moderna, liberal...

Aquele papo já estava me irritando. Por que não ia direto ao ponto? E como ele não parecia querer ir, tomei a dianteira e disse secamente:

— Muito bem, doutor Videira, pode me dizer como sua filha desapareceu?

Me olhou com surpresa. Talvez porque fosse o tipo da pessoa que gostasse de conduzir a conversa. Mas acabou se resignando com o papel secundário que estava lhe destinando e disse:

— Como ela desapareceu? Uma noite, foi pra uma balada numa dessas casas noturnas da São Paulo, mas não voltou pra casa. Pensamos que tivesse dormido na casa de uma coleguinha, como às vezes costumava fazer. No dia seguinte, ligamos pras amigas dela, mas, pra nossa surpresa, não estava na casa de nenhuma delas. O senhor pode calcular nossa aflição. Depois de dois dias sem ter qualquer notícia de minha filha, me baixou o desespero e comecei a pensar no pior, no inevitável, ou seja, num sequestro. Telefonei imediatamente a um conhecido meu da divisão antissequestro. As investigações tiveram início, mas, estranhamente, mesmo depois de algumas semanas, não recebi nenhum telefonema ou mensagem dos supostos sequestradores, exigindo resgate. E como a coisa se arrastou pelas outras semanas, fui chegando à conclusão de que não era um simples sequestro e comecei a temer pelo pior, como um estupro, seguido de morte. Recorri a todos meios de que dispunha. Nisso, meus bons amigos, o doutor Fragelli e o doutor Ledesma, foram muito prestativos, me ajudando bastante neste transe...

"E como deviam ter sido prestativos" — pensei. Ainda mais o mala, com certeza, de olho nuns trocados pra eleição do próximo ano.

— ... mas também recorri a um pessoal mais ligado a essa gente aí da periferia da cidade. No meu ramo de negócios, ainda que indiretamente, tenho de lidar com donos de depósitos, de lojas de material de construção, de pedreiras, com mão de obra nem sempre qualificada. Graças a essa gente, antes mesmo da polícia, vim a descobrir o que tinha acontecido com minha filha.

Como o doutor Videira fizesse um pouco de suspense, me obrigou a perguntar:

— Se sua filha não foi sequestrada nem morta, o que aconteceu, então, com ela?

Adiantou o corpo e me perguntou quase sussurrando, como se temesse que alguém fosse nos escutar:

— O senhor, com certeza, deve ter ouvido falar num tal de Nenzinho, não é?

— Se for o traficante, é claro que ouvi falar.

— É o próprio — confirmou o doutor Videira.

O celular tocou, ele pediu licença, se levantou e foi até o outro extremo da sala pra atender a chamada. Respirei fundo e comecei a refletir sobre o que ele tinha me dito. O Nenzinho era o rei dos traficantes em São Paulo. Começando de baixo nas bocas de fumo de Parelheiros e do Grajaú, como simples olheiro, garoto de entrega, depois havia tido uma ascensão vertiginosa, chegando a gerente de uma boca de fumo. Com manobras audaciosas, havia eliminado os rivais. Até que chegou a ser preso numa penitenciária de segurança máxima em Presidente Bernardes, de onde fugiu espetacularmente num helicóptero que pousou no pátio da prisão. Daí, reconstruiu seu império do crime. O quartel-general de Nenzinho ficava no extremo sul de Marsilac, nos contrafortes da serra do Mar, no meio da reserva florestal de Curucutu. Pelo que tinha ouvido falar, o quartel-general era um complexo de barracos e casas de alvenarias, encarapitado em morros, protegido pela densa vegetação e acessível por picadas só conhecidas por seus asseclas fortemente armados. E era desse mocó, que a polícia nunca tinha se atrevido a invadir, que o Nenzinho, dirigindo uma organização, conhecida por Comando Negro, controlava as bocas de fumo e distribuía a cocaína e o crack pela zona sul da cidade. Sabia-se também de um misterioso campo de pouso que servia pra contrabandear a droga diretamente da Colômbia e da Bolívia.

O doutor Videira desligou o celular e voltou a se sentar na minha frente.

— Desculpe-me — disse.

— O senhor me falava do Nenzinho...

Dessa vez, disse sem nenhum preâmbulo:

— Pois bem, vim a descobrir que minha filha está lá no mocó desse bandido.

— Deixa ver se entendi. Quando o senhor diz que sua filha "está lá no mocó", quer dizer que ela não foi sequestrada?

— Mais ou menos isso — respondeu, parecendo constrangido.

A coisa começava a ficar um pouco mais clara. Ultimamente, os jornais vinham estampando notícias sobre garotas de classe média e classe alta que fugiam de casa pra se tornar amantes de traficantes. Fosse pelo apelo das drogas, da aventura, da fuga da rotina do lar, da chatice da escola, da opressão e da incompreensão dos pais, o fato era que esse tipo de problema estava se tornando corriqueiro na cidade.

— O senhor tem certeza de que foi isso que aconteceu mesmo?

— Absoluta.

— E pode me dizer por que tem tanta certeza?

— Meus informantes me deram detalhes que me levam a acreditar nessa versão.

Não me interessei em saber quem tinha lhe dado as informações. A revelação desse fato só servia pra confirmar que o doutor Videira tinha relações com gente da pesada, o que me deixava com um pé atrás com ele.

— Se isso for verdade, é um motivo muito forte pro senhor acionar a DAS ou outro órgão policial qualquer.

Ele se levantou e disse, irritado:

— Como já lhe falei, a coisa não é assim tão simples. O senhor sabe muito bem que nossa polícia tem suas limitações. Entre elas, uma incapacidade logística e operacional e uma carência de armamentos que lhe impedem de enfrentar esses bandos de vagabundos de igual pra igual. Ou seja: é impossível pensar que a polícia ousasse entrar no quartel-general do Comando Negro pra destruir as instalações, prender os bandidos. E muito menos se pode esperar que fossem até lá pra trazer minha filha de volta.

Se a polícia era assim tão inoperante, não entendia por que tinha me chamado pra me contar aquilo. Ainda mais pra mim, um pé de chinelo. Um investigador de merda, chefiado por um delegado de bosta e lotado num DP fodido da periferia.

— E onde fico nisso tudo? — perguntei, desconfiado.

— Se a polícia, enquanto corporação, não pode entrar no quartel-general dos bandidos, um homem decidido, corajoso, pode — disse com a maior cara de pau.

— E quem seria esse homem? — perguntei por perguntar, porque estava na cara que, pra ele, eu era o Bruce Willis.

Como o doutor Videira ficasse em silêncio, disse, curto e grosso:

— Se o senhor está se referindo a mim, sinto muito. Não sou a pessoa adequada.

Ele se aproximou de mim e disse:

— Não se subestime, doutor Medeiros. O senhor é o homem certo pra isso.

Não quis discutir os meus méritos e preferi seguir por outro caminho:

— Pelo que entendi, se trata de uma ação extraoficial...

O doutor Videira balançou a cabeça. Voltei a falar:

— O senhor, com seus contatos, deve conhecer — mesmo que indiretamente, é claro — gente da pesada. E essa gente com certeza seria muito mais qualificada do que eu, além de poder passar despercebida, o que não é o meu caso.

Ele disse amargamente:

— Já tomei esse tipo de providência. Arranjei uma pessoa muito bem recomendada. E sabe o que resultou? O sujeito foi encontrado numa quebrada, decapitado. E com sinais de tortura pelo corpo.

— Se o senhor quer saber, não pretendo ficar sem minha cabeça. Gosto de me olhar no espelho e ver que ela ainda está instalada sobre o pescoço.

O doutor Videira deu uma gargalhada:

— Essa é boa...

Voltou a sentar diante de mim e disse:

— Acontece que essa gente por aí não vale nada, inclusive o decapitado. Só minha aflição talvez explique ter confiado num sujeito como aquele... E o resultado não podia ser outro. Mas o senhor é uma pessoa diferenciada. Além de corajoso, é inteligente, tem tirocínio, segundo me afiançaram.

Desprezei o elogio e perguntei:

— Tem outra coisa: por que acha que eu ia aceitar arriscar minha preciosa cabeça numa ação como essa?

— Bem, podia apelar pro sentimento, falando das aflições de um pai e de uma mãe desesperados com o desaparecimento da filha. Esse blá-blá-blá que o senhor bem conhece. Mas prefiro apelar pra outra coisa.

O doutor Videira fez uma pequena pausa. Em seguida, continuou a falar:

— Parece que o senhor participará de uma reunião, logo mais, no DEIC, com o doutor Átila e o Fragelli, não é? Embora sigilosa, tenho elementos pra saber que o que será discutido tem algo a ver com a minha filha.

Meu coração começou a bater disparado. Eu sabia! Era rolo, era confusão pra cima de mim. O lixeiro do 113º DP! E aquele merda do Videira se aproveitava disso pra que eu cuidasse das sujeiras dele.

— Além disso, gostaria de lembrar que o senhor será regiamente recompensado se conseguir trazer minha filha de volta.

E completou:

— Afinal, o salário de um investigador não é lá grande coisa, não é mesmo?

Fiquei com vontade de mandar o cara tomar no cu, mas o que disse foi outra coisa:

— Dá o suficiente pra um cara decente viver sem ter que sujar as mãos.

Ficou vermelho no ato.

— Me desculpe... Não quis ofender o senhor. Acredito mesmo que a polícia é mal paga. Mas isso não quer dizer que...

Olhei pro relógio já cansado daquela lengalenga.

— Bem, o senhor tem mais o que fazer...

Me levantei, o doutor Videira fez o mesmo. Fomos até a porta. Não via a hora de sair daquela pocilga.

— Depois da reunião no DEIC, se aceitar a missão, é claro, peço ao senhor o obséquio de me dar um retorno.

O olhar que o doutor Videira me lançou parecia me dizer que tinha certeza de que eu ia aceitar a missão. Apertei a mão dele sem dizer nada e atravessei o hall. A gostosa da secretária me acompanhou até a porta. Era mesmo um tesão, a única coisa que valia a pena naquela merda...

5

A MARGINAL, COMO DE COSTUME, estava toda congestionada. Os veículos se arrastavam feito lesmas. Primeira, segunda, uma brecada, primeira, segunda... Levei um tempão pra ir até a ponte do Canindé. Afinal, cruzei o Tietê, peguei a avenida Cruzeiro do Sul e, finalmente, a Zaki Narchi, onde fica o DEIC. Cheguei atrasadíssimo ao DEIC, onde a secretária que me acompanhou até uma sala de reuniões explicou apenas que me aguardavam três delegados de classe especial. Sentados junto a uma vasta mesa, olhando para a parede com mapas da Grande São Paulo, cheios de alfinetes coloridos, conversavam animadamente e nem pareceram dar pela minha presença. Logo desconfiei que pertenciam ao Gaeco, um grupo especialmente concebido em 2001 para desmantelar as facções criminosas, entre elas o PCC, o CV e, agora, o Comando Negro. Limpei a garganta:

— Boa tarde, desculpe o atraso. O trânsito...

Os delegados ergueram a cabeça e voltaram os olhos pra mim.

— Boa tarde, doutor Medeiros. Por favor, sente-se — disse o mais gordo deles. — Sou o doutor Átila, assistente do delegado geral. Este é o doutor Fragelli, e este é o doutor Azevedo, ambos do Denarc.

Feitas as apresentações, explicou rapidamente que eu tinha sido convocado para conversar sobre uma missão das mais importantes e que o sucesso dela ia depender não só da minha dedicação, mas também de que nada vazasse do assunto. Em seguida, cedeu a palavra ao doutor Fragelli:

— O nosso colega vai colocar o senhor a par de alguns pontos de sua missão.

O delegado, magro feito um palito e com um bigodão grisalho, tirou do bolso uma folha dobrada em quatro, abriu-a sobre a mesa e, consultando-a de vez em quando, começou a falar:

— O assunto que nos interessa aqui diz respeito ao desaparecimento da filha do doutor Videira. No início deste mês a garota foi a uma balada com as amigas no Credicard Hall, na marginal, e não voltou pra casa. Os pais, no dia seguinte, telefonaram pra casa das colegas, tentando localizá-la, mas em vão. Depois, pensando num possível sequestro, entraram em contato com a DAS, que começou as investigações de praxe. Contudo, nenhum contato foi feito pelos supostos sequestradores. Algumas diligências foram feitas, então, e se descobriu que, na noite do desaparecimento da garota, ela tinha "ficado" com um garoto chamado Fantoni que, além de viciado em drogas, também trafica, vendendo cocaína e crack pros colegas do colégio Santo Inácio, do Morumbi, onde ambos estudam.

Deu um espirro, assou o nariz em um lenço xadrez e prosseguiu, explicando minuciosamente cada detalhe:

— O pessoal da DAS também veio a descobrir por esse Fantoni que, num determinado momento daquela noite, a garota começou a dançar com um tal de Bigode, um conhecido traficante que pertence ao bando do Nenzinho. Já de madrugada, ela deixou o Credicard Hall, a bordo de uma Pajero, com esse mesmo Bigode. Desde então, a garota está desaparecida. Mais tarde, esse marginal foi preso, e ele revelou que a garota estava vivendo em meio aos traficantes, de livre e espontânea vontade.

A essa altura, eu estava quase dormindo. A voz daquele homem, monótona, cheia de pausas, vinha me dando muito sono. Já tinha segurado uns dois bocejos. Pra não dormir, disse:

— Quer dizer que, com certeza, se pode afirmar que não se trata mesmo de um sequestro.

— Tecnicamente, não.

— Então, se a garota está lá de livre e espontânea vontade, não temos muito o que fazer... — voltei a falar, abafando outro bocejo.

O doutor Fragelli deu de ombros, franziu os lábios e olhou na direção do doutor Átila.

— Temos e não temos, investigador Medeiros... — disse apenas o assistente do delegado geral.

— Muito bem, deixa ver se entendi: como a garota, de livre e espontânea vontade, está vivendo no mocó do Nenzinho, alguém precisa ir até lá pra tentar convencê-la a voltar pra casa? É isso mesmo?

— Exatamente — disse o doutor Átila.

— E se ela não quiser voltar?

Abaixando o tom da voz, o doutor Átila esticou o pescoço curto e disse em sua voz estereofônica:

— Ela *terá* que voltar, investigador Medeiros. Queira ou não queira. É uma questão de princípios. O pai faz questão e nós, de certo modo, também fazemos.

Sabia que ia sobrar pra mim! Então, aqueles bundas-sujas queriam que eu fosse até o mocó do Nenzinho, encontrasse uma pentelha viciada em drogas e a convencesse a voltar pro papai e pra mamãe? Fácil que nem roubar a bengala de um cego.

— Mas essa missão está diretamente ligada a uma outra... — voltou a dizer. Em seguida, fez uma breve pausa, ora olhando pros colegas, ora olhando pra mim, como se estivesse ruminando alguma coisa. Depois disso, continuou a falar: — É que esse bandido é a pedra no nosso sapato. Já fizemos de tudo pra tentar recapturá-lo, mas o homem é esperto, ainda mais agora que se entrincheirou no seu quartel-general, uma fortaleza praticamente inexpugnável, protegida pela mata virgem e pelos contrafortes da serra do Mar. Podemos dizer, sem sombra de dúvida, que, hoje, o Comando Negro é a mais poderosa facção criminosa de São Paulo.

— É verdade — interveio o doutor Azevedo, um homem alto, forte, que usava óculos quadrados com grossas lentes. — O Comando Negro possui o que há de mais atual no que diz respeito a armamento. O Nenzinho, por meio de contato com as FARC, vem, há muito tempo, contrabandeando armas da Colômbia.

O doutor Átila pigarreou e retornou o fio da meada:

— O fato do quartel-general do bandido ser praticamente inexpugnável e a falta de informações precisas sobre suas defesas impedem, por enquanto, uma intervenção policial pura e simples. As chances de fracasso seriam muito grandes, o que, em termos políticos, poderia ter péssimas repercussões, ainda mais agora com a posição bastante vulnerável do secretário de Segurança. Sendo assim, pensamos que, por hora, seria mais prudente tentar infiltrar um agente no quartel-general do Nenzinho, pra fazer um relatório sobre suas defesas e seus pontos fracos...

Ele se voltou pra mim e completou:

— É aqui que as duas missões confluem pra uma só: a da garota desaparecida e a da investigação do esconderijo do bandido.

Eu tinha razão: uma missão tão simples como a de roubar a bengala de um cego. Ou melhor, como a de roubar a bengala de um cego aleijado. Ou ainda, como a de roubar a bengala de um cego aleijado, com artrite e doença de Parkinson. Respirei fundo e disse:

— Pelo que posso entender, os senhores querem então que, além de resgatar a garota, também me transforme nesse agente duplo...

— Exatamente. É o que íamos lhe propor — disse o doutor Átila.

Balancei a cabeça:

— O senhor me desculpe, mas acho que não vai dar certo. Muita gente me conhece na zona sul. Inclusive, fui o responsável direto pela prisão e morte de alguns elementos do bando do Nenzinho. Aquele pessoal mesmo de Marsilac...

— Não tem problema que o senhor seja conhecido. Isso até é bom — me interrompeu o assistente de delegado geral.

— Como assim? Não entendo.

Sorriu. Ficava mais feio ainda, porque o bigodão e os dentes, muito grandes e separados, davam-lhe a aparência de uma morsa.

— O senhor será expulso da polícia — disse de um modo tão natural que nem se estivesse me mandando tomar um cafezinho na esquina.

— E posso saber por que vou ser expulso da polícia?

— Por tráfico de drogas.

— Posso ter todos os defeitos do mundo, mas tráfico de drogas não está entre eles.

O doutor Átila deu um suspiro de impaciência. Cruzou as mãos e começou a falar pausadamente, feito um professor explicando a lição pra um aluno estúpido:

— Investigador Medeiros, o senhor é um homem inteligente e acredito que já entendeu aonde queremos chegar. Mas não me custa nada deixar as coisas mais claras. Em realidade, vamos *simular* sua expulsão da polícia. Com reportagem na imprensa, desonra, prisão etc. Pra que não haja nenhuma dúvida de que se tornou um... — como diria? — ... um renegado. Não sei se soube, mas, há coisa de um mês, uma grande quantidade de cocaína foi desviada de um depósito do IML de Pinheiros por um delegado, um investigador e um escrivão.

Já me via dentro de um desenho animado, como se fosse o Pica-pau perseguido pelo Leôncio. Quando os rolos apareciam, e eles precisavam agradar aos amigos do peito, arrumavam um boi de piranha. Um otário que desse a cara pra bater e ficasse quietinho.

— O delegado e o escrivão já se encontram presos e o investigador está foragido ou provavelmente foi morto pelos comparsas — continuava o assistente do delegado geral. — Mantemos sua identidade em segredo, por cautela.

— Eu, então, assumiria o papel desse tal de investigador que ajudou a desviar a cocaína do DEIC e permanece incógnito?

— Isso mesmo. Como parte da droga foi encontrada e isso ainda não foi divulgado pela imprensa, o senhor será preso com a boca na botija, ou seja, com pacotes de cocaína no porta-malas do carro. Uma grande divulgação nos jornais, o inquérito policial na Corregedoria, a prisão com meliantes, talvez mesmo com o tal do Bigode...

— Que me darão cabo da vida assim que a gente se cruzar... — me apressei a dizer.

— Os detalhes serão acertados depois — tornou a falar o doutor Azevedo. — Mas calculo que a operação deverá ser mais ou menos a seguinte: o senhor será colocado numa cela especial e vigiado vinte e quatro horas por dia. Depois, sua fuga será facilitada, junto com a do Bigode, a essa altura já convencido de que o senhor realmente se envolveu com o tráfico de drogas. Ele deverá ser o meio de acesso ao quartel-general do Nenzinho.

— E por que ele ia fazer isso? Só porque sou um renegado? Pela bela cor dos meus olhos?

— Mais precisamente por aquilo que terá pra oferecer ao Comando Negro.

— Desculpe, mas continuo na mesma.

— A droga, investigador Medeiros. O senhor vai oferecer a eles a droga que ajudou a roubar das dependências do IML.

— Como assim? — era muito burro, ou estavam me gozando.

O doutor Átila se voltou pro delegado do Denarc e disse:

— Por favor, Azevedo, explique o procedimento ao nosso caro investigador Medeiros.

— Parte da droga desviada do IML, que recuperamos, vai estar numa casa que o senhor deverá utilizar como esconderijo, quando fugir da Casa de Detenção. De posse dela, tendo conquistado a confiança do Bigode, não será difícil, acreditamos, convencer o meliante a introduzir o senhor na fortaleza do Nenzinho.

Puxa vida, haviam pensado em tudo e antes mesmo de me consultar! Eu era o trouxa escolhido pra oferecer a cabeça numa bandeja aos bandidos. E em troca do quê?

— Muito bem pensado. Pode ser que assim se deixem enrolar — disse, já resignado com meu papel de boi de piranha. — Mas, como sou eu que vou arriscar o pescoço, quero saber o seguinte: que vantagem levo nisso? Afinal, é uma missão que ultrapassa em muito as atribuições de um simples investigador.

O doutor Átila fez um barulho com a boca parecido com um ronco.

— Podia ser cínico a ponto de dizer que o senhor deve aceitar a missão no cumprimento do dever, mas prefiro ser mais sincero — abriu uma pasta e pegou umas folhas de papel. Depois de consultá-las, continuou: — Tenho aqui seu prontuário e, pelo que pude deduzir, sua ficha não é das mais limpas. Há processos seus correndo na Corregedoria por abuso de poder, desacato a autoridade, desobediência, por atrasos e faltas injustificadas e outras coisinhas mais. Sem contar que, no que diz respeito à sua vida particular, viemos a descobrir que seu nome está no Serasa, por dívidas na praça... Apesar disso, é notório que é um homem corajoso, inteligente e, pelo que parece, absolutamente incorruptível, o que o recomenda. Portanto, caso queira colaborar, e espero que colabore, será providenciada a limpeza de sua ficha, bem como o acerto das contas em sua vida pessoal. E, além disso, podemos pensar em uma promoção... apesar do seu prontuário não recomendar muito isso.

Disse a última frase segurando meu prontuário pela ponta dos dedos, que nem se pegasse um pedaço de papel higiênico sujo de merda.

— Então? Podemos contar com o senhor?

Pensei rapidamente que continuar naquela rotina num DP esquecido no canto mais sujo da cidade, varrendo o lixo de sempre pra baixo do tapete, pra voltar pra casa e dormir no meu apartamento vazio, cheio de lembranças tristes, não era mesmo um ideal de vida. Talvez uma missão maluca como aquela pudesse me levantar o astral e mudar um pouco as coisas. Balancei a cabeça, dizendo que sim.

— E quando terá início a operação, ou seja, quando serei expulso da corporação?

— Dentro em breve, investigador Medeiros, terá suas informações — disse o doutor Átila.

Fiz um movimento pra me levantar, mas ele me deteve:

— Um instantinho: lembro ao senhor novamente que o que tratamos é estritamente confidencial. Para o êxito da sua missão e, naturalmente, para a sua sobrevivência. Afinal, não convém a ninguém — com exceção de nós três — saber que armaremos uma farsa. Está claro?

Fiz que sim com a cabeça.

O doutor Átila ainda acrescentou:

— Estava me esquecendo de dizer que o doutor Ledesma, como seu superior direto, também está a par de toda a operação.

Como sinal de que a conversa estava encerrada, os delegados se levantaram ao mesmo tempo. Me levantei também. O doutor Átila se aproximou de mim:

— Tenho certeza de que vai se sair muito bem nessa missão! O senhor me parece mesmo um homem de fibra.

Olhei bem pro doutor Átila. Lembrei da feijoada com torresmos, pé, orelha, costela e rabo de porco, regada por uma caipirinha dupla e cerveja, que ainda me pesava no estômago, e pensei em soltar um suculento arroto na cara dele. Mas, concluindo que não valia a pena desperdiçar o arroto, apertei-lhe a mão e escapei rapidinho dali.

***

Fui pegar o carro no estacionamento. Era noite, e minha cabeça estava a mil. Já sabia da barra que tinha que enfrentar. Não bastasse o rolo em que ia me meter, pondo em risco a própria vida, ainda tinha que mentir aos meus poucos amigos. Como reagiriam o Bellochio e a Swellen ao saberem que eu tinha sido preso com cocaína no carro? Com que cara enfrentaria a decepção deles e, ainda por cima, não podendo revelar nada? Que tudo fosse à merda! Que tudo se fodesse! Agora, o que mais queria era uma caipirinha dupla de vodca, um chope estupidamente gelado e fatias de uma picanha sangrenta. Me lembrei de uma churrascaria na Vila Madalena, o Chapão, onde a carne era de primeira. O melhor era comer, beber e esquecer aquela merda.

A churrascaria ficava na rua Fradique Coutinho, perto do cemitério São Paulo. Saí da marginal, na altura da ponte Eusébio Matoso, subi a Rebouças e entrei na Mourato Coelho. Estava na praça João Francisco Lisboa, procurando o ponto certo pra pegar a Fradique, na altura do Chapão, quando o carro começou a ratear. Enfiei o pé no acelerador e ele engasgou de vez na curva. Desci, abri o capô, mexi daqui, mexi dali e nada. Estava puxando o cabo do acelerador quando uma moto, com dois caras, parou ao meu lado. O que dirigia me perguntou:

— Tá com problema aí, truta?

Dei de ombros:

— Sei lá, o motor engripou.

— Já trabalhei numa oficina. Deixa eu dar uma olhada.

No momento em que me inclinei diante do motor com o prestativo motoqueiro do lado, o companheiro dele chegou silenciosamente por trás e encostou a ponta de alguma coisa no meu rim.

— Tô turbinado, cara! Fica manero e entra no cavalo!

Obedeci. Não era trouxa de tentar reagir com aquilo encostado em mim. Podia ser que o cara estivesse blefando, mas não ia pagar pra ver. Fui entrar no carro e ele berrou, ao mesmo tempo que dava uma cacetada na minha cabeça:

— Do outro lado!

Abri a porta, sentei e o banco rangeu. Lembrei que aquela porra estava quebrada. Procurei não me apoiar no encosto. Era o banco cair comigo e aqueles merdas me matavam por nada. Senti uma coisa quente e úmida escorrer pelo pescoço e uma dor aguda perto da orelha. Era o resultado da cacetada.

— Dá uma revista no cara e no porta-luvas — disse o vagabundo que sentou no banco do motorista.

Me apontava uma pistola prateada. O motoqueiro me aliviou da carteira com os documentos, do celular. Sorte que não tinha trazido a carteira funcional, senão já era um homem morto. O motoqueiro abriu o porta-luvas e achou o meu .38.

— Porra, que berro joia!

— Fica pra ti, mano. Vamos guentar a grana do otário. Me dá o cartão dele.

Porra, já estava no vermelho fazia tempo. Agora que me fodia de vez. O cara com a pistola, depois de eu lhe dar a senha do cartão, disse pro companheiro:

— Mano, você fica no banco de trás vigiando o mala, que vou procurar um caixa eletrônico. Se o cara vacilar, apaga ele, tá ligado?

— Firmeza, *brother* — disse o motoqueiro, abrindo a porta traseira do Vectra e sentando atrás de mim.

O da pistola saiu do carro, pegou a moto e se afastou. Senti uma coceira na ponta do nariz. Fiz a besteira de tentar me coçar.

— Não mexe, que te arregaço! — rosnou o vagabundo.

Não disse nada. Com essa gente, o melhor é ficar quieto e de cabeça baixa, esperando que um milagre aconteça. E fiquei ali, numa posição incômoda, nem podendo me apoiar na porra do encosto do banco. Devido a isso, minha nuca e meu pescoço começaram a doer. Nisso, escutei o barulho de um isqueiro e, pouco depois, senti o cheiro de maconha. O cara estava dando uma relaxada. Tive uma inspiração: me agarrei nas laterais do banco e, lentamente, erguendo as pernas, apoiei a sola dos sapatos no console. Respirei fundo, contei até três e joguei o corpo, com o peso dos meus noventa quilos, sobre ele. Ouvi um estalo, o encosto do banco cedeu, e caí em cima do filho da puta, que berrou de susto. Não esperei que se recuperasse. Dei uma cambalhota e acertei-lhe um soco bem no meio na cara. Ele soltou um uivo. Preso entre os bancos e surpreso pelo ataque, não conseguiu reagir. Meti-lhe outro murro e escutei o osso do nariz se quebrando. Levantei o braço de novo e lhe dei duas ou três porradas, até que minha mão doesse nas juntas. Quando ficou quieto de vez, abri a porta, puxei-o pelas pernas. Revistei-o, pegando minha carteira, o celular. Em seguida, abri o porta-malas e joguei o filho da puta lá dentro. E agora, onde ia esperar o outro cara? O melhor era sentado no carro, pra poder contar com o fator surpresa.

Entrei no Vectra, peguei o .38, que escondi sob a jaqueta, arrumei como pude o banco arrebentado e sentei. Meia hora depois, escutei o ruído da moto.

— E aí, truta, tudo nos conformes? — disse o vagabundo, abrindo a porta do carro.

Podia muito bem ter lhe dado voz de prisão, mas, além de estar estressado, não queria mais surpresas naquela noite. Simplesmente puxei o gatilho. Ele gritou de dor, levando as mãos até a barriga, resvalou na porta e caiu de costas no asfalto. Tranquilamente saí do carro e fui até o cara, que gemeu num fio de voz:

— Fiadaputa! Você me acertou!

Dei de ombros.

— É, meu caro. Você devia ficar esperto. Vacilou...

Me abaixei e o revistei. Peguei a pistola dele, meu cartão e um bolo de dinheiro que não me dei o trabalho de contar e enfiei no bolso. Se havia grana a mais, era o pagamento pelo trabalho extra. Em seguida, telefonei ao 14º DP, pedindo uma viatura.

Mas aquele não era mesmo o meu dia. No DP, como estava sem a carteira funcional, o delegado de plantão, que não me conhecia, quis criar caso. Disse um monte de merda pra mim, eu disse outras merdas, e, em resposta, me ameaçou de prisão por desacato. A minha sorte foi que, logo depois, chegou um conhecido, o investigador Moreira, que interveio antes de eu sair no braço com o delegado. Feito, afinal, o BO, logo me liberaram. E a fome apertando. Mas não estava mais a fim de comer naquela churrascaria, porque primeiro tinha que resolver o problema do carro. Antes, passei num pronto-socorro pra fazer um curativo no ferimento da cabeça. Depois, chamei um guincho, e fui até o Bexiga, onde fica a oficina do meu mecânico, o Cabeção. Deixei o carro na porta e escondi a chave debaixo do tapete. No outro dia, pela manhã, o Cabeção dava um jeito no carro. Peguei um táxi e voltei pra casa.

Estava morto de cansaço e com a barriga roncando de fome. Não ia dormir de barriga vazia. Passei então pelo Trás-os-Montes, um boteco que fica em frente ao prédio onde moro. O dono, seu Felício, ficou eternamente grato comigo, depois que pus pra correr uns caras que tentaram assaltar o estabelecimento. A partir daí, me reserva os melhores bifes e uma cachacinha especial que esconde embaixo do balcão. Quando me viu entrar, correu de braços abertos ao meu encontro:

— Senhor doutor! Como vai essa força?

Sentei num banquinho junto do balcão e disse, dando de ombros:

— Vamos indo, né, seu Felício...

O português sorriu, mostrando os dentes de ouro, enfiou a mão embaixo do balcão e veio com uma garrafa de uma de suas preciosidades.

— Mas que desânimo, senhor doutor. Nada melhor, pois, que dois dedos de uma branquinha, que veio direto de Pernambuco, pra levantar o ânimo, não é?

E vieram os dois dedos sob a forma do copo cheio até quase a borda. Um bife de contrafilé, com cebola e ovos, que o negão da cozinha, como sempre, grelhou como gosto, e uma cerveja bem gelada serviram pra me levantar o astral naquela noite.

O estômago satisfeito, fui pra casa e caí direto na cama. Antes de fechar os olhos, refleti que o resto da semana prometia muito, e eu precisava estar preparado pro que desse e viesse.

6

Acordei na terça bastante cansado. Não bastassem os acontecimentos da noite, ainda tinha comido e bebido além da conta. Fiquei um tempão bocejando, me espreguiçando, sem vontade de sair da cama. Pensei se valia a pena me levantar, tomar uma boa ducha, um café caprichado e ir até o parque do Ibirapuera correr um pouco. Mas estava com preguiça: meu colchão tinha mais atrativos que uma pista de cooper com executivos barrigudos e donas de casa mostrando os pneus sob os moletons apertadinhos. Voltei a dormir e acordei perto do meio-dia. Levantei e tomei uma ducha fria. Meu humor logo azedou, quando lembrei que tinha que dar o retorno ao vaselina do doutor Videira. E se adiasse isso pra quarta, quinta...? Não, o melhor era ligar o quanto antes e dizer o que ele, com certeza, já sabia: que eu tinha aceitado a missão de resgatar a garota. Mas só ia fazer isso depois de tomar o meu café no português, apesar de que já fosse quase hora de almoço.

— Então, senhor doutor, não vai querer uma costelinha? Está de apetite — disse seu Felício, pegando na ponta da orelha.

— Levantei agora. Me veja um café da manhã reforçado.

Dois ovos moles, fatias de bacon, um pão com manteiga na chapa e uma xícara de café bem forte me deixaram novo em folha, mesmo que às custas do aumento das taxas do colesterol. Não ia tornar minha vida pior do que já era, cortando o que mais gostava de comer. Mesmo com o risco de um infarto, como o médico tinha me alertado uns meses atrás. Queria é mais que o doutor Fontoura se fodesse.

Acabei de tomar o café, voltei pra casa e telefonei pro doutor Videira.

— Um instantinho, doutor Medeiros — disse a secretária gostosa.

O vaselina não demorou nem um minuto pra atender, como se já estivesse esperando meu telefonema:

— Doutor Medeiros! Como vai o senhor?

Não disse nem bem, nem mal — apenas disse secamente que estava dando o retorno que ele tinha pedido.

— Muito bem. Quando a gente pode se encontrar? — perguntou com uma certa ansiedade.

Pensei um pouco e disse:

— Amanhã está bem pra mim.

— Pode ser de noite?

— À noite? Por que de noite? — tive a curiosidade de saber.

— Queria que nosso encontro fosse em casa. Pra que conhecesse minha esposa.

Não tenho vontade nenhuma de ir até a sua casa e muito menos de conhecer sua esposa — senti vontade de dizer. Mas, depois de uma pequena pausa, só perguntei:

— Que horas?

— Oito horas está bom pro senhor?

Ele não podia me ver. Mesmo assim, dei de ombros.

— OK. O endereço?

— Moro num condomínio junto da rodovia Raposo Tavares, o Forest Hill. — Fez uma pausa e completou: — Que tal se mandasse meu chofer pegar o senhor?

Tudo o que não queria eram favores ou cortesia daquele homem, mas meu carro estava no conserto e não podia ficar desperdiçando dinheiro com táxi. De maneira que passei meu endereço e desliguei o telefone. Em seguida, liguei pro Cabeção.

— Como é, negão? Já consertou a minha jabirosca?
— Que nada, doutor. O negócio tá feio.
— Como que tá feio?
— Os bicos tá entupido, a bomba de gasolina já era, o motor de partida fodeu, sem contar que o banco do passageiro...
— Tá bom, tá bom... Quando é que fica pronto, então?
— Amanhã, no fim da tarde...

Sabia o que significava aquele "amanhã no fim da tarde": que o carro só ia ficar pronto no fim de semana.

— Negão, pelo amor de Deus, estou sem carro.
— E eu não sou dois, doutor. Só se eu deixar pra trás outros serviços.
— Então deixa, que estou com pressa. Te dou uma graninha extra.
— Graninha extra? — já podia ver os olhos do Cabeção brilhando. — Se é assim, e se o doutor tiver paciência de esperar, a gente damos um jeito ainda hoje.

Uma boa surpresa, eu que esperava o carro pronto só em dois ou três dias.

— Então, no fim da tarde, passo aí pra pegar o carro.

De onde ia tirar a graninha extra não sabia. Estava mais duro que cabo de vassoura. Tocava então pegar um táxi pra ir até o DP. Quarenta reais no mínimo. Abri a carteira: uma nota de vinte e três de dez. Dava pro táxi e pra um pê-efe num boteco fuleiro. Não sobrava pra mais nada, a menos que o Bellochio me emprestasse algum... Foi aí que me deu um estalo. Me lembrei da grana que tinha confiscado do vagabundo. Peguei o paletó, vasculhei os bolsos até achar um bolo de notas. Contei. Tinha perto de mil reais! Se fosse assaltado assim todos os dias...

***

Pra variar, o Cabeção se atrasou e só entregou o Vectra lá pelas nove e tanto da noite. Com o carro na mão, não ia mais precisar do chofer do doutor Videira, mas, como fiquei com preguiça de telefonar avisando, deixei tudo como havia sido combinado. Foi chegar no DP e o instinto me disse que o mala do Ledesma estava me esperando pra perguntar se tinha telefonado ao doutor Videira. Não deu outra: logo que me viu conversando com a Swellen e o Bellochio, que estava de volta ao DP, fez um sinal da porta da sala dele e disse, num tom mais educado do que o de costume:

— Você podia dar um pulinho aqui, Medeiros?

— Poxa! — o Bellochio gozou. — Que que você fez pro homem? Tá numa fineza contigo...

Mandei ele se catar e fui até a sala do doutor Ledesma, que tinha voltado pra sua poltrona. Estava empertigado, as mãos apoiadas sobre a mesa. Como vinha acontecendo ultimamente, representava o papel de estátua de homem importante: o candidato--a-vereador-por-São-Paulo-já-quase-eleito. Só faltava o discurso. O cabelo, mais preto do que nunca, o blazer e a gravata, novos em folha. Reparei até que a estatueta do cavalo tinha sido areada com caol. Brilhava que nem ouro e, desta vez, parecia sorrir.

— Pois não, doutor? — disse, me sentando na frente dele.

Demorou a responder. Primeiro cruzou as mãos, depois franziu a testa e disse com severidade:

— Quero saber se deu o retorno ao doutor Videira.
— Dei, sim.
Talvez esperasse que dissesse "não", e assim ficou desarmado, sem ter o que falar. Por isso me adiantei:
— Marquei um encontro com o doutor Videira amanhã na casa dele.
— Na casa dele?! Por que na casa dele?
— Não sei. Foi ele que quis que o encontro fosse lá.
O doutor Ledesma pareceu desconcertado:
— Você tem certeza de que o doutor Videira marcou mesmo o encontro na casa dele?
— Absoluta. Inclusive vai mandar o chofer me pegar.
— Estranho... — murmurou, sem me explicar por que achava estranho. Talvez fosse despeito. Com certeza, o doutor Videira nunca tinha convidado o mala pra ir até a casa dele.
Fechou os olhos, como se estivesse refletindo sobre o grave problema, descruzou as mãos e disse:
— Está bem. Depois você me coloca a par do que conversaram.
— Pode ficar tranquilo — disse, me levantando e jurando pra mim mesmo não colocar ele a par de merda nenhuma.
— Espere um instantinho — fez um gesto, me detendo. — Tem outra coisa: o Fragelli acabou de ligar. Disse que precisa falar com você urgentemente pra acertar uns pontos daquela conversa que tiveram no DEIC.
— Muito bem. Qual o telefone dele?
— Nem pense em ligar pro Fragelli! — reagiu, escandalizado. — As paredes têm ouvidos... Como precisamos manter o maior sigilo, o Fragelli pediu que você encontrasse com ele amanhã, às nove, na catedral da Sé.

— Nove da manhã, diante da catedral da Sé...

— Mais precisamente, o Fragelli quer que você se encontre com ele dentro da catedral, num banco bem na frente, à direita do altar central. E procure ser o mais discreto possível... Não seria bom que chamasse a atenção ou que alguém descobrisse que irá se encontrar com ele.

Quando já estava deixando a sala, ainda se lembrou de me avisar:

— Volto a lhe dizer. Não se esqueça de que o assunto é altamente sigiloso. Ninguém aqui no DP, a não ser eu, poderá saber de nada. Estamos entendidos?

Com certeza, estava com medo de que eu contasse alguma coisa pro Bellochio, que, como todo mundo sabia, era unha e carne comigo. E o doutor Ledesma tinha razão em ficar preocupado, porque não me conformava em ter que esconder os fatos do meu parceiro. Desde que a gente se conhecia, nunca tinha havido segredo entre nós. Nossa amizade era baseada na maior lealdade. Eu era um livro aberto pro Bellochio e vice-versa. E agora me metiam numa situação em que era obrigado a mentir, a inventar uma história qualquer pra justificar minha ida ao DEIC e as conversas reservadas com o mala. E o pior ia ser quando fosse preso. A barra ia pesar pra cima de mim. E nem podia contar com o amigo pra me dar apoio. Como reagiria o Bellochio quando ficasse sabendo que seu maior amigo tinha sido preso por tráfico de drogas? Não, não ia me perdoar, e o pior é que não podia lhe dizer nada. E até compreendia esse cuidado. Era mais do que conveniente que a operação fosse altamente sigilosa. Não só pra que tivesse êxito, mas também pra minha proteção. Se alguma coisa vazasse, eu ia ser mais um cadáver encontrado num lixão da periferia com a boca cheia de formigas.

— O que o mala queria? — o Bellochio me surpreendeu, enquanto, muito distraído, pensava naquilo tudo.

— Umas coisas ligadas com a reunião do DEIC... — disse, disfarçando.

— Coisas? Que coisas?

—Ah, quando a gente for comer, te conto.

— Então vamos, que estou morto de fome. A gente podia comer uma carninha no boteco aí da frente... Parece que hoje tem refogado...

Foi então que fiz a primeira besteira naquele dia: resolvi dividir com os amigos o resultado da ação da noite anterior. Esquecia que aparecer com tanto dinheiro assim podia provocar desconfiança, ainda mais depois que me pegassem com a boca na botija. Mas, naquele momento, não estava preocupado com isso. Queria somente pagar a eles um jantar de verdade, que nem se fosse uma despedida de gala. Talvez assim aplacasse meu remorso por ser obrigado a enganá-los.

— Que mané boteco o quê! Hoje vamos comer um churrasco de primeira no Fogo de Chão — disse, abraçando os parceiros.

O Fogo de Chão fica na avenida Rubem Berta, perto do aeroporto de Congonhas. Lá, os preços são meio salgados, principalmente pro bolso de investigadores de polícia.

— No Fogo de Chão?! — exclamou o Bellochio. — Você está brincando. Esqueceu que o fim do mês nem chegou ainda? Tô mais duro que pau de noivo.

A Swellen começou a rir e disse, conciliadora:

— Fazemos uma vaquinha. Afinal, temos que celebrar o retorno do Belo ao DP, não é, Medeiros?

— Podem deixar por mim — disse, abrindo os braços. — Hoje vocês são meus convidados. Eu é que pago a conta.

Como sempre andasse na maior dureza, o Bellochio me olhou espantado.

— Porra, cara, não vai dizer que vai entrar no cheque especial, se é que ainda tem cheque especial?

— Pode ficar tranquilo, ganhei uma graninha no bicho — menti.

A churrascaria estava cheia, de maneira que fomos ao bar tomar um drinque. Logo de cara pedi dois Johnnie Walker Black Label pra mim e pro Bellochio e uma Wyborowa pra Swellen.

— Você deve ter ganho uma grana boa, hein, *partner* — disse o parceiro estalando a língua. — Um uísque desse só na outra encarnação.

Mas foi nesta encarnação mesmo que tomamos mais duas doses, com direito a um chorinho. Quando sentamos pra comer, fora a Swellen que, mantendo a linha, só comeu salada e um bifinho de picanha, tiramos a barriga da miséria. Principalmente o Bellochio, que se desforrou do regime forçado em casa. Entre uma carne e outra, sem conseguir segurar a curiosidade, perguntou:

— E aí, *partner*, não vai contar pra gente o que aconteceu no DEIC?

— Era uma comissão disciplinar — disse, inventando a primeira mentira que me veio na cabeça.

— Comissão disciplinar? Como assim? Nunca ouvi falar numa coisa dessas.

— Nem eu — cortou a Swellen.

— Pois é, me pegaram pra Cristo. Acham que ando me excedendo...

— Se excedendo?! — reagiu, indignada, a Swellen. — Se excedendo como? Eles jogaram você no fogo, e quando você enfrentou de peito aberto os vagabundos...

— *Nós* enfrentamos, parceira, *nós* enfrentamos...

— Tá bom, nós, já que você quer assim. E se fomos nós, eu também deveria ter sido chamada. Quando chegar no DP, vou falar com o doutor Ledesma e fazer o meu protesto. Não é justo que...

— Calma lá, Swellen — disse, dando um tapinha na mão dela. — Preferia que não falasse nada. O problema são meus antecedentes. Estou mais sujo que pau de galinheiro.

— Não acredito — resmungou, inconformada. — É uma droga. Castigam os bons, premiam os maus.

"Tão novinha na polícia e já aprendendo as manhas, hein, Swellen?" — pensei comigo mesmo. Por isso, ficava grato. Além do Bellochio, tinha mais um parceiro em quem podia confiar. Mas, infelizmente, ia ser o motivo de uma grande decepção, no instante em que soubessem que tinha sido pego com um carro cheio de drogas. E não podia dizer nada pra eles! Já imaginava as caras do Bellochio e da Swellen, quando soubessem da minha prisão em flagrante. Que vergonha, que humilhação. Mas por que então havia aceitado aquela missão? Não tinha uma resposta muito clara pra isso. Só sabia que umas coisas dentro de mim me haviam forçado a aceitar.

Pedi mais um uísque, sem me lembrar do longo plantão pela frente. Naquela noite queria era esquecer daquela merda e festejar com meus amigos. Já levemente de fogo, foi que realmente pensei na besteira que estava fazendo. Quando a polícia me pegasse com a droga no carro, fatalmente o Bellochio e a Swellen iam se lembrar do lauto jantar, com direito a bebidas e sobremesa, que eu tinha pago sozinho. "Jogo do bicho?" — diriam, decepcionados. —"Dinheiro sujo da droga! Quem diria? O Medeiros..." Mas pensei também que esse fato talvez ajudasse no meu disfarce. Cheguei à conclusão de que não tinha outro jeito: pra minha missão dar certo, precisava enganar os amigos. E, conseguindo enganar os amigos, ficava muito mais fácil enganar os inimigos.

***

A primeira coisa que vi, ao entrar no apartamento e acender a luz, foi meu velho amigo. Olhava pra mim com uma cara triste, desconsolada. Me aproximando, reparei que, a cada dia que passava, ficava mais parecido comigo: os mesmos ombros largos, o mesmo rosto duro, com uma pequena cicatriz no queixo, os mesmos olhos verdes com olheiras e os mesmos cabelos louros, cheios de fios brancos.

— Porra, Medeiros, vai te catar! — disse, virando as costas pro espelho.

Naquela noite, dormi um sono agitado, cheio de pesadelos. Sonhei que estava no carro, apertado entre sacos de droga, que quase me impediam de dirigir. Fazia muito calor, tentava abrir as janelas e não conseguia. Suava muito, respirava pela boca. Seguia por uma avenida desconhecida, em meio a um tráfico intenso. Estava preocupado, temendo que um carro da polícia me surpreendesse. Até que escutava uma sirene. Tentava fugir, mas era impossível. Forçava a passagem entre dois carros, um caminhão de entrega me dava uma fechada e eu era obrigado a parar. Alguém, então, abria a porta — eram o Bellochio e a Swellen, vestindo uniformes da Polícia Militar e armados de metralhadora, gritando: "Vamos saindo daí, seu filho da puta de traíra!". Levantava os braços e começava a explicar: "Calma, amigos, vocês não estão entendendo, é armação do pessoal do DEIC. Podem abrir os pacotes: é pipoca doce pra enganar os vagabundos". "Pipoca doce?" — o Bellochio perguntava, desconfiado e, em seguida, dava uma rajada de metralhadora nos sacos, que explodiam, liberando uma poeira branca e fina que me sufocava ainda mais. "Pipoca doce, hein, seu vagabundo? Agora, você vai ver o que é bom pra tosse!" A mão dele crescia, crescia e me agarrava pelo pescoço e, quando ele se aproximava de mim, não era ele que me agredia, mas sim o Morganti, que berrava contente: "Agora, somos iguais, seu filho da puta! Comi sua mulher e você virou um fora da lei feito eu! Vem pra cana você também!". Em desespero, dava um empurrão nele, entrava no Vectra, acelerava, desviava do caminhão, saltando por cima do canteiro, invadia a pista contrária e batia em outros carros. O Vectra capotava, eu ficava preso entre as ferragens. Alguém abria de novo a porta, me metia uma .12 na cara, e eu começava a gritar: "Não quero ir em cana com o Morganti! Não quero ir em cana com o Morganti!".

Acordei, com o corpo suado e uma sensação de sufocamento. Parecia que os sacos de droga ainda me comprimiam, e a poeira branca entupia meu nariz. Fui no banheiro e lavei o rosto. Depois, fiquei olhando a cara do trouxa no espelho. Era dia de brincar de espião com o doutor Fragelli na praça da Sé. Coisa mais ridícula! Só me faltava pôr uma peruca e um bigode postiço, uns óculos escuros e uma capa de inspetor Clouseau...

Como a Bete estava atrasada, deixei cinquenta reais sobre a mesa. Isso se ela viesse mesmo arrumar o apartamento, que estava uma bagunça. Desci, mas não peguei o carro. Afinal, a rua Paim não fica tão longe assim da Sé. Além disso, precisava andar um pouco, coisa que não fazia há muito tempo. Tomei o café da manhã no português, desci a minha rua e peguei a Nove de Julho, em direção do vale do Anhangabaú. Uma bela manhã pra quem não prestasse atenção na feiura das pessoas, dos viadutos, dos prédios e na barulheira ao redor. Os ônibus se acotovelavam na avenida, roncando e jogando fumaça preta no ar. Os passageiros deviam estar espremidos que nem os palitos de uma caixa de fósforos. Imaginava a catinga que devia ter lá dentro. O bodum de quem não tinha tempo pra tomar banho e disfarçava o cheiro com o perfume Rastro ou outra merda qualquer, *made in Paraguay*, vendida nas ruas como perfume francês. As poucas árvores da região eram raquíticas, cobertas de fuligem. Na esquina com a Vinte e Três de Maio, o prédio de um antigo hotel parecia um leproso, com as paredes cheias de feridas, com os vidros das janelas todos quebrados. As portas estavam tapadas com tapumes apodrecidos, onde se amontoavam cartazes descoloridos. Cruzei o vale do Anhangabaú por uma passarela ocupada por camelôs que vendiam tudo quanto é tipo de mercadoria importada da China, sob os olhares complacentes dos fiscais: brinquedos, ferramentas, aparelhos eletrônicos, roupas. O cheiro de cachorro-quente e de churrasco grego das barraquinhas empestava o ar. Esta é a minha cidade. Fodida que nem eu, abandonada que nem eu. Mas, nela, me sentia feito um peixe dentro d'água.

Na praça da Sé, subi os degraus da catedral e, por uns instantes, fiquei olhando o portal com estátuas entalhadas na pedra. Engraçado: vivia há tanto tempo em São Paulo e nunca tinha entrado lá. Aliás, não sou de frequentar igrejas. Fui batizado e fiz a primeira comunhão como muita gente. Enquanto ainda morava em Americana com meus pais, ia na missa aos domingos, comungava. Quando mudei pra São Paulo — um "antro de perdição", como diz minha mãe —, parei com isso. A cidade me tornou duro, e religião era coisa que não tinha espaço dentro de mim. Pra escândalo da velha, que costuma falar:

— São as más companhias! Nunca pensei que fosse ter um filho ateu. Um filho que tivesse a coragem de fincar um punhal no meu peito, se divorciando.

Mamãe não se conforma até hoje que eu tenha me separado de Alice, uma "pérola de esposa". A separação veio completar o quadro. Sou o filho perdido que nunca ouviu os conselhos dela e que, tentado pelo demônio, vive ao deus-dará na cidade grande.

— Um dia, Nosso Senhor Jesus Cristo vai iluminar essa sua alma negra — costuma dizer, fazendo o sinal da cruz, como se esperasse um milagre acontecer.

Entrei, e o calor foi substituído pelo ar fresco do interior da catedral que estava quase vazia. Seguindo as instruções do doutor Ledesma, peguei o corredor à direita e fui até o banco em frente do altar principal, onde avistei um homem ajoelhado. Pelo jeitão, reconheci o doutor Fragelli. Sem cumprimentá-lo, me ajoelhei também, fiz o sinal da cruz e fingi rezar. Com o canto do olho, reparei que do lado dele tinha um jornal dobrado. O doutor Fragelli, sem dizer nada, se levantou e saiu. Me sentei, estiquei o braço e peguei o jornal. Fiquei ali ainda por uns dois minutos. Depois, desdobrei o jornal: entre as folhas, encontrei um envelope pardo, que enfiei no bolso. Coisa mais ridícula ficar brincando de espião que veio do frio ou do dia do chacal.

Me levantei, atravessei de novo a igreja e saí no sol forte. Abri o envelope: continha uma chave tetra e um pedaço de papel, com a seguinte mensagem: "Lido este bilhete, destrua-o e venha se encontrar comigo imediatamente à rua Sassaki, número 203, Vila Erna. A combinação do cadeado do portão de entrada é 478861 e a chave abre a porta da casa". Memorizei os dados, piquei o bilhete e joguei numa lata de lixo. Deixei a praça da Sé e peguei um táxi, que demorou um tempo enorme pra sair do trânsito engarrafado do Centro. Mas a Vinte e Três de Maio, a via expressa, não estava muito melhor. Essa avenida é uma armadilha pros apressadinhos como eu. Se quisesse, podia tranquilamente bater um papinho com a loirona no BMW conversível do lado que balançava o corpo, ao som da música techno. Ou fazer um piquenique em pleno asfalto, esticando uma toalha entre os carros, abrindo um cesto com sanduíches, refrigerantes e cerveja. Era só tomar cuidado com os motoqueiros que corriam feito doidos, dando pontapés nas portas dos veículos e sopapos nos retrovisores. A cidade era deles. A gente não passava de invasores, atrapalhando o trânsito.

Só na avenida Rubem Berta, na altura do aeroporto, é que o trânsito melhorou um pouco. Entramos na Washington Luís, depois na Vereador João de Luca e, por fim, na avenida Cupecê. Chegando na Vila Erna, por precaução, pedi ao motorista pra parar na esquina da rua Sassaki. Deixei o táxi e, começando a andar, passei por galpões, oficinas mecânicas, cheias de carcaças de carros na porta, e por um grupo de sobradinhos geminados. Estavam em petição de miséria, com o reboco caindo, as fachadas cobertas de peças de cerâmica, que um dia haviam sido talvez de cores berrantes. Mas a poluição ditava as regras: o azul, o verde e o amarelo acabavam ficando da cor de merda. Na garagem dos sobrados, como num museu, havia preciosidades enferrujadas: Brasílias, Variants, Corcéis, e também alguns fusquinhas. Num portão, uma velha com um roupão de flanela desabotoado mostrava as muxibas dos peitos. Me sorriu, graciosa que nem uma bacia de roupa suja. Parecia um cão de guarda, pronta a registrar qualquer movimento estranho na rua. Todo cuidado era pouco. Procurei ser gentil, sorrindo e dizendo bom-dia. Mas antes não tivesse feito isso. Ficou ainda mais curiosa, esticando ao máximo o pescoço, feito jiboia espreitando coelho.

Atravessei a rua. Na outra calçada, andei alguns metros, passando por um terreno cheio de mato e lixo, e parei diante de uma casa cercada por um muro alto e espremida entre dois galpões. Era lá. Não havia nenhum carro na porta, sinal de que o doutor Fragelli ainda não havia chegado. A menos que, como eu, tivesse vindo de táxi. Abri o cadeado e puxei o portão. Deparei com uma Kombi com pneus carecas e cheia de remendos. Abri a porta da casa com a chave tetra e entrei. O carpete tinha cheiro de mofo, havia marcas de umidade nas paredes cor-de-rosa-calcinha, lixo acumulado nos cantos. Na frente de um sofá de curvim marrom, estripado, havia uma mesinha e uma televisão muito mais esculhambada do que a minha. Fui na cozinha, decorada com azulejos azuis, onde havia uma mesa de fórmica vermelha com quatro cadeiras, uma geladeira enferrujada da mesma cor, um fogão coberto de crostas de gordura e alguns poucos armários de metal, com as portas desengonçadas. Ia abrir a geladeira, quando escutei os passos de alguém na entrada. Peguei o .38 na cintura e caminhei até a porta. Era o doutor Fragelli, que entrava com uma .380 na mão. Ao dar comigo, estremeceu e disse de um modo severo, enquanto guardava a pistola num coldre de sovaco:

— O senhor devia ter mais cuidado. Esquecer o portão aberto é uma temeridade!

— Desculpe. Prometo que isso não vai se repetir — disse chateado, ao mesmo tempo que enfiava o .38 na cintura.

— Me atrasei por causa do tráfego. Já deu uma olhada aí dentro? — disse, mais calmo.

— Acabei de chegar.

— Como pode ver, queremos fazer de conta que a casa é ocupada. Venha aqui na cozinha, por favor.

Abriu a geladeira: havia um mamão inteiro, uma caixa de margarina, uma garrafa de água mineral e latas de cerveja ainda dentro do pacote, tudo muito bem-arrumado, feito as mercadorias falsas que enfeitam as geladeiras das lojas de eletrodomésticos.

— Não vai colar — eu disse, abrindo o pote de margarina e deparando com o lacre de proteção. — Só um trouxa vai acreditar que tem alguém morando aqui.

Abri os armários de metal: latas de ervilha, de massa de tomate, pacotes de macarrão, de bolacha, também fechados. Vi também dois pratos, três copos desses de requeijão. Abri a lata de lixo: vazia.

— Quem é que arrumou isso?

O doutor Fragelli ficou vermelho e, todo sem graça, tentou explicar:

— O pessoal...

— O senhor acredita mesmo que alguém vai pensar que tem gente morando aqui nesta casa de boneca? — disse, cortando a fala dele.

Observou com muita seriedade:

— Tem razão, o pessoal foi um pouco descuidado.

Rasguei o pacote de cerveja, pus algumas latas nas prateleiras, outras na porta e enfiei a embalagem no lixo. Abri a caixa de margarina, peguei uma colher numa das gavetas da pia, tirei metade do conteúdo e joguei fora também. Fiz o mesmo com o pacote de macarrão, de bolacha.

— Está começando a melhorar — disse, pegando uma lata de cerveja.

Estava morto de sede e bebi a cerveja quase que de um gole só. Feito isso, amassei a latinha, joguei no lixo e, propositadamente, errei o alvo pra que fosse cair no chão junto da parede. Finalmente, o lixo estava ficando com uma cara de lixo de verdade.

— Pra completar, só falta deixar uns restos de comida sobre a pia ...

O doutor Fragelli apontou pra escada:

— Não quer subir pra dar uma olhada lá em cima?

Havia dois quartos, um fechado, o outro aberto, separados por um banheiro. Como desconfiava, tinham esquecido também de encher a lata de lixo junto da privada. No quarto, havia uma cama de solteiro com um lençol, uma colcha verde-vômito e um travesseiro. Desarrumei a cama. O guarda-roupa, velho como um sarcófago, com o espelho manchado, estava completamente pelado, como se esperassem que eu mesmo providenciasse o enxoval. Fomos até o outro quarto. O doutor Fragelli parou diante da porta. Tirando um jogo de chaves tetra do bolso, abriu a fechadura de baixo e a de cima. O quarto estava quase vazio, a não ser por um armário amarelo roído por cupins e sacos de plástico preto empilhados num canto. O doutor Fragelli abriu um deles e mostrou o conteúdo. Eram pacotes com um pó branco. Cocaína, na certa.

— Da especial. — Deu um estalo com a língua e continuou a falar, como se fosse um camelô oferecendo sua muamba: — A melhor cocaína que se pode encontrar no mercado...

Ele se agachou, passou com carinho a mão sobre um dos sacos e voltou a dizer:

— Esta é uma parte da droga que a polícia apreendeu no ano passado num caminhão que vinha do Paraguai carregado de toras de madeira. Estava escondida no miolo da carga. Foi levada para o IML de Pinheiros, e o resto da história o senhor já sabe: a tentativa de roubo por uns maus colegas. Um delegado e um escrivão foram presos, e um investigador se acha foragido. Uma hora, a Interpol dá com ele, se não acharem antes o cadáver em algum lugar por aí. Enquanto isso não acontece, o senhor assumirá o lugar dele, se passando por um policial corrupto.

— E quanto vale isso? — perguntei, apontando para os pacotes de plástico.

— Ah... deve valer bastante, uns trezentos, trezentos e cinquenta mil... Ao contrário dessa porcaria misturada com bicarbonato e pó de mármore que os traficantes vendem nas ruas, esta que vamos usar como isca é puríssima. Veio direto da Colômbia, passando pelo Paraguai. Acreditamos que se destinava ao mercado europeu.

— Bem, e quando é que a operação vai começar?

— O mais depressa possível. Temos urgência.

Fiz rapidamente uns cálculos: naquela noite, ainda tinha que ir até a casa do doutor Videira, na quinta, pensava em dar uma esticada até a casa da minha mãe, em Campinas. Na volta, precisava arrumar as coisas no apartamento.

— Acho que na sexta está bem.

— Tem certeza de que até lá vai dar pra arrumar a sua vida?

"Com certeza que não", pensei. Minha vida não tinha conserto. Mesmo assim, disse:

— Tenho. Sexta está bom.

O doutor Fragelli abaixou a cabeça, refletiu um pouco e depois ponderou:

— Sexta me parece muito em cima... Enfim, talvez seja melhor assim, não podemos mais ficar protelando.

Voltou a refletir com os olhos longe. Parecendo se lembrar de algo, disse:

— Ah, ia me esquecendo...

Foi até o armário, abriu uma das portas e pegou alguma coisa sob umas caixas de papelão. Era uma Colt .45. Conferiu o carregador e disse:

— Foi encontrada em mãos de um traficante, por isso tem a numeração raspada. Se precisar de uma arma...

Tornou a guardar a pistola sob as almofadas. Saímos do quarto. Trancou a porta e me entregou as chaves. Descemos a escada. Fui até a geladeira, peguei mais uma latinha de cerveja e fomos sentar no sofá da sala.

— Muito bem — disse, depois de me lançar um olhar de recriminação, enquanto eu tomava novamente a cerveja quase que de um só gole. — Então, fica pra sexta. Vamos acertar os detalhes. Na sexta, depois do almoço, o senhor passa por aqui, pega uns sacos de cocaína, liga pra mim...

Me passou um número de telefone:

— Fale o estritamente necessário, só a hora que vai sair, que entendo. Estaremos lhe esperando na avenida Interlagos, na altura do shopping...

— Por que na Interlagos?

— Pelo motivo de que é uma avenida que fica perto do seu DP e, sobretudo, por ser bem movimentada. Queremos que sua prisão chame bastante a atenção. Inclusive, repórteres da televisão e de alguns jornais serão convenientemente alertados...

— Quem sabe, pra tornar a ação mais verdadeira, quando vocês me interceptassem, eu podia sair cantando os pneus, atravessava a pista, batia em dois ou três carros, capotava, vocês começavam a atirar... — disse num fôlego só.

O doutor Fragelli fechou a carranca e rosnou:

— Doutor Medeiros, estamos falando de uma coisa muito séria!

— Estou falando sério — disse, segurando o riso.

— Não me parece.

O homem não estava mesmo pra brincadeira. Acho que nunca ia ser amigo dele. Não gosto de gente que não tem senso de humor.

— Então, sou preso e levado pro presídio da Polícia Civil, suponho...

— Evidentemente. Lá, arrumaremos um jeito pra que fique numa cela especial junto com o Bigode. Assim, poderá se aproximar dele pra lhe conquistar a confiança.

— Pelo que sei, o presídio da Polícia Civil é reservado apenas pra policiais que cometeram crimes e aguardam julgamento.

O doutor Fragelli balançou a cabeça, que nem se fosse um pai falando com um filho meio tonto.

— Vamos dar um jeito, doutor Medeiros, vamos dar um jeito... Pra tudo tem um jeito... Vai ver que não será uma coisa muito difícil fazer o senhor ficar numa cela especial junto com o Bigode. Acontece que, no passado, ele foi policial militar.

— Muito bem, mas como tem tanta certeza assim de que vou conseguir me aproximar dele?

O doutor Fragelli suspirou:

— É o seu trabalho, colega, é o seu trabalho. E talvez consiga isso com uma ajudazinha externa. Alguém irá plantar uma arma na cela de vocês, com a qual, num dia previamente combinado, o senhor renderá o carcereiro. Assim, ambos poderão fugir. Na fuga, pra tornar mais verossímil a história, deverá atirar no carcereiro...

Como se eu fosse um débil mental, ainda achou de me avisar:

— ... com cartuchos de festim, evidentemente.

Fiz que não era comigo e apenas perguntei:

— E quanto aos guardas?

— Sua fuga está programada pra uma quarta-feira, quando o São Paulo estiver jogando pela Libertadores no Morumbi. Fora o carcereiro, os guardas, os demais funcionários serão liberados para assistir ao jogo na sala do café. Com isso, tranquilamente, o senhor poderá fugir. Em seguida, tentará convencer o tal do Bigode a vir aqui, onde lhe mostrará a droga que *furtou*. E aí a farsa estará completa, e seja o que Deus quiser. E espero que Deus esteja mesmo do nosso lado...

Enfiou a mão no bolso e pegou um pedaço de papel:

— Tenho aqui alguns dados que é bom o senhor guardar pra que sua história se torne mais verossímil. O delegado responsável pelo roubo da cocaína do IML chama-se Janine, Michel Janine, e o escrivão, Torres, Luciano Torres. Os três estavam lotados no 14º DP, em Pinheiros. Eram 350 quilos de uma droga que foi encontrada num depósito de madeira perto do Ceasa, numa blitz do pessoal do Denarc. O delegado e o escrivão foram presos, mas o investigador, como o senhor bem sabe, ainda não foi localizado. Há quem diga que está na Bolívia, mas há quem diga também que foi morto pelos comparsas, num acerto de contas...

O doutor Fragelli refletiu um pouco e depois disse:

— Outra coisa: como o senhor certamente será revistado quando for preso, é conveniente esconder as chaves da casa em algum lugar, por exemplo, no ralo, ao lado da porta de entrada. Também é bom não se esquecer do número da combinação do cadeado do portão...

— O senhor pensou mesmo em tudo! — não pude deixar de dizer, admirado com os detalhes da ação.

— Não pense que só o senhor é esperto — observou com um ar de superioridade, talvez se referindo ao episódio dos alimentos, do lixo.

— Eu não sou nada esperto — retruquei, sorrindo. — Se fosse um pouquinho esperto, não estava oferecendo meu rabo de graça.

— Ninguém está lhe pedindo qualquer tipo de sacrifício, doutor Medeiros! — reagiu com indignação. — Estamos aqui todos no cumprimento estrito do dever!

Havia esquecido que o doutor Fragelli não tinha senso de humor... Ele se levantou, observando:

— Não me custa também relembrar ao senhor que, de agora em diante, todo cuidado é pouco. Um passo em falso e sua missão correrá sério risco.

7

A BETE TINHA ARRUMADO o apartamento como a cara dela. O serviço não valia dez por cento do que lhe pagava. Pus a mão sobre a televisão. Ainda estava quente. Na certa, a neguinha tinha ficado vendo os programas da tarde. Fui até a secretária eletrônica, liguei e nada. Uns tempos atrás, era um recado atrás do outro. Quem semeia colhe, eu sei. Como agora vivia que nem um bicho, ninguém mais me procurava. Tinha perdido o gosto de sair na noite pra pegar uma garota numa das bibocas da Major Sertório. Às vezes, sinto saudade de alguém me ligando. Mesmo que fosse Alice. Como costumava fazer, quando ainda conversava comigo, me dando broncas. Também sinto um pouco de saudade da Suzana, uma maluca que me deixou doido por uns tempos. Gostosa como ninguém, mas uma pentelha de marca maior. Saímos algumas vezes, mas, quando começou a pegar no meu pé, fugi dela que nem o diabo da cruz. Suzana não valia a encheção de saco. Ou outra mulher qualquer. Talvez tenha sido isso que fez com que me sentisse tão atraído por Irene. Era um bichinho selvagem. Pronta a se entregar a uma paixão desatinada, mas sem querer me pôr no pescoço o laço de compromisso. Irene era bem fora dos padrões de mulher com quem costumava sair. Todas elas, num primeiro momento, cheias de furor, mas, depois, com as armadilhas de sempre, me querendo dócil que nem um cãozinho de estimação.

Abri uma cerveja, enquanto esperava a chegada do chofer do doutor Videira. Estava ansioso, porque sabia que ia me meter numa enrascada. Mas o que havia sido minha vida senão me meter numa enrascada atrás da outra? Quando que ia ter sossego? Mas será que queria mesmo sossego na minha vida? Eu era um lobo, não era um cão. Que saco a rotina do dia a dia no DP, a chatice das pessoas, a solidão do apartamento. Nada daquilo me fazia sentir vivo.

O interfone tocou. Era o porteiro avisando da chegada da minha condução. Deixei o apartamento. Na rua, me aguardava um Mercedes prata, tinindo de novo. O chofer, de quepe na mão, veio abrir a porta de trás do carro. Achei aquilo a maior frescura.

— Que é isso, Jarbas? Vou na frente com você.

— Pois não, doutor, mas meu nome é Anselmo — corrigiu polidamente.

O Mercedes, deixando a Paim, entrou na avenida Nove de Julho. Apesar de já serem quase sete, o trânsito ainda estava ruim.

Só uma hora depois é que atravessamos a marginal do Pinheiros, pra pegar mais adiante a rodovia Raposo Tavares. Não demorou muito, o carro embocou na portaria do Forest Hill, um daqueles condomínios dos ricaços de São Paulo nos arredores da rodovia. Os lotes deviam ter mil metros quadrados em média, mas havia uns bem maiores. Os moradores dispensavam muros e grades, coisa incomum em São Paulo. Evidentemente, a segurança ali devia ser coisa de cinema. Pude observar, na entrada, as câmeras e os carros de vigilância que, discretamente, seguiram o Mercedes até o destino. As casas ocupavam áreas enormes e eram cercadas por gramados, canteiros floridos, bosques, fontes com estátuas. Nas garagens, viam-se de três carros pra cima, a maioria importados. Audis, Mercedes, BMWs, Volvos, Ômegas, Pajeros e os Alfa Romeos eram mato por ali.

Depois de curvas e curvas, o carro virou à direita e, passando entre dois leões de pedra, entrou num caminho revestido de cascalho. A casa, um sobrado de dois andares, numa elevação, tinha a fachada decorada com tijolinhos vermelhos, em grande parte cobertos de hera. Um gramado, com canteiros, ipês e quaresmeiras floridas, descia suavemente. Chegando no alto, vi, dentro de uma garagem, um Ômega preto e um BMW vermelho, assediando, com olhares cobiçosos, uma sedutora Hylux platinada. O Mercedes fez uma curva fechada e foi parar diante de uma escada que levava até um arco, em que havia uma porta maciça de madeira. O chofer saiu correndo do carro e veio me abrir a porta. Treinado daquele jeito, não podia admitir que eu mesmo fizesse isso. Subimos a escada, e ele foi apertar a campainha. Em vez de um mordomo, quem veio me receber foi o próprio doutor Videira, que parecia muito à vontade de calças jeans, tênis e camiseta.

— Doutor Medeiros! — disse, abrindo um largo sorriso e me apertando a mão fortemente. — Faça o favor de entrar.

Passamos pela porta e saímos num hall redondo, com vitrais coloridos, iluminado por um lustre de cristal cheio de penduricalhos e mais lâmpadas que o conjunto de lojas de um shopping. No fundo havia uma escadaria daquelas de cinema, revestida de mármore rosa, com a proteção de grades douradas. Havia ainda por ali macios tapetes, sofás de veludo, mesinhas de pés torneados, espelhos com molduras douradas e vasos bojudos com palmeiras.

— Vamos esperar pela minha esposa — disse, indicando uma porta à direita. — Marina está pra chegar.

Entrei numa sala onde podiam caber uma quadra de futebol de salão, mais dois times, um juiz, os reservas e, com certeza, alguma torcida. Era dividida em três ambientes e cheia de badulaques. Tudo aquilo que o dinheiro pode comprar. Coisa impessoal de revista de decoração, puro lixo pra impressionar os trouxas: sofás, mesinhas, lareira, aparadores, vasos com plantas, biombos chineses, tapetes orientais, quadros de arte moderna muito coloridos, lustres, cristaleiras com bibelôs, um piano de cauda branco. Mas o que mais me chamou a atenção foi o bar num dos cantos da sala. A tentação dos pinguços era formada de um balcão de mármore negro, com uma armação de madeira, onde se dependuravam as taças. Havia bebidas de tudo quanto é tipo nas prateleiras de vidro da parede decorada com mosaicos dourados.

Sentei num sofá branco, sem as típicas manchas e marcas dos sofás que se acostumaram com um corpo. Que nem o meu, que já conhece as curvas das minhas costas, da minha bunda, a marca pesada dos meus pés.

— Um drinque? — o doutor Videira perguntou.

Sem esperar que respondesse, foi até o bar e acendeu as luzes, iluminando as garrafas por trás.

— Um uísque? Uma vodca? Um martíni?

Não estava com muita vontade de beber com ele, mas não podia resistir ao feitiço dos Johnnie Walkers, Logans, Dimples e outros uísques que não conhecia.

— Pode ser um uísque.

— Com gelo? Com soda?

— Puro.

O doutor Videira pegou uma garrafa de Dimple, outra de soda, dois copos e trouxe até a mesa na frente do sofá. Serviu duas doses generosas, acrescentando soda na dele.

— Fico muito agradecido que tenha aceitado a missão de resgatar minha filha — disse, depois de tomar um gole.

O modo como falou me deixou muito irritado. Por isso, rebati no ato:

— Mas eu não disse que aceitei...

Me olhou espantado e, dando conta da gafe, logo se corrigiu:

— Oh, desculpe. Na verdade, estou presumindo isso. É resultado da minha ansiedade.

Ansiedade o caralho — o mala do doutor Ledesma, com certeza, informado da conversa na reunião, já devia ter telefonado contando tudo. O que podia esperar daquela gente? Eu não passava da peça de uma engrenagem que manejavam como queriam.

— Pois, então, lhe pergunto: o senhor vai aceitar a missão?

Ia responder quando a porta da sala se abriu. Uma mulher entrou. Vista à distância, parecia muito atraente. Alta, com um corpo cheio de curvas, pernas bem torneadas. Vestia uma saia preta, com a barra um pouco acima do joelho, e uma blusa bege de seda que lhe moldava os peitos. Mas, quando se aproximou, percebi que era uma coisa pra ser melhor apreciada de longe. Tinha um jeito frio, insolente. O tipo de mulher de nariz empinado, que parece estar sempre cheirando merda no ar. Me levantei, o doutor Videira me apresentou:

— O doutor Medeiros, que falei pra você.

— Como vai? — disse secamente, me olhando de alto a baixo e sem me estender a mão.

Sentou, cruzando as pernas.

— Um drinque, querida? — o doutor Videira se apressou a oferecer.

— Um Campari com gelo.

Campari... — uma dona daquelas só podia mesmo beber Campari. Uma bebida enjoada de frescos e mulheres que cheiram merda no ar.

Enquanto preparava a bebida, o doutor Videira disse:

— Quando você chegou, o doutor Medeiros estava pra dizer se aceita trabalhar no resgate da Claudinha...

A mulher olhou pra mim com indiferença.

— E...?

Em vez de responder, o doutor Videira disse:

— Acabou o gelo. Vou pegar mais na cozinha.

Saiu, ela começou a balançar a perna, como se estivesse impaciente. Era mesmo um tesão: tinha um corpo e tanto. Os lábios eram suculentos que nem uma polpa de papaia e úmidos, como se acabassem de ter sido chupados. Não fosse o jeito insolente dos olhos, que pareciam duros e frios que nem diamantes... A mulher me surpreendeu olhando pra ela e me encarou. Conhecia muito bem esse tipo de dona arrogante e, com certeza, mal comida. Desviei o olhar. Não queria criar confusão.

— O senhor tem um cigarro? — perguntou, encerrando o silêncio constrangedor.

— Não fumo.

Ela se levantou e foi até o bar, mostrando uma bunda muito apreciável. Voltando ao sofá, sentou e acendeu um cigarro. Aquela perna balançando me excitava. Um pensamento maluco foi se formando dentro de mim: e se, de repente, me desse a louca e agarrasse ela? Talvez esperneasse e gritasse. Mas, depois disso, com certeza, se entregava que nem uma cadela no cio. Deixei de pensar bobagem, porque o doutor Videira entrava com um balde de gelo.

— E então? — perguntou.

— E então o quê, Luís Carlos? — rebateu, irritada.

Ele deu um suspiro, serviu o Campari e me perguntou:

— Outra dose de uísque, doutor?

Estiquei o braço, peguei a garrafa e me servi de mais uma talagada. A mulher continuava balançando a perna e fumando. Que casal! Não era surpresa que a garota tivesse fugido de casa.

— Então, doutor Medeiros — disse, se acomodando na poltrona e pegando o copo de uísque —, o senhor ia dizendo...

O que que eu ia dizendo? Não sentia vontade de dizer nada, mas acabei dizendo o que ele queria escutar:

— Bem, posso tentar resgatar sua filha...

— Você viu, querida?! — disse, cheio de entusiasmo, se voltando pra mulher. — O doutor Medeiros está pronto pra ir atrás da Claudinha.

— Escutei muito bem o que ele disse — resmungou, franzindo os lábios. — Só que acho que isso não vai adiantar nada.

— Como assim? — reagiu, elevando o tom de voz.

Mas a mulher não era fácil. Vincando bem as palavras, rosnou como uma cadelinha nervosa:

— Você acha que um cara como ele, sozinho, vai ser capaz de enfrentar aqueles bandidos todos?

— Já te expliquei que não tem outro jeito...

— Como não tem outro jeito? Era só mandar a polícia, o exército, e bombardear aquilo. Mas um policial sozinho... Você sabe muito bem o que aconteceu com o outro.

— O outro era um incompetente.

Com os lábios ainda franzidos, ela olhou pra mim. A cara já dizia tudo: "E esse aí, e se for também um incompetente?". Ficamos em silêncio. Por fim, disse, irritada:

— Você precisa resolver isso logo. Sabe que estou de viagem marcada pra Paris.

Escutar aquilo me incomodou. Talvez porque esperasse encontrar a mãe da garota desesperada. Mas, pra ela, o incidente não passava de um estorvo nos seus planos de viagem. Tinha quase certeza de que, se não encontrasse a garota, aquela dona ia viajar assim mesmo.

— Sei de suas viagens, de seus programas — retrucou o doutor Videira, meio azedo. — Mas você não pode se esquecer de que se trata da *nossa* filha.

— Nossa filha, nossa filha... sei disso muito bem. Mas quem pode com ela? Eu não posso! Se tivesse sido sequestrada, ainda vai, mas fugir com um vagabundo!

— Sequestrada ou fugindo de casa, tanto faz. É meu dever como pai...

— Vocês têm uma fotografia da garota? — cansado da lavagem de roupa suja, interrompi.

— Uma fotografia...? Claro, temos várias.

Ele se voltou pra mulher e disse, num tom meloso:

— Querida, não quer pegar uma foto da Claudinha lá dentro?

Ela fez uma cara de má vontade, mas acabou se levantando e saiu da sala. Quando a porta bateu, o doutor Videira balançou a cabeça e disse:

— Não leve a mal a Marina. Anda meio estressada com essas coisas...

Estressada? Nada que uma boa foda não resolvesse. Mas certamente não seria ele que ia resolver isso.

Não demorou muito, a mulher voltou com duas fotos coloridas da garota. Uma, de corpo inteiro, outra, só com o rosto. Morena como a mãe, só que de cabelos bem curtos. A minissaia deixava à mostra coxas e pernas bem-feitas. Os peitinhos estavam relaxadamente contidos por uma blusa branca presa na cintura com um nó. E tinha um sorriso de safada, mostrando presas agudas, que espreitavam entre os lábios vermelhos e cheios. Na certa, uma aprendiz de predadora.

Um telefone celular tocou. O doutor Videira atendeu. Falou baixinho por alguns segundos e, depois, se virou pra mim e disse:

— O senhor me dá licença um instante.

Ele se levantou e saiu da sala, me deixando novamente a sós com a mulher. Voltei a contemplar o retrato da Claudinha. A um olhar mais cuidadoso, reparei que a garota não era parecida com a mãe. O corpo, sem tantas curvas, era esguio. Além disso, tinha o rosto mais fino e os olhos cor de mel, que nem os de uma gata selvagem.

— Bonita garota... — disse por dizer.

— Pois é, mas não tem um pingo de juízo, como o senhor pode ver. O pai mima ela demais, faz as vontades dela e deu no que deu.

Bebi mais um gole de uísque. Ela fez o mesmo com o Campari. Em seguida, me perguntou:

— O senhor tem experiência nesse tipo de negócio?

— Sequestro de garotas? Não, não tenho. Meu ramo é outro.

— E qual é o seu ramo?

Dei de ombros:

— Faço o que me mandam.

— O senhor então é uma espécie de pau-para-toda-obra? — comentou com ironia.

— Pode-se dizer que sim. O lixeiro preferido do meu DP.

Deu uma risada. A primeira daquela noite.

— Essa é boa. Lixeiro...

Abaixou a cabeça e voltou a balançar as lindas pernas. Mas, de repente, levantou a cabeça, me olhou fundo nos olhos e perguntou:

— Será que a gente podia conversar a sós uma hora dessas?

Antes que respondesse, completou:

— Têm umas coisas que eu não queria falar na frente do meu marido.

Hesitei um pouco, mas acabei dizendo:

— Podemos conversar, é claro.

— Quando?

— Tem que ser amanhã à noite. Meu tempo anda muito curto.

— Está bem. O senhor tem um telefone?

Estendi um de meus cartões, que ela rapidamente escondeu, fechando a mão, no instante mesmo em que o doutor Videira entrava na sala. Veio até a gente, sentou e disse:

— O senhor desculpe...

Reparando que eu estava com uma das fotografias da filha na mão, pegou a outra sobre a mesa, examinou e disse, embevecido:

— Então, o que achou do nosso anjinho?

Anjinho? Pensei que estivesse brincando. Olhei bem pra ele: o homem falava sério, encantado com a pecinha que tinha posto no mundo.

— É uma bela garota — fui forçado a concordar, embora preferisse acrescentar a meu juízo palavras como "gostosinha" e "safadinha".

— Anjinho... — escarneceu a mulher, sem deixar de balançar a perna. — Só você, Luís Carlos, pra acreditar que ela é um anjinho...

Não estava a fim de continuar contemplando aquele quadro de felicidade doméstica.

— Posso levar os retratos? — perguntei, estendendo a mão pra outra fotografia. — Facilitará no reconhecimento da garota.

— Sim, claro — disse o doutor Videira.

— Então, se me dão licença, preciso ir — disse, me levantando.

Ante o olhar indiferente da mulher, o doutor Videira apertou fortemente minha mão e disse, parecendo sinceramente comovido:

— O senhor não calcula como lhe sou grato. Tem já em mim um amigo e pode contar comigo pro que der e vier.

Cumprimentei a mulher com uma inclinação de cabeça. Ela sorriu daquele jeito cínico. Conhecia muito bem gente da laia daquela dona. Deixei a sala. O doutor Videira me acompanhou até a porta e disse, na despedida:

— Se trouxer a minha filha de volta, saberei...

Fiz um gesto com a mão, interrompendo:

— Por favor, não diga nada.

— Mas o senhor precisa saber que...

— Já sei tudo que queria saber. Boa noite.

O chofer me aguardava, com a mão na maçaneta da porta de trás do carro. Essa gente não aprende. Abri eu mesmo a porta da frente, dizendo:

— Vamos lá, Jarbas, deixa de frescura.

***

Na quinta, fui pra Campinas ver minha mãe. Sabia que ia ser difícil explicar pra velha o que não podia ser explicado. Mas o que fazer? Antes contar uma mentira do que lhe causar um choque, quando ela soubesse pela televisão ou pelos jornais que eu tinha sido preso com droga no carro. Enquanto seguia pela Bandeirantes, ia pensando numa boa história. E a história tinha que ser boa de fato, porque ela era muito desconfiada. Ainda mais comigo. De seu ponto de vista, eu era um caso perdido e ponto final. Coisa mais comum era ela telefonar ou deixar recados na secretária, me dando broncas por levar uma vida devassa, por ter deixado Alice, um primor de mulher, a quem queria como uma filha, por só viver correndo atrás de rabo de saia, por beber como um condenado. Certamente, a fonte das informações era a Bete, que atendia quase todos os meus telefonemas. Nos raros momentos em que eu conversava com mamãe, nem tentava corrigir os seus juízos sobre mim. Ficava quieto, escutando ela falar, como se fosse um filho obediente, prometia me corrigir e ponto final. Desse modo, abreviava as broncas. Mas agora sabia que tinha uma parada dura pela frente. Por isso é que precisava mesmo inventar uma história e tanto.

— Douguinho! — exclamou, ao abrir a porta.

Achava insuportável aquele "Douguinho". Por que simplesmente não me chamava de "filho", de "querido", de "Douglas" ou de outra merda qualquer?

— Ué, você não foi trabalhar?

— Tive que resolver um negócio aqui em Campinas...

Por que fui dizer isso? Começaram as queixas de sempre: que eu só aparecia quando tinha negócios pra fazer, que tinha esquecido dela, que era um filho ingrato...

— Mas vamos entrando, que o feijão está no fogo — disse, encerrando as broncas.

O mesmo velho hábito. Às nove da manhã, já começa a fazer o almoço. Ainda que não tenha nada pra fazer durante o resto do dia. Fomos até a cozinha. Mamãe não parou de falar um segundo, se bem que eu não prestava muita atenção no que ela dizia. Coisas do tipo: não sei quem tinha se casado com uma sirigaita sem modos, que não sabia coar um café e cerzir uma meia, não sei quem tinha se separado de não sei quem, não sei quem tinha morrido. Primos e primas que não via desde criança, parentes desconhecidos, vizinhos esquecidos. De certo modo, essa falação até que adiava a hora em que teria que abrir a boca e tentar explicar o que ela não podia entender. Enquanto isso, sentado no meu canto, ia sentindo o cheiro gostoso de cebola e alho fritos, de salsinha e coentro lavados, da carne moída pro pastel que ela sabia que eu gostava. De vez em quando, distraído, fazia uma pergunta ou outra, e mamãe continuava com seus papos cada vez mais compridos:

— Que Dirce? A Franzini. A filha do doutor Franzini, aquele dentista sem-vergonha que fez uma barbeiragem na minha dentadura. Me cobrou os olhos da cara, e a dentadura não cabe direito dentro da boca. Pois bem, como sempre digo: Deus castiga quem faz malfeitos. Não é que a filha dele ficou grávida de um sem-vergonha que não quis casar com ela? O sem-vergonha você até conhece, o Tavares...

— Tavares? Que Tavares?

— O filho do Dido, que estudou com você no primário e que vivia roubando suas bolinhas de gude. Até que um dia você deu um soco na cara dele. Ih, a mãe do menino armou um pampeiro... Veio aqui reclamar de você, e eu disse que filho meu não levava desaforo pra casa! Pois esse Tavares...

E assim, em pouco tempo, ficava sabendo da crônica de uma Campinas que não existia mais e que ela teimava em fazer que se tornasse viva. Quando o almoço ficou pronto, veio variado, como era costume. Arroz, feijão, torresmo, farofa, couve picada, chuchu, mandioquinha, abobrinha, mandioca frita e, pra coroar isso tudo, pastéis recheados com carne moída, ovo picado, azeitona. E, de sobremesa, doce de abóbora, de goiaba, de cidra, acompanhados de fatias de queijo branco e de um café de coador. Enquanto comia, é claro, a metralhadora verbal não parava. No espaço da meia hora que durou a refeição, fiquei sabendo de um sem-número de casamentos, noivados desfeitos, assassinatos e mortes. Quando ela parou pra ir pegar um remédio, aproveitei e disse:

— Mamãe, tenho uma coisa importante pra falar pra senhora.

Ela se voltou rapidamente e me olhou, abrindo um largo sorriso.

— Não me diga! Quem é a moça?

— Moça? — comecei a rir com o disparate. — Não é de casamento que quero falar com a senhora. É outra coisa...

— Que coisa mais importante que seu casamento você pode me contar? — rebateu, desapontada.

— É melhor a senhora tomar seu remédio. Vamos conversar na sala.

Sentei no sofá e, enquanto esperava mamãe, levantei os olhos pras gravuras de Nossa Senhora e de Jesus Cristo na parede. O Homem, com o dedo apontando pro coração, parecia me espiar com um olhar cheio de censura.

— Ô cara, não vai me dedar pra ela, hein! — resmunguei.

— Tá falando sozinho, filho? — mamãe me perguntou, assustada, ao me surpreender em colóquios com o Senhor.

Sentou do meu lado.

— Vamos lá: conta pra mamãe.

— É o seguinte — disse rapidamente, escolhendo o caminho mais curto. — Têm umas pessoas no meu emprego que andam me perseguindo. Ultimamente, inventaram que sou traficante de drogas...

— Que horror! — mamãe se persignou três vezes. Depois, me olhou desconfiada e perguntou: — Me conta a verdade, Douguinho! O que você anda aprontando?

— Nada, mamãe. Juro por Deus!

— Não jura por Deus, que é pecado!

— Mas juro que não fiz nada. Como disse, têm umas pessoas no Distrito que não vão com a minha cara e ficam inventando maldade.

Mamãe me segurou as mãos, me olhou no fundo dos olhos e perguntou:

— Você jura pela alma do teu pai que não está metido com esse negócio de drogas?

— Juro.

Mamãe começou a chorar.

— E agora? O que vai ser de você? Sempre disse que não andasse com más companhias! Você não me ouve. Onde se viu sair daqui e ir para aquela terra de mulheres perdidas? Se não tivesse acabado o casamento com a Alice...

O que que a Alice tinha a ver com isso?

— Você já falou com teu chefe? — perguntou, soluçando.

— Já falei, mas não adiantou.

— Como não adiantou? Ele precisa saber que você é um Medeiros, e um Medeiros nunca mente.

Mamãe me abraçou.

— Tem muita gente ruim no mundo, Douguinho! Se você tivesse feito o que seu padrinho te recomendou, estava formado em Medicina, tinha uma bela carreira pela frente. Podia até ter casado com a Neuzinha, um primor de moça. Não, preferiu ir embora, pra fazer esse trabalho sujo com bandidos, com mulheres perdidas!

E lá vinha aquela conversa de novo!

— Mãe, por que a senhora insiste nisso? — disse, impaciente, mas logo me arrependi e procurei corrigir: — O que está feito está feito. Eu errei, fiz minhas besteiras. Mas, nisso, juro por Deus que estou limpo. É intriga de gente que não presta.

Mamãe deu um suspiro.

— É, agora não adianta chorar sobre o leite derramado. Talvez se eu telefonasse pro seu chefe e...

Quase tive um acesso de riso, mas me segurei e disse:

— Não acho que fosse funcionar. Com o tempo, vão descobrir que foi intriga. Enquanto isso, se a senhora ler nos jornais ou ver na tevê alguma coisa contra mim, não acredita, que é mentira. Está bem assim?

— Como você jurou pela alma do teu pai... Um Medeiros nunca mente.

Mamãe se acalmou e acredito que eu também, porque, na verdade, estava nervoso com aquela história. E acabei ficando na casa dela mais do que esperava. Descansei um pouco no meu antigo quarto, tomei o lanche da tarde, e só depois disso é que voltei pra São Paulo. Bem a tempo, porque, na altura de Jundiaí, Marina, a mulher do doutor Videira, me ligou. Marcamos então um encontro num barzinho na rua Tabapuã, no Itaim.

8

O PORTO LUNA É UM LUGAR legal pra se frequentar nas noites quentes, pois tem um teto de vidro retrátil. O chope é bem tirado, e a gente pode bater um bom papo, sem ser incomodado pela algazarra de moleques ou pela música em alto volume. Naquela noite, o bar estava quase vazio, o que era melhor ainda. Bebia meu segundo chope, sentado numa banqueta junto do balcão, quando Marina chegou. Estava deslumbrante num vestido preto, bem decotado, que lhe modelava o corpo. Desci da banqueta e fui ao seu encontro.

— Desculpe a demora, mas o trânsito... — começou a se desculpar.

— Não tem problema, também acabei de chegar — menti, pois fazia meia hora que estava ali no bar.

Ocupamos uma mesa num canto. Pedi mais um chope, ela, um Campari. Enquanto a bebida não vinha, ficamos jogando conversa fora. Sobre o tempo, sobre o trânsito. Aproveitei pra examinar Marina com mais cuidado. Os lábios sensuais, os dentes perfeitos, a pele fina, acetinada. Os cabelos negros e brilhantes vinham até os ombros. Logo abaixo, via parte dos peitos, com certeza, sem sutiã, porque dava pra perceber os bicos duros sob o tecido fino.

As bebidas chegaram. Ela tomou um gole do Campari e perguntou, depois de alguns segundos:

— Você deve estar curioso em saber por que estou aqui, não é?

Dei de ombros.

— Mais ou menos.

Com certeza, a resposta não agradou Marina, porque franziu o rosto e disse:

— Você se acha o tal, não é?

— Não me acho nada. Só sei que a senhora...

— Pode me chamar de você.

— Muito bem: só sei que você falou que queria conversar comigo a sós, e estou aqui esperando a conversa — disse curto e grosso.

— Você podia, ao menos, ser um pouco mais gentil...

Sem poder me conter, dei uma risada e olhei Marina bem nos olhos. Gentil com uma víbora como você?

— Ah, deixa pra lá — disse ela desdenhosamente. — Vamos direto ao assunto. O que eu queria te dizer, pra começo de conversa, é que não sou mãe da Claudinha...

— Como assim?

— Não sou mãe dela, ponto final. Quando casei com o Luís Carlos, ele já tinha a menina. A mãe morreu no parto. Era bem nova, tinha vinte anos, era a secretária dele. E ele quis que eu assumisse a criança. Mas nunca tive vocação de mãe e nunca vou ter. Graças a Deus, tenho um problema qualquer que me impede de engravidar.

Marina bateu três vezes na mesa com o nó dos dedos.

— Então você calcula o que foi aguentar a Claudinha. Ainda bem que tinha babá, de maneira que nunca cuidei dela. Se quer saber a verdade, a gente nunca se tolerou. Mas, nos últimos tempos, ela vem transformando minha vida num inferno.

Pegou um cigarro do maço, acendeu e disse com a voz cheia de raiva:

— O Luís Carlos mima ela até mais não poder! Por isso, a Claudinha me joga contra o pai, me desautoriza e me faz má-criação na frente dos empregados. De primeiro, escondida do pai, ainda lhe dava uns tabefes, mas, agora, nem isso posso fazer. Vem com aquelas unhas de gata brava, com pontapés. É um bicho! Você não sabe o que tenho de suportar em casa por causa dessa pentelha.

"Da qual você não sai por causa da grana do doutor Videira, não é?" — pensei, tomando mais um gole do chope, enquanto a Marina continuava com a cara fechada feito a de um pequinês enfezado.

— Como te disse, o pai mima ela demais. Quando a Claudinha começou com esse negócio de drogas...

— Então ela consome drogas? — perguntei por perguntar.

— E se consome! Começou com maconha e agora vive dando suas fungadas por aí. E na companhia de gente da pior espécie. Tanto é assim que se mandou com um vagabundo... E bem que avisei o Luís Carlos, que achou que era intriga da minha parte. Até que um dia descobriu uns pacaus de maconha na gaveta dela. A verdade dói, não é? O Luís Carlos então se mexeu:

pagou uma nota pros picaretas de uns psicólogos e tudo ficou na mesma. Quando sugeri que internasse a Claudinha numa clínica, ficou uma fera. E deu no que deu. E, se você quer saber, sinto muito dizer, mas foi um alívio. Desde que a Claudinha desapareceu, tenho um pouco de sossego.

Afastei o chope da minha frente, avancei o corpo e disse:

— Não acredito que você tenha querido se encontrar comigo só pra me contar as diferenças com tua enteada.

Marina ficou encabulada e gaguejou:

— Bem... Então por que acha que...?

— Não acho nada. Quem quis marcar o encontro foi você e não eu.

Os olhos de Marina fuzilaram, e ela ameaçou se levantar da mesa.

— Você é um puta dum cara grosseiro!

Pus a mão sobre a dela.

— Calma aí. Termine, antes, o seu Campari.

Hesitou um pouco, mas acabou se sentando e acendeu outro cigarro.

— Está bem, então vamos lá direto ao ponto: se quer saber, não tenho interesse algum que a Claudinha volte pra casa. — Deu uma tragada e continuou a falar: — Se ela tivesse sido sequestrada, seria outra coisa, mas, como fugiu de livre e espontânea vontade...

— Mas seu marido quer ela de volta.

— O problema está aí: meu marido quer ela de volta, eu, pra falar francamente, não acho isso nada desejável, e a Claudinha parece que está se dando muito bem por lá... — Deu uma risadinha cínica e concluiu: — Dois contra um, como pode ver...

— E o que que eu tenho a ver com isso? — perguntei, mesmo sabendo a resposta que ia me dar.

— Bem, pelo que parece, você foi contratado pra trazer ela de volta. Mas é uma missão muito perigosa. Não sei se sabe, mas o último cara que meu marido contratou pra isso foi decapitado. Você pode ter o mesmo destino por uma causa inútil.

— Bem, a causa não pode ser tão inútil assim. E se eu estiver agindo por interesse? — chutei pra ver se mordia a isca.

Como de fato mordeu, porque me olhou bem nos olhos e perguntou:

— O que meu marido prometeu pra você?

— Ainda não conversamos direito sobre isso, mas ele deu a entender que vou ser bem recompensado.

Ficou pensativa por algum tempo, só fumando e tomando uns goles da bebida. Depois disse:

— Se você aceitar ir atrás da Claudinha, e ela não quiser voltar, o que acontece? Deixa de ganhar a grana?

Dei de ombros.

— Sei lá, não pensei nisso ainda.

— É bom pensar. Meu marido é o tipo da pessoa que não entra em canoa furada.

Será? Casar com a secretária vinte anos mais nova não foi uma canoa furada? Continuei a dar linha pro lindo peixe à minha frente:

— Bem, na tua opinião, eu deveria pensar exatamente em quê?

Sorriu, matreira que nem uma ratoeira enguiçada, abriu e fechou aqueles lábios cheios e disse:

—Ah, nem sempre o dinheiro é tudo...

Foi a minha vez de sorrir com malícia. Ela percebeu no ato o que meu sorriso queria dizer e se corrigiu prontamente:

— E se dinheiro for tudo, tem outras maneiras de conseguir uma grana.

— E se, em vez da grana, eu preferisse outra coisa...?

E unindo a palavra ao ato, avancei o braço e segurei a mão de Marina. Era macia e quente, com certeza, como todo o corpo dela. Vagarosamente, e sem tirar os olhos de mim, retirou a mão.

— Você se acha mesmo o tal, não é? — repetiu.

— Como já disse: é você que está falando. Agora, o que eu acho é que você é uma mulher muito atraente.

Marina mordeu o lábio e demorou a responder:

— Acha mesmo?

— Com certeza.

Deu uma risada, e seus dentes, muito alvos, tilintaram que nem o cristal de uma taça nova de champanhe.

— Se quer saber, a recíproca não é verdadeira.

— Não estou nem aí que você me ache atraente ou não. O importante é aquilo que eu acho.

A brincadeira estava ficando cada vez mais divertida. E já sabia como ela ia terminar. Os olhos de Marina não me deixavam mentir: os diamantes duros tinham se transformado num líquido quente, luminoso. Avancei de novo o braço e lhe agarrei a mão, que desta vez ela não retirou. Estava muito excitado, de maneira que sussurrei:

— Vamos embora daqui?

Marina me olhava sem piscar.

— Pra onde? — perguntou, lambendo as palavras como se fossem um sorvete de morango.

— Pra qualquer lugar onde a gente possa ficar realmente a sós.

Sem esperar a reposta dela, joguei um dinheiro sobre a mesa pra pagar a conta e levantei da cadeira. Marina ficou olhando pra mim por alguns segundos, com um braço atravessado na frente do peito e outro erguido, segurando o cigarro. No fundo dos olhos dela brilhava uma luz úmida, cintilante, e seus lábios estavam entreabertos, como se esperassem ser mordidos.

— Então? — disse, impaciente.

Então, vagarosamente, Marina se levantou. Me aproximei, segurei-a pelo cotovelo e deixamos o bar.

— Vamos no meu carro? — perguntou, apontando pro reluzente BMW vermelho na esquina.

Marina abriu a bolsa e me deu a chave. Fomos andando bem devagar. Minha excitação aumentou, com ela ali do meu lado, caminhando com o bamboleio de uma gata. Quando chegamos no BMW, Marina se inclinou pra entrar, e não pude mais me conter: puxei-a pela cintura e dei-lhe um beijo. Ela se abandonou, os braços soltos ao longo do corpo. De repente, como que acordando de um sono, me empurrou e disse, dando uma risada:

— Devagar, não vai querer fazer isso na rua, né?

***

Fazia tempo que não saía com uma dona. Depois que Irene morreu, fiquei em jejum, desinteressado por mulheres. A única mulher que ainda entrava em minha vida era a Nina Simone, com sua voz rouca e sensual, cantando "Alone again" só pra mim. E como explicar aquele meu súbito desejo por Marina, que, ao mesmo tempo, me causava tesão e asco? Foder com ela talvez fosse uma espécie de vingança contra aquela gente que me punha, sem nenhum constrangimento, numa fria. E especialmente contra o doutor Videira e sua casa maravilhosa, seu Mercedes com um chofer fresco, me abrindo a porta de trás do carro e me lembrando que eu existia apenas pra curvar a cabeça e dizer amém pra tudo que determinassem pra minha vida.

Mal entramos no quarto do motel, foi ela que se atirou em mim, me abraçando e colando a boca na minha. Enquanto a beijava, desci as mãos por suas costas parcialmente nuas, sentindo a pele aveludada, até chegar na bunda carnuda. Quando lhe apertei as polpas das nádegas, gemeu. Tirei-lhe o vestido pela cabeça e a deixei só com a minúscula calcinha rendada, as meias de seda e os sapatos. Os seios eram empinados, pareciam duas facas pontudas querendo me furar o peito. Marina desabotoou vagarosamente minha camisa. Um perfume, misto de alguma colônia especial e do cheiro de mulher ardente, vinha dela e me embriagava. Marina me beijou o peito, o umbigo, até que se ajoelhou, me abriu a calça e puxou minha cueca. Começou a me chupar, a mão puxando com força a pele do meu pau. Quando parou pra respirar um pouco, me abaixei, agarrei-a por debaixo dos braços e a ergui. Marina enroscou as pernas em volta dos meus rins, ao mesmo tempo que voltava a grudar a boca na minha. Caminhei, tropeçando, as pernas presas pela calça, até uma mesinha, onde depositei Marina. Puxei sua calcinha e enfiei o pau na boceta úmida. Ela gritou e enterrou as garras nas minhas costas. Gritei também e comecei a me mover freneticamente pra frente e pra trás e, num arranque final, gozei como há muito não gozava, o suor me escorrendo pelo peito, as pernas trêmulas, o sangue galopando nas veias.

Já na cama, transamos mais duas vezes, com a mesma fúria, a mesma fome. Quando Marina, afinal, caiu de lado, com o corpo reluzindo de suor, disse, com um sorriso malicioso:

— Que atraso, hein?!
— A recíproca é verdadeira, minha querida.
Deu um suspiro.
— Acho que nem preciso dizer que não tenho mais nada com meu marido, que nosso casamento é só de conveniência.

Ia dizer: mas você não precisa do seu marido pra... Mas não disse, não estava a fim de ser grosseiro. Não era tão bom curtir uma transa com uma mulher por quem não sentia nada e com quem provavelmente não mais ia me encontrar? Porque, pra falar a verdade, não gostava dela. Mulheres matreiras, cínicas não costumam fazer parte do meu cardápio permanente. Pra mim, ela era que nem um prato exótico, só pra saciar a fome do momento. Como, com certeza, também eu era pra Marina: algo que ela queria usar. E quanto a isso não tinha a menor dúvida: era só esperar a cobrança, que veio quando se enrodilhou em mim, dizendo com a intimidade dos amantes:

— Gato, posso te perguntar uma coisa?
Fiquei quieto. Ela então me perguntou:
— E se não desse pra você trazer a Claudinha de volta?
— Já conversamos sobre isso — respondi, adivinhando aonde queria chegar.
— Tá, já conversamos, mas queria te perguntar outra coisa: e se você prometesse pro meu marido trazer ela de volta e fizesse de tudo pra não trazer?
— E por que ia fazer uma coisa dessas?

Grudou o corpo no meu, enfiou a língua na minha boca e me pegou no pau.

— Por causa disso e por umas *cositas* a mais...

Entendia muito bem aonde queria chegar. Mesmo assim perguntei, me fazendo de tolo:

— Que *cositas*?

Marina se afastou de mim e disse:

— Se você não conseguir trazer a Claudinha de volta, meu marido não vai te dar nada. Conheço ele bem. Depois da filha, a coisa de que mais gosta é grana. Mas, se acontecer de você conseguir trazer a garota de volta, quem se estrepa sou eu. O bom pra mim seria que ela sumisse do mapa, evaporasse...

— No meio daquela bandidagem, pode acontecer alguma coisa com ela, não é? — disse com fingida indiferença, provocando Marina.

Pôs a mão sobre o peito e disse, afetando indignação:

— Longe de mim querer que aconteça alguma coisa com ela...

Marina me deu um beijo e voltou a segurar meu pau.

— Você podia não encontrar a Claudinha ou encontrar...

Hesitou antes de falar, talvez com medo de se comprometer. Procurei ajudar:

— Ou encontrar...?

— Ah, sei lá, alguém pode errar um tiro...

— E o que ganho se não encontrar a Claudinha, ou, melhor ainda, se encontrar a Claudinha vítima de uma bala extraviada?

Marina arregalou os olhos e contorceu os lábios. Sua boca ficou parecendo com a boca de uma fera pronta pra dar um bote.

— Tenho uma grana minha...

O joguinho estava ficando quente.

— Mas nem te conheço direito... E se... — comecei a dizer.

Enfiou outra vez a língua em minha boca e, depois, disse com uma voz sussurrada:

— Como não, meu gato? Sou tua, faça de mim o que quiser... E se assim mesmo não tiver confiança, posso te dar um adiantamento...

— De quanto?

— Sei lá, uns cem paus, cento e cinquenta...

A brincadeira tinha ido muito longe. O tesão do início foi substituído pelo nojo. Empurrei Marina pra longe de mim e pulei da cama.

— O que foi? Achou pouco? — perguntou, assustada.

Comecei a me vestir e disse:

— Nem pouco, nem muito. Acontece que não estou à venda.

Olhei pro corpo belíssimo na cama, sabendo muito bem o que ia perder.

— Em todo caso, obrigado pela foda.

Os olhos de Marina fuzilaram, e ela ladrou:

— Seu canalha! Seu filho da puta!

Terminando de me vestir, joguei a chave do carro na direção dela:

— Vou de táxi. O motel fica por tua conta.

Saí do quarto, ouvindo uma coleção completa de palavrões. Todos bem situados naquela boquinha que chupava como a de ninguém. Mas que também sabia traduzir em palavras os mais sórdidos pensamentos de uma ratazana.

9

Não dormi nada naquela noite. Como estava muito ansioso, fiquei na sala, sentado no sofá estripado, com a garrafa de uísque do lado. Pus Nina Simone pra tocar. Ela começou a cantar "Feeling good": pássaros voando, o sol brilhando no céu, o sopro da brisa, um novo amanhecer, um novo dia, uma nova vida — tudo o que uma pessoa precisa pra se sentir bem. Mas eu não tinha nada disso. Só o céu fechado da noite escura que nem breu, os ruídos do tráfego, os bêbados gritando palavrões, e um novo dia prometendo barulho e confusão. Bebi no gargalo da garrafa. Parecia água sanitária perto do uísque que tinha tomado na casa do doutor Videira. Fiquei pensando no encontro com Marina. Uma coisa gostosa, misturada com puro lixo. Uma mulher como aquela não valia a trepada. Pior do que qualquer das garotas das bibocas da Major Sertório. Marina tinha um corpo maravilhoso, mas tinha também um preço muito alto, e fodas, pra mim, precisavam ser gratuitas. De preferência. Me deitei no sofá. De repente, talvez pelo efeito da música, Irene novamente entrou no apartamento. Passou, silenciosa, seus olhos azul-piscina brilhando na penumbra, e se dissolveu numa névoa de sonho. Que falta Irene me fazia! Se tivesse ficado comigo, não precisava me meter naquela aventura estúpida. Bebi outra golada do uísque, não queria me afogar em Irene. Mas Nina Simone, cantando "If I should lose you", entrava fundo dentro de mim, reavivando meu amor perdido: as estrelas caíam do céu e as folhas secavam e morriam. Tomei mais um gole — a bebida passou ardendo pela garganta. Me levantei e quase caí no chão. A garrafa me espiava, assustada, já com pouco lastro. No banheiro, dei uma bela de uma mijada, derrubando metade da urina no assento. Voltei aos tropeções e me deixei cair no sofá. Tomei o que restava do uísque. A sala começou a girar, bocejei uma, duas vezes e, afinal, apaguei.

Acordei pela manhã com a merda do telefone tocando. Minha cabeça latejava, e sentia vontade de mijar e vomitar. Mas, antes, atendi o telefone. Era o Bellochio:

— Porra, *partner*, faz tempo que estou tentando falar com você.

— Estava dormindo, não escutei.

— Claro que não escutou, senão teria atendido.

— O que você manda? Vai logo, que preciso mijar.

— Uma má notícia. Dizem que o Morganti fugiu da penitenciária de Hortolândia.

— Como assim? — estava muito idiota naquela manhã.

— Fugindo. Parece que plantaram uma arma na cela dele, o filho da puta rendeu o carcereiro, matou o cara e se mandou. Tá toda a polícia atrás do corno. Acho melhor você ficar ligado.

Ainda mais essa!

— Que merda de notícia, hein, parceiro? Mas você também tem que se cuidar.

— Ele tinha mais bronca era de você. Portanto, fica esperto.

— Pode deixar, sei me cuidar.

— A que horas você vem pro DP, *partner*? A gente tem que acabar aquele relatório do...

Não dava mais pra aguentar. Ia mijar na roupa e de quebra vomitar no telefone.

— Depois do almoço a gente se fala. Deixa eu desligar. Tchau.

Foi o tempo de chegar no banheiro pra mijar e vomitar ao mesmo tempo. Quando já não tinha mais nada no estômago, tomei uma ducha. Depois preparei um café bem forte, que engoli com duas aspirinas. Foi só então que lembrei que, fora conversar com minha mãe, não tinha arrumado mais nada na minha vida. Quem ia cuidar do meu carro? Das minhas contas? Da Bete? E nem sabia quando voltava, se é que ia voltar. Que porra em que tinham me metido! Mas por que me preocupar com isso? Que tudo fosse à merda. Mesmo assim, escrevi um bilhete pra Bete, contando que ia viajar, enfiei num envelope junto com duzentos reais, que depois deixava com o porteiro.

A neguinha não podia ficar no prejuízo. A cabeça continuava a martelar, e o enjoo não passava. Bela maneira de começar um dia: os rolos da minha vida, a notícia da fuga do Morganti, a porra em que ia me meter.

Fui até o quarto e deitei com uma toalha molhada na cabeça. Um pouco depois, as aspirinas e a toalha começaram a fazer efeito. Dormi de novo e só acordei quando já era quase meio-dia. Tomei outro banho, desci e pedi um bife acebolado no boteco.

— Muito trabalho, senhor doutor? — perguntou seu Felício, limpando o balcão com um trapo sujo.

— Mais ou menos — disse, mastigando, sem muito entusiasmo, um pedaço da carne.

Não devia ter secado a garrafa de uísque.

— Amanhã esperamos o senhor com a feijoadinha de sempre. Comprei umas costelinhas de primeira... — disse, como de costume pegando na ponta da orelha. — E acabei de receber uma cachaça especial de Minas. Um verdadeiro néctar.

— Então guarda muito bem guardado pra mim. Amanhã não estou por aqui. Vou tirar umas férias.

Mais um que ia ficar escandalizado com a notícia da minha prisão. Fazer o quê?

***

Voltei pro apartamento e desliguei a geladeira. O que tinha sobrado de comida — uns pedaços de pizza, latas de conserva, um pote de margarina, outro de maionese, pus num saco de supermercado junto com um Passport zero bala. Enfiei numa mala duas calças, dois shorts, três camisetas, cuecas, meias, um par de tênis, duas toalhas, roupa de cama usada e uma maleta, com escova de dentes, de cabelo, sabonete, pasta, aparelho de barbear, uma colônia. Por último, peguei O *sono eterno*, do Chandler, porque seria muito chato ficar numa cela sem ter o que fazer. Desci correndo pelas escadas e, no hall do prédio, falei com o Demerval, o porteiro:

— Vou ficar fora uns tempos. Quando a Bete aparecer, entrega este envelope pra ela.

— Vai viajar, doutor?

Não sei por que ainda não inventaram porteiros que sabem ficar com a boca fechada. Mas então não seriam porteiros... Virei as costas, sem dizer nada, e fui até a garagem pegar o carro. Não demorou muito, já seguia pela Vinte e Três de Maio. Me sentia bem melhor, apesar de ter comido mal. Pelo menos, a porra da cabeça tinha parado de doer. Pouco depois, pegava a avenida Rubem Berta. Como o trânsito estava bom, logo cheguei na avenida Cupecê. Mais um pouco, entrava na rua Sassaki. Lá estava a velhota minha conhecida, vestida com o mesmo roupão imundo. Quando passei por ela, me fixou os olhos de víbora. Parei diante do sobrado. Como não queria que me visse voltar ao Vectra com os pacotes de cocaína, puxei o portão, enfiei o carro de ré na garagem, ao lado da Kombi. Abri a porta da casa, e o delicioso cheiro de mofo e de coisa amanhecida veio me receber. Subi as escadas, guardei as roupas de qualquer jeito no armário do quarto de dormir e arrumei a cama, tomando o cuidado de deixar o travesseiro amassado e a colcha embolada. Enfiei os tênis debaixo da cama. No banheiro, pus a escova de dentes, de cabelo, o barbeador, a pasta e a colônia sobre o mármore de plástico da pia. Joguei uma toalha no chão, e a outra dependurei num cabide. Desci, fui na cozinha e deixei sobre a mesa a caixa com os restos de pizza. Pus as latas de conserva, os potes de margarina e de maionese na geladeira junto com as outras coisas que já tinham sido plantadas pela equipe do doutor Fragelli. A casa estava agora com cara de um lugar habitado. Voltei a subir a escada, abri o quarto onde estava a droga. E agora? Quanto de cocaína devia levar comigo? Não muita, o suficiente pra dar força pra encenação. Peguei um saco que devia ter uns dois quilos mais ou menos e tranquei o quarto. Dei uma última olhada na casa pra ver se estava em ordem e fechei a porta. Abri o Vectra e enfiei a cocaína no porta-malas.

Liguei pro doutor Fragelli. Quando atendeu, disse simplesmente:

— Aqui é o Medeiros. Estou saindo da casa agora.

Desliguei o telefone, escondi as chaves no ralo, como a gente tinha combinado. Tirei o carro da garagem, estacionei junto da calçada e fechei o portão. Entrei no Vectra e guardei meu .38 no porta-luvas. Pelo espelho retrovisor, percebi que a velha continuava no mesmo lugar. A sentinela dos malditos, como num velho filme de terror. Mas o que o tribufu podia fofocar? Que a casa vivia fechada e que tinha visto um sujeito estranho entrando nela duas vezes? E fofocar pra quem? Dentro de alguns poucos dias, se as coisas acontecessem como estava previsto, dava mais satisfação pra ela, aparecendo por lá com o Bigode. Mas tinha outras coisas mais importantes com que me preocupar. Liguei o carro, saí rapidamente da rua Sassaki e logo estava na avenida Kissajikian. Como se fosse um sinal de mau agouro, o céu ficou preto e uma forte pancada de chuva começou a cair.

Apesar do aguaceiro, o trânsito estava fluindo bem na avenida, mas foi pegar a Interlagos e a coisa piorou. Depois de uns quarteirões, a passo de tartaruga, pude afinal enxergar as luzes de viaturas, formando uma barreira por onde passava um carro por vez. Mais de perto, vi um bando de policiais usando coletes e armados com metralhadoras, fuzis e carabinas. Com certeza era uma equipe especial do Denarc. O porra do doutor Fragelli havia caprichado. Mas eu não ia deixar por menos: quando o carro da frente se distanciou um pouco de mim, virei o volante pra esquerda, desviando de um ônibus, passei pelo canteiro central e invadi a pista contrária. Deu no que deu: como no meu sonho, bati de frente num carro e de lado num outro, o Vectra derrapou no asfalto molhado e virou de lado. Com o impacto, meti a cara no volante e perdi instantaneamente os sentidos. Acordei, deitado na calçada, cercado pelos policiais armados. Um médico se debruçava sobre mim. Ao lado dele estava o doutor Fragelli, parecendo muito preocupado. Tentei me levantar, mas me sentia tonto. Foi então que reparei que minha camisa estava empapada de sangue.

— Me diga seu nome — um médico se inclinava sobre mim, com o estetoscópio balançando do peito.

— Marlowe. Philip Marlowe — resmunguei.

— Como?!

— Porra, deixa de frescura — disse, empurrando o médico e me levantando de vez, ainda que sentisse um pouco de enjoo.

Enquanto isso, os policiais puxaram o Vectra completamente amassado até ele cair e ficar na posição normal. A suspensão que o Cabeção tinha posto ia pro espaço. Mas ia me preocupar com suspensão de carro justo agora? Os policiais abriram o porta-malas do Vectra e pegaram o saco com a cocaína. Como se fosse um troféu, exibiram a droga pra quem quisesse ver. Foi o bastante pros repórteres, aparecidos de não sei onde, começarem a fotografar e a filmar o flagrante. Sem perda de tempo, o doutor Fragelli, ajudado pelo doutor Azevedo e por um bando de policiais com pistolas e escopetas, me agarrou fortemente, puxou meus braços pra trás e me empurrou na direção do capô de uma viatura. Enquanto me algemava, berrou pra todo mundo ouvir:

— O senhor está preso!

Os repórteres, como ratazanas atacando um pedaço de queijo, me cercaram, me filmando, fotografando e enfiando microfones na minha cara. Fui jogado no banco de trás da viatura, junto com o doutor Fragelli. O delegado do Denarc sentou-se na frente ao lado do motorista. Antes da gente ir embora, me lembrei do livro do Chandler.

— Será que o senhor podia fazer o favor de me pegar uma coisa no meu carro? — disse ao doutor Fragelli.

— Pegar o quê? Não vai me dizer que veio com uma mala? — perguntou, espantado.

— Não. É um livro.

— Um livro? — arregalou os olhos.

— Sim, um livro. No banco de trás do Vectra ou talvez no chão.

O doutor Fragelli saltou da viatura e correu até meu carro, abriu a porta e vasculhou lá dentro. Não demorou muito, voltava com o livro na mão e uma cara de poucos amigos.

— E não tenho mais outra coisa em que pensar! — resmungou, nervoso, jogando *O sono eterno* no meu colo.

A viatura, ligando as sirenes, saiu rapidamente do local. Um pouco depois, o doutor Fragelli explodiu:

— Que palhaçada é essa? Eu falei que não queria gracinhas!

Minha cabeça, de onde continuava a escorrer sangue, e os braços em posição forçada e algemados começavam a incomodar. Mas fiquei quieto, sem dizer nada.
— Não viu o estrago que fez? — voltou a dizer no mesmo tom invocado.
O doutor Azevedo começou a rir:
— Ô Fragelli, não seja duro com o rapaz. Ele foi perfeito. Quer melhor encenação? Vai dar uma bela reportagem pro *Jornal nacional*.
— Ele precisa aprender a obedecer, a seguir o que lhe determinam — resmungou, irritado, o delegado de classe especial.
E eu na minha, ainda meio tonto da trombada. Depois de alguns minutos, o doutor Fragelli me tirou as algemas, me deu um lenço de papel para pôr sobre o ferimento e disse, num tom um pouco mais afável:
— Quando chegar na Casa de Detenção, sinto muito, mas as algemas voltam.
— Está bem — disse, massageando os pulsos.
Seguimos pela Vicente Rao até cair na marginal. Chovia muito. O doutor Fragelli, o delegado Azevedo e o policial que dirigia estavam estranhamente tensos. O único que parecia calmo era eu. Só depois que saímos da marginal do Pinheiros e pegamos a marginal do Tietê é que o doutor Fragelli, já parecendo tranquilo, quebrou o silêncio:
— Na Casa de Detenção, como o senhor sabe, vai passar pelos procedimentos de praxe: será fichado, faremos um BO, simularemos um interrogatório reservado e, por fim, irá para uma cela especial.
— Não terei que tocar piano? — perguntei, gozando.
Não dando atenção ao que eu dizia, continuou:

— Mais adiante, conforme combinamos, o Bigode será levado pra sua cela.

— E a arma? — perguntei.

— Arma? Que arma?

— O senhor não disse que iam plantar uma arma na minha cela?

— Ainda estamos estudando como é que vamos fazer isso — foi a vez do delegado Azevedo responder. — Quem sabe, numa quentinha...

— Isso é o de menos — disse o doutor Fragelli. — O importante, por enquanto, é seguir os procedimentos de praxe, deixar as coisas amornarem um pouco e...

Ficou um instante em silêncio e pareceu refletir. Em seguida, olhou desconfiado pra mim e disse:

— Aquele seu amigo do DP...

— O Bellochio, o senhor quer dizer.

— Esse mesmo. O Ledesma disse que vocês são unha e carne. Por acaso, não...?

— Se o senhor quer saber se contei alguma coisa pra ele, não, não contei. Por que ia contar?

— Sei lá. Vocês pareciam muito amigos.

— E continuamos amigos, doutor Fragelli.

Hesitou um pouco antes de me falar:

— Queria dizer que, se for visitado por ele, e ele certamente deverá querer visitá-lo, está proibido de contar qualquer pormenor da operação, sob pena de...

— Pode ficar tranquilo que sei o que devo fazer — interrompi o doutor Fragelli com mau humor. — Quando aceitei a missão, sabia dos riscos. Inclusive, sabia que tinha que ser sacana com meu melhor amigo.

O doutor Fragelli deu um suspiro e disse:

— O senhor não precisa se exaltar.

E começou a falar aquele blá-blá-blá de sempre: os riscos da missão, a necessidade do sigilo absoluto, etcétera e tal. Pimenta no cu dos outros não arde. Queria mais que ele se fodesse, porque quem ia ficar com a corda no pescoço ia ser eu e mais ninguém.

Pouco depois, o carro entrava no pátio da Casa de Detenção.

***

Depois dos procedimentos de praxe, me fizeram um curativo na testa, me deram uma muda de roupa e me trancaram numa cela até que confortável. A cama não era ruim, o banheiro parecia limpo. Havia, inclusive, uma tevê pequena, de quinze polegadas, onde, de noite, assisti às reportagens sobre o caso. Pude ver a minha suposta tentativa de fuga, as trombadas nos carros e o momento em que o Vectra virou de lado. Mas o melhor ficou pra cena em que o doutor Fragelli me dava voz de prisão e me algemava, cercado daquele bando de repórteres. Parecia uma daquelas cenas ridículas de filme policial americano de classe B. A essa hora, a notícia já devia ter corrido em todos os distritos e chegado aos ouvidos do Bellochio, da Swellen e de colegas mais próximos. As outras pessoas ligadas a mim — Alice, Suzana, o jornalista Geraldinho e mesmo a Bete, as muitas garotas com quem tinha transado, o seu Felício do boteco, os porteiros do meu prédio, os vizinhos fofoqueiros — talvez estivessem, neste momento, com os olhos grudados na tevê. Na certa, iam dizer coisas do tipo "sabia que ele ia acabar assim!", "bêbado e metido com vagabundos, só podia dar no que deu". Ainda bem que tinha prevenido a minha velha. Mesmo assim, fatalmente, os vizinhos iam encher o saco dela com perguntas e insinuações. Eu conhecia aquela gente fofoqueira do bairro do Taquaral! O meu consolo é que a velha sabia como se defender. Se viessem pra cima dela, pra falar do filhinho querido, iam sair com um quente e dois fervendo. Só tinha uma coisa que me deixava preocupado de verdade: a reação do Bellochio e da Swellen. Imaginava a decepção, o sofrimento dos meus parceiros. Será que ia ter coragem de olhar pra cara deles? O quanto preferia que se recusassem a me visitar. Mas podia tirar o cavalinho da chuva, que o Bellochio vinha me ver. Mesmo sabendo que eu estava metido numa sujeira grossa, não ia me deixar na mão.

Não deu outra: no dia seguinte, sem falta, chegou acompanhado do carcereiro e do doutor Fragelli.

— Vocês têm quinze minutos pra conversar — disse o delegado.

Parecendo muito nervoso, o Bellochio entrou na cela carregando uma maleta. Olhei pro doutor Fragelli, que tinha ficado parado junto da porta.

— O senhor dá licença?

Hesitou um pouco.

— Pode ficar tranquilo que, com certeza, ele não vai plantar nenhuma arma aqui — disse com um sorriso.

Fechou a cara, mas acabou se afastando pro fim do corredor. Na verdade, preferia que o delegado ficasse ali com a gente pra evitar o constrangimento.

— Porra, o que você fez, cara? — o Bellochio perguntou com a voz trêmula.

Fiquei quieto, sem vontade de dizer nada. Ele se aproximou de mim, pôs a mão em meu ombro, me sacudiu e gritou:

— Medeiros! Em que você foi se meter?!

Afastei a mão dele e disse estupidamente:

— Não me enche o saco!

O Bellochio desmoronou, caiu sentado na cadeira e começou a chorar. Virei as costas porque aquilo me incomodava. Fiz das tripas coração e disse, rangendo os dentes:

— É melhor você ir embora...

— É só isso que você tem pra me dizer, cara? Só isso? — choramingou.

Dei de ombros e disse:

— Pois é... O que queria que eu dissesse?

Ele se levantou da cadeira, me puxou pelo braço e disse, soluçando:

— Fala que foi armação, *partner*.

Sentei na cama e disse:

— Não, não foi armação. É verdade.

O Bellochio sentou do meu lado e voltou a pôr a mão no meu ombro.

— Então foi verdade! Pelo amor de Deus, mas por que você foi fazer isso? Porra!

Inventei a primeira merda que me veio na cabeça:

— Sei lá. Tava fodido, o banco me pôs no pau, fui jogar num bingo e acabei fazendo uma puta de uma dívida.

— Caralho! — berrou o Bellochio. — Caralho! Por que não me falou? Eu vendia meu carro, a merda da minha casa pra te dar a grana! Você foi se sujar por causa de dívida de jogo?

Começou a andar de um lado pro outro na cela. E bufava que nem um boi. A cena era engraçada. Pena que não pudesse rir. Uma hora, parou de andar, se virou pra mim, abriu os braços e exclamou:

— Justo você, Medeiros! Eu podia pensar que qualquer colega nosso fosse um traíra. Mas você? A Swellen tá arrasada. Se meter com essa coisa nojenta de droga, de traficante! E ainda por cima enganando a gente! Pagando churrasco no Fogo de Chão! Não se envergonha de ter feito a gente de trouxa?

Não suportava mais o papo do Bellochio. Doía escutar aquilo sem poder me defender. Levantei da cama e disse de um jeito grosseiro:

— Já falou o que tinha que falar?

Me olhou, surpreso.

— Não é por nada, mas queria ficar sozinho.

O Bellochio se invocou:

— Eu só estou querendo ajudar, mas já que não quer ser ajudado...

— É melhor. Eu preferia.

Ficamos calados, de cabeça baixa.

— Acho que seria bom você contratar um advogado. E dos bons... — murmurou por fim.

Pra meu alívio, o doutor Fragelli se aproximou e disse, olhando o relógio:

— Desculpe, mas já é hora.

O Bellochio apontou a maleta sobre a mesa.

— Tem umas mudas de roupa. Tem também um bolo que a Ceição fez...

Não disse nada. Precisava ser duro.

— Quando quiser falar comigo, é só me chamar — o Bellochio se virou e saiu rapidamente.

Que vontade me deu de ir atrás dele, gritando: "É armação, parceiro, foi armação desses merdas do DEIC!".

— Obrigado — disse o delegado.

Sentei na cama, cruzei os braços e rosnei:

— Ora, vai te foder!

Recuou assustado, ia dizer alguma coisa, mas, vendo a minha cara fechada, pensou duas vezes e fechou o bico.

— Outra coisa — disse. — Não vejo por que o senhor tem que ficar por aqui me vigiando. Como pode ver, apesar da fama que tenho, de vez em quando, sou capaz de honrar a palavra dada.

O doutor Fragelli coçou a cabeça, constrangido. Por fim, me estendeu a mão, dizendo:

— Está bem, prometo deixar o senhor em paz.

Fiquei quieto, sentado na cama e de braços cruzados. Puxou a mão de volta e disse, daquele seu modo seco:

— Logo será colocado a par das próximas etapas de sua missão.

10

Trouxeram o Bigode pra minha cela no início da noite no domingo. Estava lendo um jornal quando ele entrou com uma sacola, acompanhado do carcereiro que carregava uma cama dobrável. Era um mulato magro, baixo, o cabelo bem curto, quase raspado, um bigodinho fino sobre os lábios. No braço direito tinha a tatuagem de uma caveira com uma cabeleira rastafári sobre o número 313 e a inscrição, em letras góticas, "Comando Negro". Usava uma camiseta regata, uma calça de moletom e tênis. Me olhou desconfiado e, sem me cumprimentar, jogou a sacola sobre a mesa. Em seguida, foi no banheiro. Na volta, ainda sem falar nada, veio andando com um jeito gingado, se abaixou e começou a fazer flexões — primeiro, com os dois braços, depois, com um braço de cada vez, com a agilidade de um felino. Então sentou na cama. Só aí olhou pra mim e perguntou, com a voz macia de malandro:

— Policial?

Encarei o Bigode. Conhecia muito bem aquela espécie de rato de esgoto, que só serve pra levar recado pra puta e cheirar peido de gente grande. Era o tipo do cara que você dava uma espremida e ele afinava, abaixando a cabeça sem encarar. Mas, por dentro, que nem uma cobra, ficava remoendo raiva e esperando pra enfiar um estilete nas tuas costas ou cortar a tua garganta com uma gilete enferrujada, quando você estivesse dormindo.

— Sim, sou da Polícia — disse, também me sentando.

Riu. Tinha os dentes da frente sujos de nicotina.

— Tem um cigarro?

— Não fumo.

— Porra, os putos me tiraram o cigarro.

— O carcereiro é boa gente. Se falar com jeito...

— Não quero nada com esse verme — disse com desprezo.

Foi até a mesa, abriu a sacola, procurou por alguma coisa, talvez os cigarros, mas acabou desistindo.

— Merda!

Voltou a sentar na cama e falou como se não fosse pra mim:

— Tem uma coisa que tô encanado...

Fiquei quieto, apenas esperando que ele continuasse a falar.

— Não sei o que tô fazendo nesta merda, porra.

— Como não sabe?

Me olhou surpreso, mas terminou explicando:

— Não sou mais gambé, e todo mundo sabe que aqui é cadeia só pra gambé.

Dei de ombros e disse, gozando:

— Sei lá. Vai ver que os caras ainda têm consideração por você.

Caiu na risada.

— Consideração? Esses cornos, se pudessem, me fodiam! Quando fui preso, só não me apagaram porque tava assim de gente, ó!

Em seguida, observou:

— Tu aprontou de verdade, hein, cara? Vi no *Jornal Nacional*. Tava chapado?

— Não, não estava. Queria mesmo fugir da barreira policial.

— Tu é loque? Fugir daquele jeito?! — disse, admirado. — No meio dos carros, os gambés armados de metranca, de punheteira?

— Às vezes, é bom dar uma de louco.

Me encarou com malícia.

— Tão dizendo por aí que você ajudou a guentar aquela muamba do IML...

— Muamba? Que muamba?

O Bigode me olhou desconfiado, pra ver se eu não estava tirando uma da cara dele. Por fim, acabou explicando:

— O açúcar, cara. Trezentos quilos de açúcar.

Dei de ombros de novo.

— É o que dizem. Esse pessoal fala demais.

Deu outra risada. Em seguida, se levantou da cama, veio até onde eu estava, estendeu a mão e disse:

— Sou o João Carlos, mas pode me chamar de Bigode.

— Medeiros — disse, retribuindo o cumprimento.

— Já escutei falar de ti. Tu é muito conhecido no pedaço. Foi tu que apagou uns chegados lá no Marsilac, né?

Fiquei quieto, na minha.

— Tá bem, aqueles caras eram uns porras de uns otários mesmo. Agora, tô encanado com outra coisa. Saber como é que tu guentou o açúcar no IML.

— Sou inocente, cara. Foi armação que fizeram comigo. Uns colegas tinham a maior bronca de mim. E me foderam, plantando a droga no meu carro.

Deu uma gargalhada.

— Inocente? Cara, tá pensando que nasci ontem? Tu fez uma cagada e entrou numa fria. Coisa que os home têm bronca é de traíra. Vai pegar uns anos numa faculdade por aí.

— E você?

Me encarou de novo com malícia.

— Como tu, também tô limpo. Os caras tão com bronca de mim. Desde que deixei a PM, ficam pegando no meu pé.

— E deixou a PM por quê?

— Acerto de conta. Apaguei um otário.

— E agora?

O Bigode fechou a cara.

— Um porra de merda que me caguetou. Saindo daqui, apago o verme.

— E isso aí? — disse, apontando pra tatuagem do braço dele.

— Nada, não. Bobeira.

— Também não nasci ontem, cara.

Me apontou o dedo que nem se fosse o cano de uma arma e fez:

— *Pá, pá, pá.*

Começamos a rir, e a conversa morreu por aí. Pra não provocar desconfiança, achei que não era hora de ficar fazendo mais perguntas. Tudo tinha seu tempo. Talvez com a nossa fuga ganhasse a confiança dele e aí conseguisse um jeito de chegar até o Comando Negro. O Bigode ainda tentou puxar conversa, mas fechei a cara, mostrando que não estava a fim de papo, e o vagabundo acabou ficando na dele. A luz do pavilhão foi apagada.

No dia seguinte, acordei com o Bigode fazendo as flexões. O corpo dele brilhava de suor. Tomei uma ducha e o meu café, acompanhado do bolo da Conceição, que estava bom como de costume.

— Vai um pedaço?

— A patroa que fez? — perguntou, estendendo a mão.

— Não sou casado. A mulher de um amigo.

Depois, peguei O sono eterno, apoiei as costas no travesseiro e comecei a ler.

— Que livro que é esse? — me interrompeu, depois de alguns segundos.

— Policial.

— Policial, é? Ainda aprendendo as manhas dos home?

— Pois é.

— Se quer saber, só leio a Bíblia. É um livro maneiro — ficou olhando pra mim, talvez esperando continuar a conversa.

Mas não me interessei em saber por que ele gostava de ler a Bíblia, e o Bigode me deixou em paz. Li rapidamente o primeiro capítulo. O que mais me chamou a atenção foi a descrição de uma garota chamada Carmen, a filha do general Sternwood: "O cabelo era de um belo castanho-claro ondulado, cortado muito mais curto que essa moda de tranças cacheadas na ponta, meio pajem. Seus olhos cinzentos como granito não tinham quase nenhuma expressão quando olharam para mim. Ela chegou mais perto e sorriu com uma boca cheia de dentinhos afiados e predatórios, brancos como a membrana de uma laranja fresca e lustrosos como porcelana". Ao ler a palavra "predatório" me lembrei da Claudinha. Interessante: ela também tinha dentes muito brancos, pontiagudos e um jeitinho de aprendiz de predadora.

***

Era meu terceiro dia na cela, o segundo na companhia do Bigode e já não via a hora de sair. Ficar num espaço de vinte e poucos metros quadrados, sem ter o que fazer e na companhia de um pilantra, não é das melhores coisas da vida. Lia jornais, revistas e *O sono eterno*, mas as horas se recusavam a passar. Se uns poucos dias de prisão me pareciam um porre, ficava imaginando o que seria então a vida dos líderes do PCC, confinados em presídios de segurança máxima, proibidos de falar com os companheiros, de tomar sol, de receber visitas. Era o inferno na terra. Enquanto isso, o mala do Bigode parecia numa boa, fazendo as flexões diárias, vendo as merdas dos programas de tevê ou dormindo o mais que podia. Talvez porque, depois de ter experimentado o rigor dos presídios, nossa cela parecesse um spa. Ainda tentava puxar conversa comigo, mas eu mantinha distância, numa tática estudada. Sabia que, se me abrisse demais, podia provocar desconfiança. Por isso, deixava sempre que ele tomasse a iniciativa de nossas conversas. Numa delas, puxou um assunto que realmente me interessava. Era sobre a experiência na penitenciária de São Bernardo, conhecida entre os detentos por "Cemitério dos Vivos".

— Foi foda, cara. No Mercadão era mais maneiro.
— Na Casa de Detenção, você quer dizer?
— Isso mesmo. Lá, os manos deitavam e rolavam, o açúcar corria solto.
— E por que você saiu de lá?
Deu um sorriso de malandro.
—Apaguei um cara. Furei ele com uma golias. Tava decretado porque dei uma de talarico: comi a mulher do cara quando tava na rua. Apaguei o otário e me fodi. Fui parar no Cemitério dos Vivos. É foda, meu. Não tem visita, não tem radinho, não tem banho de sol. Pra aguentar a barra foi que comecei a ler a Bíblia.
— Então, você virou crente? — perguntei, gozando.
O Bigode cuspiu com desprezo.
— Comigo não tem essa de crente, não. Tá me achando com cara de otário? Tem muita coisa joia na Bíblia, é só abrir o livro que aparece um troço que te dá inspiração. Quer ver?
O Bigode foi até a sacola, pegou a Bíblia, abriu ao acaso e leu um versículo:
— "Ainda que fujas das armas de ferro, o arco de aço te atravessará". É daquele profeta, o Jó. Maneiro, né?
— E o que você entendeu disso?
O Bigode levantou os olhos e refletiu um pouco com o livro no colo. Depois, releu a passagem e disse:
— Tipo: que se um verme fodeu alguém, tá decretado. E se o verme escapou de ser zerado com uma golias, uma hora, pegam ele com um berro, com uma metranca. Não tem jeito. Nessa vida e na outra, se tu aprontou, tem que pagar.
— Não é o teu caso? Se estava em cana, é porque aprontou.
Fechou a cara e rosnou:

— Tava falando em trairagem, cara! Em caguetagem! Isso que é aprontar. E se quer saber, nunca fui traíra e nem caguetei ninguém!

Parecendo ofendido com meu comentário, fechou a Bíblia e guardou na sacola. Aproveitei pra pegar *O sono eterno* e recomecei a ler. Nem bem tinha lido umas duas páginas, fui interrompido pelo carcereiro que apareceu na porta da cela dizendo que o doutor Fragelli queria conversar comigo.

— Ô canário, chegou a hora de cantar — disse o Bigode, me gozando.

***

Entrei numa saleta, onde o doutor Fragelli e o doutor Azevedo me esperavam.

— E aí? — perguntou, ansioso, o delegado de classe especial.

Dei de ombros.

— Conversei um pouco com ele.

— E...? — o doutor Azevedo voltou-se pra mim.

— Nada de muito especial. Ele está curioso, querendo saber sobre a droga roubada do IML.

— E o que senhor lhe disse? — perguntou o doutor Azevedo.

— Não disse nada. Desconversei. Por enquanto, é melhor não dar bandeira, senão o Bigode pode ficar desconfiado. Só vou falar mesmo da droga quando a gente fugir daqui. Acredito que se a gente montar uma boa cena de fuga, com a falsa morte do carcereiro, vai ser mais fácil ganhar a confiança dele.

— Muito bem, acho que o senhor está certo — disse o doutor Fragelli, balançando a cabeça. — Na quarta, então, acontecerá a fuga, conforme combinamos. Até lá, enquanto fazemos os preparativos, o senhor aproveita pra tentar se aproximar um pouco mais do Bigode.

Ele se voltou pro delegado do Denarc e perguntou:

— Alguma sugestão de como vamos fazer pra plantar a arma na cela dele, Azevedo?

— Talvez, no fundo duma quentinha, uma arma dessas pequenas, um .22...

O doutor Fragelli refletiu um pouco e, depois, me explicou a lição de casa:

— Então, na quarta, na hora do almoço, vai receber a arma. Aí o senhor atrai o carcereiro, rende ele e foge da cela. Como já disse, nessa ala, entre meio-dia e uma hora, vamos providenciar pra que ninguém fique de guarda.

— E não se esqueça de atirar no carcereiro... — completou o doutor Azevedo. — Como combinamos, o .22 vai estar carregado com cartuchos de festim.

— Uma outra coisa — informou o doutor Fragelli. — Vamos deixar uma viatura no pátio com as chaves no contato. Fuja na viatura, mas não convém ir até o sobrado com ela para não chamar a atenção. Portanto, abandone o veículo em algum ponto da Cupecê, a algumas poucas quadras da rua Sassaki. E faça o resto do percurso a pé.

Contestei o doutor Fragelli no ato:

— Pensando bem, não acho que seja bom deixar uma viatura especial dando sopa. O Bigode já foi policial e não é nada bobo. O melhor é deixar mais de uma viatura com a chave no contato, ou, melhor ainda, deixar algumas viaturas abertas e sem a chave. Não é nada difícil fazer ligação direta.

— Com a escassez de viaturas na polícia... — disse o doutor Fragelli, com um suspiro. — Mas talvez seja possível disponibilizar algumas. Vamos ver...

Em seguida, se aproximou de mim, estendeu a mão que, desta vez, não recusei.

— E boa sorte, colega. Que Deus o proteja.

Com certeza: ia precisar bastante da ajuda de Deus. Ou mesmo do diabo...

— Com licença — disse o doutor Azevedo, se aproximando de mim.

Pra minha surpresa, com um gesto rápido, me agarrou pela gola e abriu minha camisa de alto a baixo, arrancando alguns botões. Porra! Qual era a do filho da puta? Recuei, assustado, e instintivamente armei um soco. O doutor Azevedo, com um sorriso nos lábios, levantou a mão em sinal de paz.

— Desculpe, mas é só pra dar um toque de realismo. Não ficaria bem o senhor chegar na cela como se tivesse vindo do cabeleireiro...

Comecei a achar que, dos dois delegados, era o único que usava a cabeça. Voltei pra cela. Quando entrei, o Bigode, que estava deitado, levantou os olhos e perguntou:

— E aí?

— E aí o quê? — respondi, fingindo que estava invocado.

— Os caras te apertaram?

— Mais ou menos.

O Bigode me observou atentamente, e um sorriso malicioso se desenhou em sua boca.

— Mais ou menos, é?

E emendou, em seguida, com outra pergunta:

— O que eles queriam saber?

Parecia muito curioso. Talvez fosse a hora de lançar a isca.

— Se eu já tinha entrado em contato com vocês.

— Vocês quem?

— Do Comando Negro.

— Vocês...? — hesitou um pouco e perguntou: — E o que tu falou?

— Não falei nada. O que eu podia falar, se não tenho nada a ver com a história?

O Bigode ficou quieto um tanto, me olhando desconfiado. Por fim, disse:

— Vai ver que é por isso que esses cornos me puseram aqui. Pra ver se eu me abria contigo e se tu me caguetava.

— Mas você não pertence ao Comando Negro, né?

Riu daquele jeito matreiro.

— E se fosse?

Dei de ombros.

— Isso não é problema meu. Como te disse, foi armação que fizeram comigo. Estou limpo. E, mesmo se você pertencesse ao Comando, não sou dedo-duro.

Peguei o livro e o Bigode deitou na cama, com os braços sob a cabeça, me deixando em paz. Mas tinha certeza de que havia mordido a isca. Li umas três, quatro páginas, mas não consegui me concentrar na leitura. Era inútil: estava excitado demais com o que ia acontecer na quarta. Fingi que continuava a ler, só pensando no plano de ação. A encenação precisava ser muito benfeita. Como um bom rato, o Bigode não era nenhum otário. Se não ficasse convencido da morte do carcereiro, talvez não aceitasse fugir comigo, ou aceitava fugir, mas ia me ferrar na primeira oportunidade.

***

Na terça foi a vez do Bigode prestar depoimento. Quando voltou, reparei que parecia nervoso, suando muito, que nem se tivessem lhe dado uma dura. De passagem, chutou uma cadeira, resmungou alguma coisa. Voltei a ler o livro. O Bigode sentou na cama e disse o que eu já sabia:

— Os caras me deram um aperto.

Como fingisse não me tocar com a informação, insistiu:

— Não quer saber por que que me deram um aperto?

Continuei calado. O Bigode foi adiante:

— Os home acham que tu tá de treta comigo. Que tu já me conhecia de antes e que a gente tava combinando um jeito de passar o açúcar pra frente.

— Vão cair do cavalo. Já disse: não tenho nada que ver com o roubo da droga.

— Não é o que o pessoal fala por aí. E se tu quer saber, acho que os home têm razão. Tu deve tá mais sujo que pau de galinheiro.

Joguei o livro de lado, fingindo que tinha ficado com raiva. Me levantei, fui na direção dele e disse, engrossando a voz:

— E se tiver? O que você tem que ver com isso?

Muito manso, abrindo os braços, comentou:

— Calma, *brother*, sou de paz. Se tu tá limpo, quem sou eu pra achar que tu não tá?

Cheguei mais perto, quase encostando a minha perna no joelho dele e disse, no mesmo tom agressivo e com o dedo em riste:

— Melhor assim! Fica na tua! Se você está pensando em me dedar, inventando treta pra limpar a tua barra, é bom ficar esperto!

Por um breve instante, franziu o cenho e me encarou. Talvez se estivesse em outro lugar, armado com um estilete, partisse pra cima de mim. Mas naquela cela apertada, e desarmado, sabia que se desse uma de macho, logo de cara, ia levar uma porrada nas trombas. E uma porrada minha, como podia bem calcular, era o melhor atalho pro hospital. Por isso, abaixou a cabeça e resmungou, se fazendo de humilde:

— Qualé, *brother*? Nunca fui cagueta. E, depois, o que eu ia caguetar, se tu tá limpo?

Abaixei o braço e disse, conciliador:

— Sei lá. Os caras estão de bronca comigo. É só você abrir o bico, inventando treta, que eles me fodem.

Voltei a sentar na cama. Peguei o livro de volta, só esperando a reação dele que não demorou. O Bigode, depois de pensar um pouco, me perguntou, usando novamente daquela voz macia, melosa:

— *Brother*, mas o que tu aprontou com os home que eles têm tanta bronca contigo?

Dei uma risada, me forçando pra que parecesse a mais cínica possível:

— Pode ser dor de corno...

O Bigode caiu na gargalhada:

— Não vai falar que tu andou comendo mulher de delegado?

— É mesmo, né? Com tanta mulher no mundo... Por causa de uma xereca, me meti nesse rolo — disse, fingindo descaso.

Acabei gostando do rumo da conversa, porque sabia que estava deixando o Bigode muito confuso. Com certeza, não tinha acreditado naquele papo de eu ter sido acusado de pegar a droga do IML só por ter comido a mulher de um delegado. Pro Bigode, eu era mesmo o responsável pelo desvio da cocaína. Mas não queria entregar assim tão facilmente o ouro pro bandido. Pra isso, procurava mostrar que nada tinha com o fato, fingindo irritação e dando um tom agressivo às minhas respostas. Agindo desse modo tão calculado, percebia que tinha conseguido que ficasse com a pulga atrás da orelha. Sabia que quanto mais me esforçasse pra desviar o Bigode da questão da cocaína roubada, mais atiçava a curiosidade dele. Esse era o ponto. O tipo de jogo que fazia era uma forma de levar o vagabundo pra longe de uma coisa mais perigosa: que pudesse desconfiar que eu era um agente duplo. Pra completar, agora, só faltava caprichar na encenação da quarta-feira pro peixe morder a isca de vez.

***

Na noite de terça pra quarta não consegui dormir direito, tanta era minha ansiedade. Mas tinha que dormir, nem que fossem umas poucas horas. Precisava estar inteiro no dia seguinte. Virava na cama de um lado pro outro. Fazia calor, o porra do Bigode roncava feito uma serra elétrica. Uma hora, puto da vida, levantei e dei uns cutucões nele. O Bigode acordou, assustado, e sentou na cama.

— Ahn? Ahn? O que foi?

— Nada, não, cara. Você teve um pesadelo.

Voltou a deitar e, não demorou muito, estava roncando de novo. E eu ali, incapaz de dormir e invejando o Bigode. Acabei dormindo somente lá pelas quatro da manhã. Quando acordei, ele estava fazendo as flexões de sempre. Continuei deitado. Mas não tinha mais sono. Levantei, tomei um banho, um café com leite aguado e pão com margarina. Pus o travesseiro contra a parede e abri *O sono eterno*. Li um bom pedaço até a hora do almoço.

— O rango — disse o Bigode, esfregando as mãos, no instante em que o carcereiro apareceu com as quentinhas.

Quando o carcereiro me passou a vasilha descartável, tive a impressão de que me dava uma piscada, o que achei uma puta de uma imprudência. O Bigode sentou no banquinho junto da mesa e, como sempre fazia, reclamou da comida:

— Porra, picadinho de novo!

Afastei com o garfo os pedaços de carne, batata e cenoura, o punhado de arroz, até deparar com um pequeno embrulho de plástico. Olhando pro Bigode que, de cabeça baixa, começava a comer, disse, gozando:

— O meu é diferente.

Sem deixar de comer, rosnou:

— Polícia é polícia, bandido é bandido.

Abri o embrulho. Tinha um .22 niquelado, com cabo de madrepérola. *Hummmm...* coisa de veado. Me levantei, jogando a quentinha no chão. O Bigode ergueu a cabeça e estremeceu de susto quando viu a arma. Foi a vez dele deixar a quentinha cair no chão.

— Onde... Onde... tu arrumou isso?

— Um passarinho que trouxe.

Um sorriso se formou na boca do Bigode, mas o sorriso desapareceu quando me aproximei e encostei o cano na testa dele.

— Qualé a tua, *brother*?! — choramingou.

Talvez, naqueles minutos, passasse pela cabeça do Bigode a ideia de que eu tivesse sido colocado na cela propositadamente pra dar cabo dele.

— O Nenzinho sabe que não fui eu... — se entregou.

Comecei a rir. O cara era mesmo um bosta. O rato. O malandro otário. Abaixei o braço.

— Porra, *brother*! Tu quase me matou de susto — murmurou com a voz trêmula.

— Está na hora de dar o pinote. Só não sei se te levo ou se te deixo apodrecendo aqui.

O Bigode deu um sorriso amarelo e pediu:

— Me leva contigo, mano.

Enrolei o .22 numa camiseta e o escondi atrás do corpo.

— Então, deita na cama e começa a gritar.

— Começar a gritar, mas por quê?

— Ô cara, deixa de ser mala! Finge que teve um troço!

O Bigode deitou de bruços e começou a gemer. Não demorou muito e o carcereiro apareceu.

— Porra, que barraco é esse?

— Alguma coisa na comida — disse, apontando pra quentinha jogada no chão.

O carcereiro abriu a cela. Quando passou por mim, enfiei a arma, envolta na camiseta, na costela dele.

— O que é isso, Medeiros?! — o carcereiro protestou com convicção.

— Fica bonzinho, se não quer levar um tiro.

O Bigode levantou da cama com um sorriso zombeteiro nos lábios.

— Ô, colega, não faz besteira... — voltou a dizer o carcereiro.

— Cala a boca! — berrei e, me voltando pro Bigode, ordenei: — Dá uma revista nele. Pega a chave da porta.

— É pra já, *brother*!

Mas, num movimento brusco, o carcereiro empurrou o Bigode, voltou o corpo na minha direção e tentou agarrar meus braços. Atirei duas vezes à queima-roupa. Por causa da camiseta, os estampidos saíram abafados. O carcereiro gritou, virando de costas pra nós, pôs a mão na barriga e caiu lentamente. Já no chão, se enroscou que nem um caramujo e começou a gemer. Um fio de sangue, provavelmente de alguma bolsa escondida, começou a escorrer de baixo dele. Puxa vida, o cara era um artista! Devia deixar de ser carcereiro e trabalhar numa novela.

— Acaba com ele! — disse o Bigode, excitado. — Mete outra bala nos cornos do filho da puta!

— Que acabar o quê! Não vê que ele já era? — respondi, cutucando com o pé o corpo imóvel do carcereiro e empurrando o vagabundo pra fora da cela. — Vamos embora!

Saímos pelo corredor. Como o doutor Fragelli tinha combinado, a ala estava vazia. Abrimos a porta de entrada e chegamos no pátio, onde havia duas viaturas e alguns carros particulares. O céu estava escuro que nem breu e tinha começado a chover. O Bigode ameaçou correr. Segurei o braço dele e disse:

— Devagar, imbecil!

Começamos a andar calmamente.

— E agora? — perguntou o Bigode, quando chegamos junto dos carros.

— Sabe fazer ligação direta?

— Claro que sei!

Entramos na primeira das viaturas. Rapidamente, o Bigode mostrou as artes de passador de carros e logo o motor estava roncando.

— Chega pra lá — disse, pegando o volante.

11

Deixamos o pátio lentamente e chegamos no portão, onde havia uma sentinela armada de fuzil. Será que também estava a par do acordo? Devia estar, porque foi só fazer um sinal com a cabeça e o cara abriu o portão. Saímos pra rua. Liguei a sirene e fui dirigindo velozmente. Estava chovendo grosso quando entramos na avenida Vinte e Três de Maio. Por isso que os carros não andavam. Só com o poder da sirene é que consegui abrir caminho. Depois, vieram as avenidas Rubem Berta, a Washington Luís. Foi um sufoco chegar na Cupecê, porque o dilúvio tinha inundado tudo. Os carros com o motor afogado complicavam ainda mais o trânsito. Era um tal de cair raio, e a chuva formava enxurradas nas calçadas, empurrando o lixo acumulado pras bocas de lobo. Porra de cidade! E o pior era que, dentro em breve, a gente tinha que deixar a viatura e seguir a pé, pois não convinha entrar na rua Sassaki num carro da polícia. Estacionei junto da calçada e disse:

— Desce.

— Qualé? — disse o Bigode, olhando preocupado pra chuva que não parava de cair. — Sair com esse monte de água? Tu não pode me deixar assim.

— A essa hora, já devem estar doidos atrás da viatura. Vamos, desce! — ordenei com impaciência.

— Porra, *brother*, a gente podia ir prumas quebradas por aí e...

— Que mané quebrada o quê! Desce logo.

— Pra onde que tu vai?

— Você vem comigo? Se vier, cala a boca e me segue — disse, deixando a viatura.

A chuva tinha aumentado, e a água subia cada vez mais, já chegando na altura dos pneus do carro. Pelo sim, pelo não, um veículo, naquela altura do campeonato, ia ser uma coisa absolutamente inútil. Logo adiante, um charco, cobrindo parte da avenida, impedia a passagem dos caminhões, ônibus e carros.

Abandonando a viatura, saímos patinando na água, onde boiavam montes de lixo e nadavam ratos. Três quarteirões depois, entramos na rua Sassaki, andamos mais alguns metros e, molhados e sujos de barro, chegamos finalmente diante do sobrado. Ali, como a rua fosse um pouco mais alta, a água corria velozmente na sarjeta, mas os bueiros já estavam começando a ficar entupidos por galhos e pedaços de plástico. Se continuasse a chover daquele jeito, não sei se as casas também não iam ser invadidas pela enxurrada.

Abri o cadeado, puxei o portão.

— Ah, então aqui é que é o teu mocó? — perguntou com um sorriso malicioso.

— Entra logo, cara — disse, empurrando o vagabundo e fechando o portão.

Peguei as chaves da casa no ralo e abri a porta.

— Vou tomar um banho. Você vai depois de mim. Tem cerveja na geladeira.

— Senti firmeza, mano! Tô louco por uma breja — rebateu.

Subi a escada correndo. Abri a porta do quarto com as drogas e peguei a .45 dentro do guarda-roupa. Fechei a porta, mas sem trancar com a chave, catei umas mudas de roupa no outro quarto e fui pro banheiro, onde tomei uma boa ducha. Levantando os olhos, vi que havia um alçapão no teto. Um ótimo lugar pra esconder o .22 de que não tinha me livrado ainda. Não queria que o Bigode pusesse os olhos naquela arma de jeito nenhum. Subi num banquinho, abri o alçapão e joguei o revólver bem no fundo do forro. Me vesti, enfiei a .45 na cintura, voltei no quarto, peguei uma camiseta pro Bigode e desci. Ele estava sentado, já bebendo a sua segunda cerveja.

— Vai trocar de roupa — disse, jogando-lhe a camiseta.

— Não tem uma calça também, *brother*?

— Não, não tenho. E, se tivesse, não servia em anão.

— Anão é a puta que te pariu — disse, subindo a escada.

Tirei as tralhas de cima da mesa da cozinha e joguei no lixo. Abri o armário, peguei a garrafa de Passport e me servi de uma boa dose. Bebi um gole. Puta merda! Como era bom sentir a bebida escorrer pela garganta e aquecer o peito que nem um cachecol numa noite de frio. Sentei e calculei o tempo pro Bigode tomar banho, se vestir e começar a meter o nariz onde não devia. Dez, vinte minutos. Tirei a pistola da cintura e subi a escada. Não deu outra: deparei com ele, só de cueca e camiseta, abrindo a porta do quarto com a droga.

— Ei! O que que você está fuçando aí? — disse, fingindo raiva.

O Bigode saltou de susto e, ao se voltar e ver a .45 na minha mão, murmurou:

— Que é isso, *brother*? Tu vem turbinado pra cima de mim?

Chegando mais perto, encostei o cano da pistola na barriga dele.

— Você sabe o que acontece com cara curioso, né?

— Juro que não vi nada — o Bigode choramingou.

— Bom não ter visto mesmo — enfiei a pistola na cintura, ao mesmo tempo que lhe dava uns safanões.

O Bigode recuou sem reclamar. Bati a porta, tranquei as duas fechaduras com a chave tetra.

— Vê se fica esperto e não apronta comigo, senão te apago! — rosnei.

— *Brother*, eu juro...

Dei-lhe um empurrão, e o Bigode desceu a escada aos trambolhões. Entramos na cozinha.

— Sabe cozinhar?

— Me viro.

Abri o armário, peguei um pacote de macarrão, uma lata de molho de tomate, outra de salsicha.

— Anda, prepara uma macarronada pra nós.

Ele abriu um sorriso:

— É pra já, chefe!

Sentei, me servi de outra dose de uísque.

— Ô, *brother*, tu não vai me dar um gole disso daí? — perguntou, enquanto se abaixava pra pegar uma panela debaixo da pia.

— Não, pra você cerveja já está bom demais.

— Porra, mano! Vai ridicar um gole de uísque?

— O que você quer mais, vagabundo? Te tirei de cana, te emprestei uma camiseta, te dei cerveja, comida e um lugar pra dormir. E ainda vem reclamar?

— Falou, *brother* — disse, fazendo sinal de positivo. — O que vou querer mais mesmo? Tô à pampa.

Não demorou muito, a gente estava diante de uma tigela cheia de macarrão com molho de tomate e rodelas de salsicha. Começamos a comer.

— Toma lá, vai um gole de uísque — me fazendo de generoso, enchi meio copo com uma dose que empurrei na direção dele.

— Obrigado, mano — disse o Bigode, provando e dando um estalo com a língua.

Comemos o macarrão. Enchi novamente o copo do Bigode com outra dose, que bebeu quase que de um gole só e arrotou.

— Suspende a feijoada que o porco tá vivo — disse, dando uma gargalhada e depois completou que nem se fosse pra si mesmo: — Agora só tá faltando um cafezinho e um cigarro...

— Cigarro não tem, mas pode fazer o café.

— Eu? — perguntou, pondo a mão no peito. — Por que eu? Já fiz o macarrão...

Encarei o Bigode e resolvi engrossar um pouco mais, pra ver até onde ele ia:

— Você mesmo. Anda, vai fazer o café e, depois, pode lavar a louça.

O Bigode me encarou novamente, cerrando os dentes, e ganiu:

— Porra, cara, tá pensando que sou teu empregado? Vai te foder!

Tirei a pistola da cintura e pus em cima da mesa.

— Quando é que vai deixar de bancar o otário?

A fisionomia do rato mudou no ato. Deu um sorriso servil e disse, se levantando:

— Calma, mano. É pra já.

Pronto o café, voltou a se sentar diante de mim. Me serviu uma dose num copo. Em seguida, esticou o pescoço pro uísque e perguntou:

— Posso?

Balancei a cabeça, dizendo que sim. Quanto mais embriagado ficasse, era melhor. Confiado, ia se abrir comigo. O Bigode bebeu a dose de um só gole e, por cima, o café quente. Por fim, me disse já com a voz mole:

— Mano, sou de paz.

— E mal-agradecido. Te trago pra minha casa, te dou roupa, comida e você fica metendo o nariz onde não deve.

— Qualé, *brother*? Que muamba tu tem aí que fica com medo que eu olho?

Não disse nada e tomei meu café. Justiça fosse feita: o vagabundo, pelo menos, sabia cozinhar e fazer um bom café.

— Porra, *brother*, se tu quer saber, tu te sujou mais ainda apagando o carcereiro...

— E daí?

— Daí que tu não ia atirar no cara pra fugir da cana só porque corneou um delegado... Tem treta nisso — disse com aquele sorriso matreiro.

Dei de ombros.

— E se tivesse treta? Problema meu, né?

O Bigode ficou em silêncio por alguns minutos. Na certa, devia estar pensando besteira. Era melhor que fizesse o vagabundo soltar a língua. Dei-lhe outra dose de uísque, que bebeu rapidamente. Satisfeito, o Bigode não demorou a dizer o que estava pensando:

— Se tu tá com problema, a gente pode ajudar, né?

— Problema? Que problema?

— Mano, vai dizer que tu não tá enrolado? Os home deve de tá na tua cola. Se quisesse, podia te ajudar...

—Ajudar como?

—Ajudando, né. A gente conhece uns manos por aí...

Fingi que refletia sobre a oferta e depois perguntei:

— Se um cara tivesse ajudado a roubar a droga que estava no IML e quisesse passar ela pra frente, o que você acha que ele devia fazer?

Os olhos do Bigode se iluminaram.

— Depende. Se o cara tivesse mesmo roubado o açúcar, quanto que tinha sido a parte dele?

— Uns cinquenta quilos.

— Caralho! Cinquenta quilos é açúcar pra cacete.

Bebeu outro gole do uísque e perguntou:

— Se fosse tu que tivesse roubado o açúcar, tu deixava eu ver?

— Ver pra quê?

— Pra ver se é pura, se tem mistura. Aí a gente podia pensar em fazer negócio.

— Outra coisa: se eu tivesse roubado a droga, e você achasse que ela é boa mesmo, tinha jeito de arrumar um lugar pra me esconder?

Ele abriu os braços.

— Aqui não tá bom, mano?

— A vizinhança é muito fofoqueira. E com a polícia na minha cola, ainda mais depois que apaguei o carcereiro, a coisa vai esquentar.

— Teu filme tá queimado, cara. Lei do cão. Se os home te pega...

— Eu sou mais eu — disse, pondo a mão sobre a coronha da .45 e fingindo contar garganta. — Vamos subir.

— Subir? Subir pra quê?

— Não quer ver a muamba?

O Bigode começou a rir.

— Não nasci ontem. Sabia que tinha treta, que tu tava me enganando com aquela história de ter comido mulher de delegado.

— Nem te conhecia, cara, e ia me abrir com você? O seguro morreu de velho.

Subimos a escada, ele na frente, eu atrás. Abri a porta do quarto com as chaves tetra.

— Eta, porra! — o Bigode bradou, ao deparar com os sacos de plástico preto com os pacotes da droga.

— Anda, vai dar uma olhada — disse, empurrando ele.

Cheio de ânsia, o Bigode avançou, abriu um dos sacos, enfiou a mão, fuçou, fuçou. Em seguida, fez um furo num dos pacotes e pegou uma dose de cocaína na unha do dedo mindinho. Lambeu a droga e deu um estalo com a língua.

— Porra, mano! Joia!

O Bigode pegou mais uma porção de cocaína e arrumou numa pequena carreira no dorso da mão esquerda e aspirou fundo. Seus olhos ficaram mais brilhantes, ele abriu um largo sorriso e fez sinal de positivo.

— Da hora, *brother*!

— Quanto acha que vale isso daí?

Refletiu um pouco.

— Pra cima dos trezentos contos. Ainda mais depois que a gente misturar com talco, pó de mármore e vender pros noias.

— Quanto você quer pra me ajudar a passar isso pra frente e arrumar um lugar pra me esconder?

O Bigode refletiu um pouco, fungando, os olhos piscando sem parar e disse:

— Trinta conto tá bom?

— Não vou entrar numa fria? Você não vai aprontar comigo?

— Que é isso, *brother*? — protestou. — Os manos que vou te apresentar é tudo gente fina. Eles te ajudam a passar o açúcar pra frente e tu fica num mocó, onde nem Jesus Cristo te acha.

— E tudo por trinta mil...?

— Falou, sócio — disse me estendendo a mão, que ignorei.

— Trintinha e quebro teu galho.

Saímos do quarto e tranquei a porta com as chaves tetra.

— Você dorme lá embaixo no sofá. Eu fico aqui em cima.

— Tu não confia mesmo em mim, né?
— Não, não confio.
O Bigode sacudiu os ombros, fez um muxoxo e disse:
— Falou. Amanhã a gente parte pras cabeças.
Desceu a escada aos trambolhões. Estava bêbado que nem um gambá. Pelo visto, eu ia poder dormir sossegado. Mesmo assim, por precaução, tranquei a porta e enfiei as chaves e a pistola sob o travesseiro. Bocejei uma, duas vezes. Estava muito cansado. O dia tinha sido dos mais cheios. Um pouco antes de dormir, quase fechando os olhos, me perguntei se o peixe realmente tinha mordido a isca. Parecia que sim, se bem que em vagabundo nunca se deve confiar. Por isso que são vagabundos. Bocejei mais uma vez, fechei os olhos e adormeci com o barulho da chuva tamborilando no telhado. Mas não dormi direito. De madrugada, acordei com um barulho suspeito. Meu coração disparou quando vi o Bigode me espreitando da soleira da porta, armado com um estilete. Sentei na cama, com a pistola na mão, e o Bigode desapareceu. Me levantei, fui até a porta e, de lá, pude ouvir o ronco do malandro. Puta merda! Não era nada: apenas um sonho. Pra conseguir dormir sossegado, empurrei a cama contra a porta e me deitei. Continuava a chover. Bocejei de novo, uma, duas vezes, até que apaguei. Levantei no outro dia com um cheiro gostoso de café recém-coado. Tomei um banho e, quando desci, encontrei a mesa posta: dois copos, a garrafa térmica, pão francês e margarina. Sentei, me servi de café, cortei um pãozinho e passei margarina.

— Se tu quer saber, acho que não convém mesmo tu ficar por aqui — ele disse.

Bebi um bom gole de café, mordi o pão e perguntei de boca cheia:

— Por que você está dizendo isso?

— Os vizinhos. Fui na padaria e os caras ficaram me filmando. Tem uma porra de uma velha escrota do outro lado da rua que não tirou os olhos de mim. Deu vontade de dar uma nas trombas dela.

Ele se levantou.

— Onde você vai?

— Telefonar.

— Telefonar pra quem?

— Pô, cara, larga de ser desconfiado. Tu não pediu pra eu arrumar um mocó pra ti?

Enquanto o Bigode não voltava, carreguei a Kombi com a cocaína e subi pra arrumar minha maleta com umas mudas de roupa, escova de dentes, barbeador. No fundo do guarda-roupa, peguei dinheiro. Pensei se não valia a pena dar uma ligada pro doutor Fragelli. Mas dizer o quê? Que já tinha enrolado o Bigode? Melhor não. Ele que ficasse esperando. E, falando em Bigode, o vagabundo voltou da rua, subiu a escada e disse da porta do quarto:

— Falei com os manos. Disseram que a gente pode ir pra lá com o açúcar que eles desovam e arrumam um lugar pra ti.

Encarei o Bigode, que sorriu, mas os olhinhos dele, cheios de malícia, não me enganavam. Sabia que, se bobeasse, aquele rato não ia hesitar em me foder. Fazer o quê? Era pegar ou largar, eu não tinha alternativa.

— Onde que é o mocó?

— Depois tu fica sabendo — disse o Bigode, com uma pontinha de arrogância, talvez querendo mostrar que estava por cima da situação.

Pensei se valia a pena engrossar com ele ali ou depois. Deixei pra depois. De maneira que só disse:

— Me espera lá embaixo, que já vou.

Estava chovendo forte novamente. A intervalos, ouvia o estrondo dos trovões. Terminei de arrumar a maleta. Comecei a descer a escada e escutei o barulho da televisão, em meio à trovoada. O porra do Bigode tinha ligado o aparelho no mais alto volume. Cheguei na sala: ele estava na maior folga, sentado de costas pra mim, com os pés apoiados na mesinha, vendo um daqueles programas idiotas de auditório. Caubóis fajutos, usando chapéus de abas largas, botas de salto carrapeta, cinturões com grandes fivelas e cantando canções de dor de corno. Tirei a .45 da cintura, apontei pra tela e atirei. Um estampido: a bala passou a alguns centímetros da orelha do rato e acertou em cheio na tevê, jogando-a no chão. O Bigode saltou da poltrona feito gato quando alguém pisa no rabo. Ele se virou pra mim, branco que nem cal, e gemeu, apavorado:

— Cara! Tu tá louco?!

— Nada, não — disse, enfiando a .45 na cintura. — Não gostei da voz do cantor.

— Porra, meu! — disse com as pernas bambas e levando a mão na orelha. — Tu quer me foder? Quase me deixou surdo!

— Anda, vamos embora — disse, virando as costas e me dirigindo pra porta da rua.

Dar aquele tiro não tinha sido somente uma brincadeira estúpida. Era de caso pensado, um aviso declarado pro rato, antes que a gente fosse até o mocó dos chegados dele. Agora o Bigode tinha certeza absoluta de que eu era definitivamente louco e que, por isso mesmo, não devia nem pensar em me enrolar. Sob pena de levar uma bala de .45 nos cornos e acabar que nem a tevê destroçada.

12

O Bigode abriu o portão. Liguei a Kombi, o motor tossiu feito um velho catarrento mas acabou pegando. Saí na rua, mas não quis dirigir, porque não queria servir de chofer para o malandro. Fui trancar o portão e, na volta, ordenei:

— Você dirige.

Sem reclamar, pegou o volante, acelerou e lá ficou o sobrado pra trás, cheio de mofo e lixo. A chuva continuava a cair, mas um pouco mais fraca, sem tantos raios e trovões. A rua estava coberta de detritos e de lama. Passamos pela casa da jiboia que, do fundo de sua cova, protegida da chuva, olhou pra nós com um jeito guloso e triste, quem sabe lamentando perder as presas. Deixamos a rua Sassaki e, quando entramos na avenida Cupecê, perguntei:

— Pra onde a gente vai?

— Tu conhece Marsilac, né?

— Conheço. É pra lá que vamos?

Fez um gesto vago com a mão:

— Fica praquelas bandas, só que um pouco mais longe.

Me contentei com a explicação. Não convinha ficar fazendo mais perguntas. A mínima desconfiança e a missão ia por água abaixo. Mas, se fiquei quieto, também não lhe dei confiança. O Bigode tentou puxar conversa, querendo saber mais do que já sabia. Cortei rente a conversa:

— Ô cara, presta atenção no trânsito e fica na tua.

— Tá bom, tá bom, não tá aqui quem falou.

Ligou o rádio e ficou acompanhando a música, batucando no volante. Assim, ouvindo um pagode atrás do outro, fomos deixando pra trás os bairros com áreas verdes, escolas, igrejas, padarias, restaurantes e nos preparando pra entrar no mundo dos barracos, dos botecos imundos, das cabeças-de-porco, dos templos evangélicos, do esgoto a céu aberto, das ruas de terra, das barranqueiras que serviam pra desova de carros roubados. No fim da avenida Interlagos, pegamos a Teotônio Vilela. Na avenida congestionada, se apertavam os ônibus, caminhões de depósitos de construção e lotações, e uma gente miserável se protegia da chuva nos abrigos dos pontos. A Kombi sacolejava, gemendo nas juntas. Cada valeta ou lombada era um salto, o motor roncava, queimando óleo e soltando uma fumarada preta pelo escapamento, já com certeza podre de ferrugem. Imaginava o que seria suportar aquela suspensão arrebentada, os bancos, com as molas escapando da forração, quando a gente entrasse de vez nos caminhos de terra. Chegamos por fim na estrada de Parelheiros, longa e sinuosa. Curva após curva, ao passarmos reto pelo entroncamento que ia dar em Marsilac, respirei mais aliviado. Parecia que realmente nosso destino era a reserva do Curucutu. A menos que o Bigode, por precaução, calculadamente estivesse pensando em me pôr em contato com os traficantes, mas sem me levar ao esconderijo deles. Era uma possibilidade.

    Mas logo pus de lado essa ideia. Ainda que ele fosse matreiro, não achei que tivesse a capacidade de fazer cálculos desse tipo. Vagabundos costumam agir por impulso e pela lei do mínimo esforço. Se eu estava de posse de uma grande quantidade de droga e queria passar pra frente, o Bigode ia me facilitar as coisas. Desde que tivesse uma boa recompensa. Devido a isso, não era difícil acreditar que as motivações dele eram bem simples, não envolvendo cálculos. Como, na hierarquia do Comando Negro, não devia passar de um lagarto, ou seja, soldado raso, queria me levar pro esconderijo da quadrilha do Nenzinho esperando não só obter uma recompensa de minha parte, como também cair nas boas graças do chefão. Negociar comigo seria muito vantajoso pra quadrilha, o que ia contar alguns pontos pro Bigode. Caso desconfiassem de mim e achassem ruim ele ter me levado até lá, não custaria nada ao rato me matar. Dentro do seu elemento, e cercado do seu pessoal, o Bigode tinha como resolver facilmente esse problema.

***

Como tinha dormido mal na noite anterior, à medida que a viagem prosseguia comecei a sentir muito sono. Continuava chuviscando e a paisagem se tornava cada vez mais árida e monótona. Apareciam, em sequência, uma porção de mato, um lixão, um conjunto de barracos e uma vendinha, depois um descampado, interrompido por lagoas de extração de areia. Bocejei uma, duas vezes. Mas não queria dormir. Adormecer com aquele rato do lado era muito arriscado. Me forcei a manter os olhos bem abertos. Mas, num determinado momento, dei uma cochilada. De repente a Kombi sacolejou, perdi o equilíbrio e enfiei a cara no console. Levantei a cabeça, tonto de sono, e escutei o Bigode me dizer de maneira irônica:

— O café tava bom?

Completamente zonzo, olhei pra ele.

— Não viu nada de diferente no café? — o Bigode voltou a perguntar no mesmo tom.

Antes que pudesse responder alguma coisa, avançou contra mim, armado de um estilete, e disse com raiva:

— Tá pensando que sou trouxa?! Tá pensando que ia me engrupir?

Tentei puxar a .45, mas estava mole, sem forças, sem contar que tive a impressão de ver a perua cercada de um bando de gente armada. Eles começaram a bater na lataria e nos vidros da Kombi com o cano das armas, gritando:

— Sai daí, verme de porra!

O Bigode me agarrou pelo pescoço e tentou me furar com o estilete. Resisti como podia e consegui, por um instante, lhe afastar o braço. Mas os homens armados abriram a porta da Kombi e um deles me deu uma gravata. Havia caído numa armadilha! O filho da puta do rato tinha posto alguma coisa no café. E, incapaz de resistir, estava à mercê dele e do bando de vagabundos. Aproveitando que eu não tinha mais como resistir, o Bigode avançou contra mim e me sacudiu. Só que, dessa vez, estranhamente o tom de voz era mais respeitoso:

— Vamos rangar, mano?

Abri os olhos, estremecendo, e perguntei ainda cheio de sono:

— Rangar...?

— Rangar, mano. Tô com uma puta duma fome — disse o Bigode, esfregando o estômago.

A perua estava parada diante de um boteco de beira de estrada.

— Tu dormiu, hein, cara? — disse o Bigode, dando uma risada. — Quando brequei, tu quase enfiou os cornos no vidro...

Puta pesadelo do caralho! Fiquei ainda algum tempo sentado na perua me recuperando. Depois saí da Kombi, esticando as pernas que estavam entorpecidas. O boteco, o Bar do Mané, ficava na frente de um conjunto de barracos, de uma construção um pouco melhor com uma placa "Templo de Jesus Cristo dos Penúltimos Dias", e de um córrego fedorento e entulhado de lixo. A biboca era composta de uma varanda com uma mesa de bilhar pequena e de um salão, onde havia um balcão, uma geladeira enferrujada e três mesas caindo aos pedaços, com o logotipo de uma marca de cerveja. Nas prateleiras tortas equilibravam-se garrafas de tubaína, de cachaça, vinho ordinário e também pacotes de macarrão, arroz, feijão, latas de massa de tomate e óleo. Sobre o balcão imundo havia uma estufa. Dentro dela boiavam, numa gordura escura, coxas de frango, pedaços de linguiça e de salsicha, ao lado de vasilhas com croquetes, torresmo e ovos coloridos. Sentamos. O dono saiu de trás do balcão e veio limpar a mesa com um pano encardido.

— O que mandam?

— Vai uma breja? — perguntou o Bigode olhando pra mim, porque quem tinha o dinheiro era eu.

Bocejei e acenei com a cabeça.

— Uma breja, dois croquetes, duas coxas de frango, duas linguiças, dois ovos e torresmo — ordenou, sem ao menos me consultar se eu queria comer aquela porcariada.

Quando fomos servidos, olhei com desconfiança as porções. Um enxame de moscas pousava nos pratos, esfregando as patinhas, quem sabe rezando e se preparando pra repartir a refeição com a gente. Não sou de frescura e tenho estômago de avestruz. No trabalho, costumo comer em qualquer lugar. Mas aqueles croquetes e as coxas de frango pareciam ser o caminho mais curto pro hospital. Comi o que me pareceu menos perigoso: um ovo, uma linguiça e experimentei uns pedaços de torresmo. A cerveja, por sinal, bem gelada, escondeu o gosto rançoso da fritura.

— Tu não vai querer mais? — o Bigode lançava um olhar guloso pro resto das porções.

— Não. Pode comer.

Ele fez um gesto pro dono do boteco, pedindo outra cerveja, e devorou o que tinha sobrado nos pratos. Eu ainda estava com fome, pois não tinha almoçado, mas não ia arriscar comendo mais daquele lixo. O Bigode, muito satisfeito, palitava os dentes. Paguei a conta e disse, me levantando:

— Vamos embora.

— Calma, mano. Não vai um cafezinho?

Café requentado? Nem sonhando.

— Te espero na perua.

A verdade era que não aguentava mais a catinga de gordura que impregnava o boteco e o cheiro de esgoto que vinha do córrego. Fui até a Kombi e sentei, esperando. O Bigode bebeu o café com muita pachorra, depois se levantou e, daquele jeito gingado, foi até o orelhão do lado do boteco e deu um telefonema. Quando entrou na perua, sem que eu tivesse perguntado nada, explicou:

— Dei um salve pros manos, avisando que a gente tá chegando.

Meu coração disparou. Agora minha missão ia começar de fato. Por isso, precisava ficar frio. Tinha certeza de que os vagabundos estariam esperando a gente com um comitê de recepção. Armados até os dentes. Tinha a .45 na cintura, mas o que era uma pistola diante de punheteiras e fuzis? Nem que eu fosse o Stalone ou o Bruce Willis. Tudo podia acontecer. A mínima desconfiança e me apagavam. Mesmo com o Bigode aparentemente me garantindo. Não tinha muita ideia de como devia agir. Desconfiava que não podia demonstrar medo, mas, ao mesmo tempo, não podia dar uma de herói. Eu não passava de um pobre investigador de merda, pronto a ir pra degola.

    A estrada tinha piorado, ainda mais porque a chuvinha não parava. Eram poças atrás de poças. A Kombi gemia, o motor rateando, as rodas ameaçando atolar nos buracos cheios de lama. Passamos por alguns barracos isolados e caindo aos pedaços e, por fim, pela paisagem desoladora de um depósito de lixo. Numa grande extensão de terreno, com algumas poucas árvores desfolhadas, se amontoavam carcaças de carro, restos de matéria orgânica e sacos de lixo. A catinga era insuportável. Urubus disputavam entre si os restos de carniça. Depois, veio a mata fechada. Seguimos pela estradinha até que ela terminou, dando lugar a uma trilha no meio das árvores, que se estendeu por um quilômetro ou dois, quando então fomos obrigados a parar de vez. O Bigode desligou o motor e disse:

— Fim da linha, *brother*. Agora, é no pisante.

    Peguei a maleta e deixamos a Kombi. O Bigode tomou a direção de uma trilha, por onde passava uma pessoa por vez.

— Ei, e a muamba? — perguntei, movendo o queixo na direção da Kombi.

— Deixa aí. Depois os manos vêm pegar.

— Não tem perigo de...

— Perigo nenhum, *brother* — me interrompeu. — Aqui ninguém mete a mão no que é dos outros, senão os manos...

    Dei de ombros. O que podia fazer, senão seguir o pilantra? Entrei na trilha enlameada. E a chuva não parava. Miúda mas persistente, a ponto de, após alguns metros, eu estar completamente encharcado. As mutucas também incomodavam. Bem fazia o Bigode que, com um cigarro na boca, se protegia, lançando fumaça contra a nuvem de mosquitos. Andamos mais um pouco, quando, de repente, numa clareira, como que surgindo do nada, apareceram à nossa frente três homens armados.

— Oi, Bilão — disse o Bigode, fazendo um aceno a um negro dentuço que vinha na frente. — Esse é o cara que te falei.

O negro me encarou de um jeito desdenhoso. Era de estatura média e usava uma camiseta regata que deixava ver os braços musculosos, onde havia a mesma tatuagem do Bigode. Trazia na cintura um Magnum, com empunhadura de madeira. Ao lado dele estavam um negrinho miúdo, que arrastava uma perna, e um sarará albino. Dos três, me preocupei mais com o branquelo, porque ele tremia enquanto apontava a punheteira pra mim. Conhecia muito bem aquele tipo de gente. Um porra de um drogado, pronto a atirar por nada. Parecia ser ruim como o diabo e devia ter o dedo leve. Não me mexi, porque tinha a certeza de que, se me mexesse, não ia hesitar em me fuzilar. A única coisa que fiz foi dizer pro Bilão:

— Ei, fala pro caretinha abaixar esse canhão.

Ele me encarou por alguns segundos e, depois, disse de um modo displicente:

— Chepa, abaixa esse troço aí.

O branquelo hesitou um pouco, lançando um olhar enviesado pra mim, mas, obediente como um cão de guarda, acabou abaixando a punheteira.

— A gente trouxe a muamba — se apressou a explicar o Bigode.

— Por que o cara tá turbinado? — o Bilão perguntou, apontando com o queixo pra .45 na minha cintura.

— Porra, se esqueci de falar pra ele — se desculpou o Bigode.

O Bilão moveu os olhos na direção do negrinho. Ele veio mancando ao meu encontro e tentou pegar a .45. Isso eu não ia deixar.

— Tira a mão! — gritei, invocado, e empurrei o manquinho, mas tomando o cuidado pra que ele ficasse na minha frente.

O Bilão fechou a cara e pôs a mão sobre a coronha do Magnum. O negrinho fez o mesmo com a .380 dele, e o sarará, sempre tremendo, apontou de novo a punheteira pra mim. Muito devagar, e olhando firme pros bandidos, ergui a .45 pela coronha e dei pro negrinho, que a passou pro Bilão. Foi uma coisa de louco. Não fosse ter ficado atrás do manquinho, muito provavelmente o branquelo teria atirado. Mas sabia que, com esse gesto, havia ganhado alguns pontos. Os vagabundos viam que eu não era nenhum otário e que não tinha medo deles. Como prova disso, o Bilão abriu a carranca, mostrando a dentadura:

— Então, tu é o cara que guentou o açúcar do IML?

— Pois é...

O Bilão, depois de dar uma olhada superficial na minha pistola, entregou-a pro negrinho.

— Devolve pra ele, Saci.

Enfiei a .45 na cintura. O Bilão se voltou pro Bigode:

— Quantos quilos tu falou mesmo?

— Cinquenta.

— Saci e Chepa — ordenou o Bilão —, vão lá pegar o açúcar.

Esperamos, em silêncio, uma meia hora no meio da mata, molhados até os ossos, até que voltassem trazendo os sacos com a droga. De repente a chuva parou e um raio de sol penetrou por entre a ramaria. Voltamos a andar pela picada. A caminhada tinha se tornado mais difícil porque a trilha, agora, era escorregadia e bastante íngreme. O Bilão, secundado pelo Bigode, seguia na frente. Ia atrás deles junto com o Saci e o Chepa, que não paravam de praguejar e reclamar do peso da muamba. Não devia ser nada fácil subir por aquele caminho com 25 quilos de cocaína nas costas, ainda mais agora que o calor era sufocante. O mato começou a se abrir, e tive afinal a visão do esconderijo do Comando Negro.

Era um conjunto de barracos que ficava no alto de uma elevação, nos contrafortes da serra do Mar, somente acessível por uma escadaria esculpida na pedra. Os barracos, na maioria, eram feitos de madeira compensada e cobertos com tábuas ou mantas de plástico preto. Os mais bem-acabados, construídos de alvenaria, tinham lajes, reboque, pintura e o luxo de telhas de amianto. Acima de todos eles, chamava a atenção uma construção comprida e mais sólida, com janelas, varandas e antenas sobre o telhado. Os barracos amontoados e ligados, nas alturas, por passarelas, parecia o resultado do aproveitamento de sucata ou do saque a um depósito de construção de periferia. Em pontos estratégicos da escada que dava acesso ao conjunto vi guaritas, onde talvez ficassem os ripas, munidos de rádio, prontos a acionar o bando caso algo estranho acontecesse. Ao lado da escadaria, sob uma espécie de telheiro comprido, havia várias motos estacionadas, a maioria delas de grande potência. Como era impossível chegar de carro até o esconderijo, as motos pareciam quebrar esse galho. À direita da elevação havia um córrego, que desembocava numa lagoinha, onde mulheres lavavam roupa.

Começamos a subir a escada. De vez em quando passava correndo pela gente um bando de garotos, carregando pipas. Incrível a habilidade deles ao pular os degraus irregulares. Era um passo em falso e o infeliz se arrebentava lá embaixo nas pedras rombudas e cobertas de lixo. Continuamos a subida. Em cada guarita a gente tinha que se identificar. Depois de uns quinze metros, chegamos no topo da elevação. Fechando a entrada do conjunto de barracos, havia um muro de uns três metros de altura, com um portão de ferro no meio. Os grafiteiros haviam pintado um grande mural sobre ele, com traços grosseiros e em cores berrantes, representando a guerra dos bandidos do Comando Negro contra a polícia. Num bairro qualquer da cidade, um bando de negros, com cara de caveira e cabelos rastafári, verdadeiros gigantes, armados de punheteiras, fuzis e metralhadoras, atirava contra viaturas. As armas cuspiam fogo e a marcas dos tiros eram exageradamente representadas na lataria dos carros, bem como nos corpos retorcidos dos pequeninos policiais. O sangue banhava o piso da rua e formava grandes poças na calçada. Não bastasse essa demonstração de força, pra exaltar a superioridade dos bandidos, um policial, de joelhos, implorava pela vida, enquanto companheiros seus fugiam, perseguidos por garotinhos armados. Sob o grafite, ao lado do emblema da facção, vinha escrito:

>O Comando Negro orgulho da raça é o poder
>Aqui quem manda é os negros e quem é branco fica negro
>Os gambés os coxinhas os homi tem é que se foder

O Bilão bateu três vezes com o nó dos dedos no portão. Uma janelinha subiu, alguém meteu a cara nela e, ao reconhecer quem chegava, se apressou a abrir o portão. Entramos numa espécie de pátio. Mais de perto pude ver que, entre os barracos, havia botecos, uma locadora, uma oficina de reparo de tevê, um salão de cabeleireiro. Como os construtores daquilo haviam aproveitado ao máximo as irregularidades topográficas da elevação, reparei que as construções se equilibravam sobre saliências escavadas na rocha e contavam com o apoio extra de palafitas. Entre os barracos viam-se canos que deviam servir pra dar vazão ao esgoto ou pra conduzir água, extraída das muitas fontes que pareciam abundantes no morro. Começamos a subir outra escada e chegamos numa das passarelas, de onde era possível ver a mata lá embaixo e, mais ao longe, muito indistintamente, o perfil de São Paulo. Percorremos um labirinto, ora passando por becos tão estreitos que davam lugar a uma pessoa por vez, ora voltando às passarelas, até que o Bilão abriu uma porta e entramos num quarto, com uma janelinha gradeada no alto, uma cama, um guarda-roupa, uma mesa e três cadeiras.

— Peraí um instante que a gente já volta — disse o Bilão.

Saíram todos do cômodo. O que ia acontecer agora? Será que tinham acreditado em mim? Era provável, senão já tinham acabado comigo antes de entrar no quartel-general. Um pouco depois o Bilão voltou. Só que agora vinha acompanhado de dois novos companheiros. Um deles era um baixinho, quase anão, cabeçudo, com uma grande corcova, que usava óculos com grossas lentes de míope. Sentou junto da mesa e abriu um laptop. O outro, um negro que em qualquer lugar que estivesse, ia passar tão despercebido quanto uma aranha-caranguejeira sobre um manjar branco. Devia medir uns dois metros de altura, quase encostando a cabeçorra no teto, e era largo que nem um caminhão-caçamba. O pescoço lembrava um tronco de árvore. Tinha a cara lustrosa e arrebentada, com uma cicatriz que ia do canto esquerdo da boca até bem perto do olho. Numa das orelhas, faltava um lóbulo. Se ele estava machucado assim, imaginava o que devia ter acontecido com seus adversários... Durante nosso encontro, ficou do lado da porta, com os braços cruzados, olhando fixamente pra mim e sem dizer uma só palavra. Enfrentar aquilo, mesmo armado, era o mesmo que dar de frente com um trem. Sabia por que ele estava ali — com certeza, não era pra me dar as boas-vindas.

— A gente quer saber como tu e o delegado Milani do 25º guentaram o açúcar do IML — o Bilão foi direto ao assunto.

— Delegado Milani? Que delegado Milani?

— Não foi com o doutor Milani que tu guentou o açúcar? — o Bilão perguntou, olhando pro cabeçudo, que imediatamente consultou algo no laptop.

— Claro que não foi com ele. Foi com o delegado Janine e com o escrivão Torres, do 14º.

Ainda bem que me lembrava perfeitamente das informações que o doutor Fragelli tinha me passado na casa da rua Sassaki. Era errar alguma coisa, me confundir ou hesitar, e o trem vinha pra cima de mim.

— Foi mesmo com o Turco Maluco e com o doutor Torres...?

— Com certeza.

— Outra coisa. Onde os gambés do Denarc acharam o açúcar?

— Numa madeireira perto do Ceasa.

— Confere, Doutor? — o Bilão perguntou pro corcundinha, que apenas sacudiu a cabeça, confirmando.

Fiquei impressionado com a organização deles. Até dados da polícia num laptop!

— Conta pra gente como foi que guentaram o açúcar do IML.

Dei uma risada e disse, confiante:

— Mamão com açúcar, cara. A gente subornou os vigias.

O Bilão abriu um sorriso e, depois, disse aos companheiros:

— Parece que tá tudo nos conformes. Vão se mandando, que ainda vou trocar uma ideia aqui com ele.

O Bilão, depois que eles saíram, sem mais nem essa, me perguntou, num tom seco:

— Quanto que tu quer pelo açúcar?

Pensei no que devia dizer. Sabia o valor da cocaína, mas sabia que, mais importante do que encontrar um preço justo, era conseguir cair nas boas graças do bando. Dei de ombros e disse:

— Se me derem uns trocados, está bom. Se quer saber, não vim aqui pra negociar...

Franziu a testa.

— Como não veio pra negociar?

Pensei se devia arriscar ou não. Arrisquei:

— Não, não vim. Pode considerar isso daí como um presente pro Nenzinho.

Os olhos saltados do Bilão, que estavam fixos em mim, pareciam duas grandes jabuticabas lavadas e brilhantes.

— Pro Nenzinho, é...? E por que tu quer dar um presente desses pro Nenzinho?

— Você sabe que minha barra está suja. Se os meus colegas da polícia me pegarem, estou fodido. Ainda mais depois que atirei no carcereiro. Ficando aqui, posso conseguir proteção.

— E quanto que tu quer de trocado?

— Sei lá, vocês é que decidem.

O Bilão refletiu um pouco e depois disse num tom que não admitia réplica:

— Cem conto tá bom?

Sabia que estava sendo roubado, mas isso pouco importava no momento.

— OK — disse, fazendo sinal de positivo.

Sorriu e perguntou, se levantando:

— Como é? Tu já comeu?

— Umas porcarias por aí.

— Vai um rango e uma breja?

— Pode ser.

O Bilão saiu do quarto. Pouco depois entrou uma negra gorda, usando avental e um lenço na cabeça, trazendo um prato feito, uma garrafa de cerveja e um copo com uma dose de cachaça.

— Bom apetite — disse, deixando a bandeja sobre a mesa.

Sentei e comecei a comer porque estava mesmo morto de fome. A comida era simples, mas boa e farta. Arroz, feijão-preto com grossas rodelas de paio, costeleta de porco, couve picada, torresmos. Estava terminando a refeição quando o Bilão voltou. Esperou que acabasse de comer pra me dizer:

— O Nenzinho tá a fim de te conhecer.

Ameacei me levantar.

— Não agora. Antes o Nenzinho quer que tu faz um trampo pra ele.

— Um trampo? Que tipo de trampo?

— Depois te falo qual que é o trampo. Fica por aqui, descansa um pouco. Às dez horas passo pra te pegar. Quero te apresentar pros manos.

13

Deitei e, como estava mesmo muito cansado, dormi que nem uma pedra e só fui acordar com o Bilão me chamando.

—Acorda, cara. Dez horas.

Deixei o quarto, acompanhando o Bilão, e a gente se enfiou novamente por aquele labirinto de passarelas e passagens estreitas, algumas internas, outras externas. Aos poucos fui ouvindo uma espécie de batuque que, depois, pude reconhecer como o ruído do funk, que era tocado em algum lugar daquele complexo, num ritmo forte e sincopado, fazendo estremecer as paredes dos barracos. Andamos mais alguns metros e chegamos num beco amplo que terminava numa escada. Subimos por ela e entramos num salão, provido de janelas, sacadas, mesas e cadeiras, um palco, onde ficava a banda de funk, e um bar num canto. No teto havia ventiladores que zumbiam feito abelhas, lâmpadas azuis e vermelhas e uma luz estroboscópica que girava, iluminando o ambiente com pontos coloridos. Desconfiei que o salão era a construção comprida que ficava na parte mais alta do conjunto de barracos que tinha visto lá de baixo. Uma multidão se divertia por ali, umas pessoas dançando e outras sentadas nas mesas bebendo. Na frente do palco, um grupo de garotas rebolava, e uma delas me chamou bastante a atenção.

Era a Claudinha. Entre as demais garotas, se destacava pela beleza selvagem, pelo jeito provocativo como mexia as ancas, empinava os peitos e movia as coxas. Vestia um shortinho branco, quase transparente, que lhe modelava a bunda e deixava nuas as pernas esguias, benfeitas, e uma blusa verde-limão, que só lhe cobria os seios. Os cabelos curtos e pretos emolduravam os olhos cor de mel e a boquinha de lábios cheios, vermelha que nem uma gota de sangue.

— Ei, *brother*, aquelas são as minas do Torre — me advertiu o Bilão, ao reparar que eu estava de olhos fixos nas garotas do palco.

— Do Torre?!

— Do chefe, mano.

— Todas elas?! — perguntei, espantado com tanta regalia.

— Todas. O Nenzinho tem um harém. Só de mina da hora...

O Bilão deu uma risada e continuou a explicar:

— Tá vendo aquele bijuzinho ali?

Me apontava a Claudinha.

— A mina é filha de um cara cheio da grana, um empresário. Conheceu o Nenzinho e endoidou. Fugiu de casa e veio pra cá. O Nenzinho também ficou gamado nela. Tu deve ficar esperto, que o Torre não gosta que ninguém põe a mão no que é dele. Mas, se tu quiser uma mina, é só escolher. Tá assim de mulher gostosa por aí.

E acrescentou:

— É só tomar cuidado pra não bancar o talarico, dando um cato na mina dos outros.

De fato, a quantidade de garotas era grande. Mas nem todas de qualidade. Muitas delas eram maltratadas e malcuidadas. Fora a Claudinha, e umas outras do harém do Nenzinho, fiquei impressionado com uma garota negra, aparentemente desacompanhada, que estava sentada perto de nós. Tinha uns belos de uns peitos. Vestia uma microssaia de jeans, uma blusa vermelha muito decotada, usava grandes brincos de argola nas orelhas e piercings no umbigo, no nariz e nas sobrancelhas. Sentada, rebolava ao ritmo da música, abrindo e fechando as coxas, mostrando a calcinha ou a ausência dela. Quando reparou que olhava em sua direção, começou a flertar comigo.

— Quem é a dona? — perguntei pro Bilão.

— A da blusa vermelha?

— Ela mesmo.

— Vai firme, *brother*, mas toma cuidado que a mina é noia. Chegada nas pedras. Doidona.

— Qual o nome dela?
— Pode chamar de Noia que ela não tá nem aí. Só toma cuidado pra não chamar de Noia na frente do mano dela.
— E quem que é o mano dela?
— O Monstro.
— Que Monstro?
— O negrão que você conheceu no quartinho.
— Ah, aquele negrão... Então, ele é o Monstro?!
— Pois é. Cê tá vendo? A bela e a fera.

A Mãe Natureza tem dessas coisas. Fazia que um mesmo pai e uma mesma mãe produzissem um monstro e uma flor daquelas.

— Mas, agora, vamos tratar do teu trampo — me disse o Bilão, me puxando pelo braço.

Me levou até uma mesa, onde estavam sentados três homens, bebendo cerveja e beliscando pedaços de linguiça. Dois deles, bem morenos, tinham os cabelos lisos, untados com gel, e a pele cor de mate, o outro era um branco que usava uma jaqueta preta de couro. Sentamos, e o Bilão me apresentou os caras:

— O Bala, nosso piloto de avião, o Escobar e o Molina, que vieram da Colômbia.

Pelo jeito franco com que me recebeu, logo de cara tive boa impressão do Bala. Já do Escobar não gostei nada, nada. Me pareceu dissimulado ao me cumprimentar, abrindo um sorriso torvo. O instinto me disse que devia ser traiçoeiro que nem uma cobra. Era encorpado e baixo, de olhos estrábicos, e usava bigode. Vestia jeans e uma jaqueta de náilon vermelha e amarela. O Molina era alto, tinha a pele cheia de borbulhas e prendia os cabelos num rabo. Vestia-se bem, com blazer e gravata. Falante, pelo menos, parecia um pouco mais simpático.

Depois de me apresentar aos homens, o Bilão rapidamente explicou qual devia ser o trabalho:

— O Escobar e o Molina tão vendendo quinhentos quilos de açúcar pra gente. O Bala vai na Colômbia pegar a muamba. O Nenzinho disse que quer que tu vai junto.

Sabia que ainda estavam me testando, mesmo assim perguntei, dando uma de inocente:

— Eu? Mas por que eu?

— Não pergunta, *brother*. Tu vai como segurança. Pensa que a gente não te conhece? Tu apagou uns manos no Marsilac só na cara e na coragem.

Dei de ombros.

— Tudo bem, não está aqui quem perguntou.

O Bilão se levantou:

— Tu acerta os detalhes com os manos e, depois, vê se te diverte. Parece que a Noia gostou de ti...

Disse isso apontando pra mesa onde estava a mulher. Realmente, ela não tirava os olhos de mim. Então o negócio era liquidar logo aquela história e, depois, me divertir um pouco.

O Molina começou por dizer que nosso destino era um campo de pouso perto do rio Caquetá, na fronteira com o Brasil. Abrindo um mapa sobre a mesa, mostrou o local da aterrissagem.

— Conheço o lugar. Tem um porra de campo de pouso esburacado, mas que dá pra encarar — disse o Bala, batendo o dedo sobre o papel.

Em seguida, discutiram o horário do voo.

— É melhor a gente sair amanhã, de madrugada. Paramos em Cáceres pra reabastecer e descansar um pouco. Chegamos no dia seguinte na Colômbia — o Bala explicou.

O Molina, alegando que tinha negócios urgentes no Paraguai, terminou por dizer que só o Escobar ia com a gente. E, pra comemorar os acertos, mandou vir uma garrafa de uísque. Depois de alguns minutos, se levantou e disse:

— *Amigos, hasta la vista!*

E, seguido pelo Escobar, foi embora do salão. Ficamos em silêncio, bebendo o uísque, até que o Bala me perguntou:

— O que tu achou dos caras?

— Não achei nada.

— O baixinho tem um jeito invocado. Não fui com a cara dele.

— Vai ver que é o jeitão do gringo. Então, até amanhã às cinco.

— Ei, não quer mais um uísque? — disse o Bala, se mostrando muito amigável.

— Fica pra outra hora, meu chapa.

Queria era mais chegar na garota que continuava sozinha, sem dançar com ninguém. Desconfiava que por minha causa. Fui até a mesa, puxei uma cadeira e disse, me aproximando dela:

— Oi.

— Oi — ofereceu o rosto para que pudesse beijá-la.

A garota era mesmo muito gostosa. Tinha pernas benfeitas, e os peitos pareciam querer saltar da blusa. Usava um perfume vagabundo, mas que não disfarçava o seu cheiro natural.

— Me paga um conhaque?

Mandei vir um conhaque e um uísque. Os copos vazios sobre a mesa davam a entender que seria a terceira ou quarta dose que ela tomava.

— Tu é novo no pedaço, né? — perguntou com a voz mole, depois de beber o conhaque pela metade.

— Sou. Cheguei hoje.

Pareceu se lembrar de algo, porque bateu na testa e disse, dando uma risada escandalosa:

— Porra, meu! Eu sei quem tu é. Aquele cara que apareceu na Globo.

— Esse mesmo.

— Porra, mano, tu deu um vareio nos vermes, tu fodeu eles! — disse, abrindo bem os olhos.

— E você é a...

— Pode me chamar de Noia. Sou noia mesmo, me amarro num baseado, numa pedra.

E deu outra daquelas gargalhadas estridentes, sacudindo os peitos que pareciam um manjar de chocolate. Em seguida, abriu a bolsinha e pegou um baseado.

— Vai um tapa? — me ofereceu, depois de acender o cigarro.

— Obrigado.

Tragando, aspirou fundo e segurou a respiração. Depois de soltar a fumaça, disse, satisfeita:

— Fumo da hora!

A Noia, depois de mais umas tragadas, apagou o baseado e guardou na bolsa.

— Vamos dançar? — disse, se levantando.

Segui aquela bunda gostosa até um amontoado de gente, que se apertava e se esfregava na pista de dança. Fazia um calor danado, apesar dos ventiladores de teto. As pessoas não paravam de pular, de gritar. A Noia grudou o corpo no meu. Ao sentir a carne dura contra a minha, o cheiro forte que vinha dela, fiquei mais excitado do que já estava. Pus as mãos sobre as polpas da bunda da garota e começamos a dançar, se é que o movimento de coxa contra coxa fosse mesmo uma dança. Num determinado momento, a Noia grudou os lábios nos meus e me enfiou a língua na boca. Um pouco mais e a gente já estava quase trepando, porque ela esfregava a xoxota na minha perna, enquanto continuava a me beijar.

A música parou por um momento, e a Noia me disse no ouvido:

— Vamos lá fora um pouco?

Sem esperar pela resposta, me puxou pela mão até a entrada do salão. Descemos a escada e fui arrastado pro fim do beco, num canto bem escuro. Lá, ela se ajoelhou, abriu minha calça e, sem mais nem essa, começou a me chupar. Doido de tesão, suspendi a Noia, levantei a saia dela e pude constatar que a garota não usava mesmo calcinha. E ali, de pé, penetrei-a.

— Enfia fundo, tesão! — gemeu.

Obedeci e comecei a mexer o corpo pra frente e pra trás, enquanto, muito doida, ela me arranhava as costas e me mordia a ponta da orelha. Gozamos quase juntos. A Noia continuou grudada em mim por mais um tempo, até que murmurou com um suspiro:

— Tu é foda, meu! Porra de trepada boa!

O suor escorria pelo meu corpo. O calor estava insuportável. De imediato, pensei numa boa ducha.

— Minha flor, volta pro salão, que tenho que ver uma coisa no meu quarto.

Me beijou na boca e disse, cheia de dengos:

— Tu não vai fugir de mim, né? Não vai ficar com outra mina?

— Eu? Que é isso, garota? Estou contigo e não abro — disse, dando uma palmada na bunda dela.

Na verdade, não estava indo pro meu quarto só pra tomar uma ducha. Queria ficar um instante sossegado, pra pensar um pouco sobre o que vinha acontecendo de maneira vertiginosa nas poucas horas daquele dia. Inclusive, pensei se não valia a pena alertar o pessoal do Denarc da missão na Colômbia. Mas talvez isso fosse muito arriscado. Melhor deixar pra depois. Por enquanto, era mais conveniente ficar na minha, não dando bandeira. Já estava a meio caminho do quarto quando tive a impressão de ouvir o Molina e o Escobar conversando no escuro. Seriam eles mesmos? As vozes eram inconfundíveis, pelo menos a do Molina. Parei de andar e me colei à parede, escutando a conversa:

— *Los compañeros de las* FARC *van a estar allá y nos van a dar cobertura. Ayer mismo le hablé al comandante Suárez* — disse o Molina.

— *¿Seguro? ¿Puedo estar tranquilo? Entonces, bajamos al piloto y al guardaespaldas, agarramos la avioneta con la plata y nos largamos para Mitú. ¿Es eso?*

— *Es lo que han mandado los de Cali.*

— *Joder, eso va a acabar en guerra, amigo* — observou Escobar. — *Van a fajarse Nenzinho y los del Comando Negro.*

— *¡Que se jodan! Ya va siendo hora de cortarles las alas. Salazar ya no quiere saber de negocios con el Comando Negro.*

— *Entonces, todo lo que hay que hacer es bajar el avión, y ya los trincamos a ambos bien parejo* — disse o Escobar, aparentemente encerrando a conversa. — *Luego vuelvo a llamarte, para decirte como ha salido la cosa.*

Comecei a recuar bem devagar, procurando não fazer o menor ruído. Quando cheguei na escada, pensei que estava mesmo com sorte. Não tivesse escutado a conversa, ia ser morto junto com o Bala, mal pusesse os pés em solo colombiano. E agora, o que devia fazer? Contar pro Bilão? Abortar a missão? Refleti bastante e cheguei à conclusão de que talvez o melhor era partir pra Colômbia, mesmo sabendo do risco que corria. No caminho, encontrava um jeito de alertar o Bala. Se, num golpe de sorte, a gente conseguisse reverter a situação, liquidando com o Escobar e trazendo a droga e o dinheiro no avião, conquistava de vez o respeito do Nenzinho, podendo até ser aceito como membro do Comando Negro. Mas essa decisão era uma coisa de doido. Não sabia o que ia encontrar pela frente. Se o comitê de recepção fosse um grupo de homens muito bem armado, estava é fodido. Eu só contava com a minha .45, com a ajuda incerta do Bala e com o fator surpresa. Mas fosse o que Deus quisesse ou, mais provavelmente, o que o diabo quisesse...

— Você é um louco, Medeiros — murmurei, balançando a cabeça e pensando em mais um rolo em que me metia.

Mas rolos faziam parte integrante da minha vida. Sabia muito bem que não adiantava evitá-los, que eles acabavam me achando onde quer que estivesse. E com esses pensamentos animadores voltei pro salão.

***

Pra minha sorte, encontrei a Noia dormindo com a cara sobre a mesa, senão ela ia ser capaz de me segurar ali no salão, bebendo, dançando e fodendo até de madrugada. E queria estar inteiro na viagem pra Colômbia. Pensei em alertar o Bala sobre os planos dos colombianos, mas infelizmente ele já tinha ido embora. Assim, nosso papo ficava pra depois. Pedi um uísque, e apreciei mais de perto e muito discretamente a Claudinha, que continuava a dançar no palco. A garota era mesmo uma graça, um tesãozinho, mas tinha no olhar alguma coisa de desagradável. Não sabia bem o que era. Talvez fosse aquele tipo de mulher pronta a fazer um homem de gato e sapato. Devia ser uma boa foda na cama e uma foda pra se conviver. Apesar de ser ainda uma criança. Acabei o uísque e foi com um pouco de pesar que deixei o salão ainda cheio, tomando o rumo do quarto. Entrei, caí na cama e não demorei pra dormir.

Fui acordado por pancadas na porta. Era o Bilão, acompanhado de novo da mulher com o avental e o lenço na cabeça, que trazia um café reforçado. Preferia que fosse o Bala: assim, já podia alertar o piloto do problema que a gente ia enfrentar dentro em breve. Mas paciência, talvez mais adiante tivesse uma oportunidade melhor pra ficar sozinho com ele. Tomei meu banho, o café da manhã e deixei o quarto. Enquanto seguia pelas passarelas, rapidamente pensei numa estratégia, boa o bastante pra tentar neutralizar a traição do Escobar. Pra começar, me dirigi ao Bilão:

— Ei, cara. Será que não dava pra você me descolar uma arma?

Ele parou de andar e voltou-se pra mim:

— Pra quê? Tu já não tá turbinado?

Peguei a .45 na cintura, mostrei pra ele e inventei uma mentira:

— Estou, mas não confio muito nessa pistola. Uma vez ela já engripou.

— Tu não deve ficar preocupado. O trampo vai ser maneiro. Tá tudo certo com os gringos.

Guardei a pistola na cintura. Mal ele sabia que os gringos estavam querendo aprontar...

— Mas de repente pode acontecer um rolo, e aí... — argumentei.

O Bilão refletiu um pouco, depois levou a mão até a cintura, pegou seu próprio Magnum e me ofereceu:

— Tó, esse não engripa nunca. Mas cuidado, que é uma máquina especial. Presente do Nenzinho.

Era mesmo um belo revólver de seis tiros, calibre .40, coronha de madeira, que usava cartuchos especiais, mais longos. Imaginei o impacto daquilo no corpo de alguém. Estava ótimo pra enfrentar os colombianos e companhia.

— Pode ficar sossegado, Bilão, que cuidarei dele com carinho — disse, enquanto enfiava o Magnum atrás na cintura, sob a jaqueta.

Saímos pelo portão do complexo de barracos, descemos as escadas de pedra e, não demorou muito, entramos numa trilha na mata. Ainda estava escuro e chovia fino. O Bilão seguia na frente, iluminando o caminho com uma lanterna. Andamos uns dois quilômetros, até que chegamos num campo de pouso, coberto com mato rasteiro. Numa de suas pontas estava estacionado um Cessna 185F, monomotor, já com a hélice girando. Entrei na carlinga e me sentei do lado do Escobar, deixando o piloto sozinho na frente. Não dava as costas pro gringo de jeito nenhum.

O avião decolou e subimos até ficar por cima das nuvens de chuva. O zumbido monótono do motor começou a me dar sono. Fiz de tudo pra permanecer acordado. Peguei a garrafa térmica e me servi de meio copo de café. Depois, troquei algumas palavras com o Bala. Ele gostava muito de falar. Contou que, antes de servir ao Comando Negro, havia trabalhado como piloto de helicóptero em várias empresas de São Paulo e quase tinha entrado na Varig como piloto de carreira. Mas, apanhado pela polícia quando levava contrabando do Paraguai pro Brasil, foi preso e passou algum tempo na Casa de Detenção.

—A casa caiu, companheiro, porque um corno me caguetou. Foi eu descer em Corumbá e a polícia já estava esperando. Tentei fugir e levei um tiro aqui ó — ele virou a cabeça e mostrou um local perto da orelha, com uma ferida cicatrizada. — Quase empacotei. A bala tá aí até hoje, o médico que me operou achou melhor não tirar.

O Bala suspirou e disse:

— E o pior é que o filho da puta que me contratou deu o pinote, me deixando na mão. Mas no Mercadão fiz amizade com o Bilão, que depois me apresentou pro Nenzinho. O trampo com o pessoal do Comando é maneiro, dá pra descolar uma boa grana.

Voltou o corpo pra trás.

— Lembra quando resgataram o Trombada do presídio em Sorocaba de helicóptero?

Puta merda, preferia não ouvir essa. O Bala estava entregando o ouro pro bandido.

— Pois era eu que estava pilotando — deu uma risada e disse, vaidoso: — Mamão com açúcar, que nem roubar sorvete de criança. O pessoal pagou madeira pros coxinhas das guaritas, que deixaram a gente descer no pátio sem atirar...

Depois, quis saber de onde eu era e o que tinha aprontado na polícia. Resumi rapidamente minha aventura de bandido de mentira:

— Me juntei com alguns colegas e roubei uma partida de droga que estava depositada no IML, em São Paulo. Fui preso, fugi da prisão, atirei num carcereiro. É isso aí...

— Porra, cara, então você está decretado. Se os vermes te pegam, você está fodido. Desculpa falar, mas o que eles mais têm bronca é de traíra.

— Pois é...

E, assim, depois de duas horas e pouco de voo, descemos nas imediações de Cáceres, em Mato Grosso do Sul, pra reabastecer e comer. Como não podia deixar de ser, o campo de pouso era clandestino e ficava também no meio da mata. Deixamos o avião junto de um depósito de combustível e fomos sentar sob umas árvores, levando nosso farnel composto de sanduíches e refrigerantes. E o merda do Escobar que não desgrudava. Mas, num determinado momento, quando se levantou e foi até uma árvore ao longe pra mijar, aproveitei e disse pro Bala:

— Queria te avisar de uma coisa: a gente tem que ficar esperto com o gringo.

— Como assim? — perguntou, intrigado.

Resumi a conversa que tinha ouvido na passarela, na noite anterior.

— Tem certeza disso?!

— Absoluta. Escutei claramente eles combinando de matar a gente e roubar a grana.

— Então os caras são uns traíras — disse com raiva.

Refletiu um pouco e depois perguntou:

— Mas por que você não avisou os irmãos antes da gente embarcar?

— Porque pode ser que ele mude de ideia. Não quis estragar o negócio.

— E se o filho da puta estiver mesmo a fim de foder a gente?

Dei de ombros.

— A gente fode ele primeiro. Você está armado? Sabe atirar?

Afastou a jaqueta mostrando a coronha de uma pistola .380.

— Me viro.

— Então fica esperto — disse, rápido, vendo que o Escobar já estava balançando o pinto. — Chegando lá, desço primeiro e você fica no avião. Se eu desconfiar de algum rolo, te faço um sinal, você desce e cuida do Escobar. Eu cuido dos outros. Combinado?

— Combinado, *brother* — disse me estendendo a mão, que apertei.

Torci pra que o Bala fosse um cara decidido, que não amarelasse na hora H. Senão, quem se fodia era a gente e não aqueles cornos. Dormimos no casebre que servia de depósito de combustível, comidos pelos mosquitos. No dia seguinte acordamos bem cedo e partimos pra Colômbia. Pouco depois, os sinais de civilização foram se tornando cada vez mais raros. Como o Cessna voasse baixo pra fugir dos radares, era possível ver vacas e cavalos num pasto que parecia não ter fim, um homem se equilibrando numa piroga e cortando um rio de águas barrentas. Bem abaixo de nós, pássaros voavam em formação. De vez em quando desviava os olhos da paisagem e mirava o Escobar, que permanecia mudo, olhando pro lado. E as horas foram se passando. Estava muito ansioso. Queria acabar logo com aquele negócio.

— Falta muito ainda pra chegar?

— Falta — respondeu o Bala. — Umas três horas de viagem mais ou menos.

Achei que era o momento de pôr em prática a ideia que havia tido ainda no quartel-general do Nenzinho. Peguei a automática na cintura. O Escobar olhou espantado pra mim, mas logo se acalmou, quando pus a .45 sobre o console entre os bancos.

— Esta merda está me incomodando. Um saco a gente ficar viajando com isso na cintura — reclamei.

Cruzei os braços e fingi que dormia. Mas estava de olho no colombiano, pronto pra sacar o Magnum guardado na cintura, nas minhas costas. As horas se passaram, e já estava ficando com sono de verdade. De repente o Bala exclamou, apontando alguma coisa com o dedo:

— Olha ali, o rio Caquetá!

Vi as águas de um rio cheio de curvas, feito uma cobra, atravessando a mata. Mais um pouco e finalmente apareceu um pequeno campo de pouso. O Bala deu uma volta, inspecionando, e, quando embicou pra descer, gritou:

— Se segura aí, pessoal, que o campo tá uma merda só.

De fato, o monomotor, mal encostou as rodas no chão, pareceu que ia se desmanchar, tantos eram os buracos e morrinhos. Quando o Bala conseguiu parar, o Cessna já estava quase no fim da pista. Ele fez o avião dar meia-volta e estacionou diante de um casebre, na certa um depósito de combustível. Vendo que não havia ninguém por ali, se voltou e perguntou pro Escobar meio que gozando:

— E aí, gringo, *adónde están los hermanos?*

O Escobar enfiou a mão sob o casaco e pegou um rádio. Depois de ligá-lo, falou rapidamente durante alguns segundos.

— *Ya están a punto de llegar* — disse secamente, desligando o aparelho.

Fazia muito calor, minha camisa estava encharcada de suor, mas não quis tirar a jaqueta temendo que o Escobar visse o Magnum. Esperamos ainda por uma meia hora. Os pássaros e os macacos faziam uma gritaria no meio das árvores. Até que, num determinado momento, escutei o ronco de um motor, e uma caminhonete, levantando poeira vermelha, apontou na entrada de uma trilha, vindo da mata. Firmei a vista: havia dois homens na cabina e dois na carroceria. Vestiam uniformes camuflados verde e marrom e bonés da mesma cor. A caminhonete estacionou a alguns metros do avião e os homens desceram, um deles armado de pistola e os outros, de fuzis. Concentrei minha atenção no que vinha armado de pistola e ditava ordens. Devia ser um oficial.

— *Vámonos!* — o Escobar gritou pra nós.

Sem perda de tempo, abri a porta e desci, esquecendo, de propósito, a pistola no console. O Escobar desceu atrás de mim. Mas, quando reparou que o Bala tinha ficado no avião, fez um gesto com a mão, sorriu pela primeira vez e bradou:

— *Oiga, amigo, venga.*

O Bala fez sinal de positivo e disse num espanhol macarrônico:

— Um *momentito, tengo que checar unas cositas.*

Fiquei a uma distância prudente do Escobar, com as mãos apoiadas na cintura, na parte de trás das costas. Os dedos da mão direita já sentiam uma coceira peculiar, que conheço bem, tentando segurar a coronha do Magnum. Mas, por enquanto, nada parecia haver de suspeito, porque o oficial se aproximava, acompanhado dos três soldados, que carregavam sacos, na certa cheios de cocaína. O Escobar andou alguns metros na direção dele e bradou, estendendo a mão:

— *Qué tal, comandante Suárez, cómo está?*

O oficial apertou a mão do Escobar, que lhe disse alguma coisa num tom tão baixo que não pude entender o que era. Mas fiquei esperto, a mão direita se aproximando ainda mais da coronha do Magnum. Os soldados deixaram os sacos no chão. O Escobar se afastou do oficial e se dirigiu a mim:

— *Venga, Mederos, no quieres echar un vistazo a la coca?*

Estava a uma distância de uns três metros do grupo de colombianos, como se fosse num vértice de um triângulo. A base era formada pelo Escobar, de um lado, pelo oficial e os três soldados, do outro.

— Não entendo nada de drogas — rebati, balançando a cabeça. — Vim só como segurança.

— *Seguro que no desea conferir la mercancía, señor?* — o comandante insistiu num tom de voz cordial demais pro meu gosto.

Em seguida, bem devagar, como se quisesse mostrar que era um ato casual, o oficial moveu o braço e apoiou a mão na coronha da pistola no coldre da cintura. Mas os olhos dele fixos em mim mostravam outra coisa. E traiu-se de vez ao engolir em seco e passar a língua pelos lábios. Ali percebi que tinha treta. Nunca haviam ensinado ao idiota que, numa situação como essa, isso não se faz? Fiquei esperto: com a mão esquerda, fiz um sinal discreto ao Bala pra que descesse, enquanto, com a direita, segurei firmemente na coronha do Magnum, pronto pra sacar o revólver. O piloto desceu do avião, carregando a mala com o dinheiro, e ficou de frente pro Escobar. Depois que o Bala pôs a mala no chão, eu disse, sem tirar os olhos do oficial:

— O dinheiro está aí, a droga também. Como somos *muy amigos*, acredito que o negócio deve ser fechado na confiança, não é?

E comecei a rir, o que contagiou o Bala, o oficial e os soldados. Menos o Escobar que, repentinamente, pegando a pistola na cintura, gritou:

— *Mátenlos!*

Me joguei no chão, ao mesmo tempo que sacava o Magnum e atirava no peito do oficial. Ouvi o estrondo da arma, e o comandante saltou pra trás, sob o impacto da bala. Rolando no solo empoeirado, atirei quatro vezes seguidas, atingindo dois dos soldados, que mal haviam levantado os fuzis. O terceiro deles virou as costas e saiu correndo, fugindo na direção da mata. Me levantei sujo de terra vermelha e fui até o Escobar. Atingido na barriga pelo Bala, estava caído no chão e sangrava pela boca. Tentava desesperadamente alcançar a pistola 4506. Dei-lhe um pontapé no queixo, me abaixei, peguei a arma dele e enfiei na cintura. Fui até o oficial. Estava caído de costas com um rombo no peito. Um belo estrago do Magnum. O cara nunca mais ia fazer a besteira de engolir em seco e passar a língua nos lábios. Um dos soldados também estava morto, com a cabeça arrebentada por um tiro, o outro gemia, ferido superficialmente na perna direita. Parecia muito jovem. O que um garoto como aquele estava fazendo ali? Peguei a pistola do oficial, os fuzis dos soldados e joguei na direção do monomotor. Só aí fui socorrer o Bala, que tinha sido ferido na coxa direita. Reparei que a bala havia entrado e saído. Respirei aliviado: se o tiro tivesse rompido um osso, aí sim é que a gente ia encontrar muita dificuldade pra sair dali. Rasguei um pedaço da camisa dele e improvisei uma atadura.

— O que que a gente vai fazer com o filho da puta? — o piloto disse, gemendo e apontando pro Escobar.

Dei de ombros.

— Sei lá...

— Vamos acabar com o verme, pegar a coca e se mandar — disse, se apoiando em mim e se erguendo com dificuldade.

— Ele é todo seu.

Mancando, o Bala foi até o Escobar, que levantou a cabeça e disse, cuspindo sangue e arquejando:

— *Hijo de puta!*

— *Adiós, compañero* — disse em resposta o piloto, atirando na testa do colombiano.

O Bala quis também dar cabo do soldadinho que olhava apavorado pra gente. Não deixei:

— Chega de mortes por hoje. Vamos embora, que daqui a pouco isso vai estar cheio de guerrilheiro e traficante.

Dei um pontapé na bunda do soldadinho e apontei na direção da caminhonete:

— *Adelante!*

Manobrei a caminhonete até bem perto do avião, de maneira a facilitar o carregamento da droga. Ajudados pelo soldadinho, que tremia de medo, rapidamente fomos transferindo os sacos de cocaína pro Cessna. Terminado o serviço, descemos do carro. Cheguei no soldadinho, virei ele de costas, voltei a lhe meter o pé na bunda e gritei:

— Vá pra casa da *madrecita*, seu pentelho de *mierda!*

Saiu correndo e manquitolando, na direção da mata. Reabastecemos, embarcamos no Cessna, e o Bala começou a taxiar na maldita pista. Parecia que o aparelho ia se arrebentar, mas logo ganhou velocidade e subiu. Bem a tempo! Três caminhonetes carregadas de guerrilheiros saíram de uma trilha da mata e entraram no campo de pouso. Começaram a atirar contra nós, mas inutilmente, porque o monomotor estava fora do alcance.

— *Iuhu!* — berrou o Bala, pondo a cara na janela. — *¡Van a joderse, milicos de puerra!*

Eu estava muito cansado e com sono. O que mais queria era um banho, uma cerveja gelada e uma boa cama. Mas não podia dormir com o Bala naquele estado. Peguei um estojo de primeiros socorros e fiz um curativo provisório, desinfetando a ferida e envolvendo-a com gaze. E fomos conversando durante a viagem. De vez em quando ele cabeceava de sono.

— Acorda, cara! — dizia, lhe dando um cutucão.

Como o avião voltasse com muito mais peso, tivemos que fazer uns dois pousos no caminho para reabastecer, nos arredores de Humaitá, no Amazonas, e junto a Tangará da Serra, em Mato Grosso, até descermos finalmente no campo de aterrissagem perto de Cáceres. Decidi então procurar um médico. Deixei o Bala descansando no depósito de combustível e, pegando uma carona num caminhão, fui até a cidade. Achei um consultório numa rua tranquila. Havia uns gatos-pingados na sala de espera. A atendente, uma velhota, parecendo um maracujá de gaveta, tinha a boquinha pintada em forma de um coração. Sorrindo pra mim, a Miss Asilo disse que eu precisava esperar.

— É urgente — contestei.

— Calma, seu moço. Por que tanta pressa? O senhor levou nove meses pra nascer... — e cacarejou uma risada, encantada com a piadinha.

Dei um suspiro e, ante seu olhar espantado, avancei e abri a porta da sala do médico. Era um homem pequeno, careca que nem um ovo, vestido com um jaleco branco, que reagiu com indignação à minha entrada:

— Não disseram ao senhor que estou ocupado?

Um hipopótamo, deitado numa maca, ergueu os olhos mansos pra mim.

— A senhora me dá licença? — disse, convidando a mulher a sair.

A paciente, mais que depressa, pulou da maca e lá se foi trotando. Fechei a porta e disse:

— É um caso de urgência. Queria que viesse comigo.

O homenzinho esticou a mão pra pegar o telefone, enquanto protestava:

— O senhor não tem o direito de...

Segurei a mão dele suavemente. O que menos queria era escândalo.

— O meu amigo, doutor, feriu-se à bala numa caçada. E eu não tinha como trazê-lo até aqui.

— Sinto muito, tenho clientes com hora marcada. Talvez seria melhor que fosse até o pronto-socorro e requisitasse uma ambulância.

Pronto-socorro o caralho. Peguei um maço de dólares do bolso e esfreguei na cara dele.

— O senhor tem aí trezentos dólares pra vir comigo já. Acredito que dá pra pagar os prejuízos.

Os olhos do baixinho brilharam feito o painel de uma máquina caça-níqueis.

— Bem, se é tão urgente assim... — murmurou.

O doutor ligou pra secretária e lhe sussurrou alguma coisa, depois se voltou pra mim e perguntou:

— Onde foi o ferimento?

— Na coxa.

— Ferimento à bala, o senhor disse?

— Isso mesmo.

— A bala ainda está lá ou saiu?

— Saiu.

— Melhor.

Enfiou numa maleta uma seringa, algodão, medicamentos, ataduras, gaze e aparelhos cirúrgicos.

— Vamos, então.

Passamos pela múmia, que cacarejou:

— O senhor ainda volta hoje, doutor?

— Sim, no fim da tarde. Remarque as consultas pra depois das cinco.

O doutor pegou o carro, um Gol caindo aos pedaços, e fomos até o campo de pouso. Entramos no casebre. Quando ele se debruçou pra examinar a ferida do Bala, começou a fazer uma série de perguntas indiscretas:

— Como foi que o senhor se feriu?

O Bala enrolou uma história.

— Mas esse ferimento não foi feito por arma de caça. Por favor, me diga...

— Doutor, o senhor só veio aqui pra tratar do rapaz. E foi muito bem pago por isso! — engrossei a voz.

— Desculpe, eu não quis...

— Não perca tempo, doutor! Vai em frente!

As mãos tremendo e, de vez em quando, lançando um olhar assustado pra mim, fez o curativo. Ao fim do trabalho dei-lhe uma gratificação extra, que agradeceu, muito cheio de mesuras e teimando em me oferecer a mãozinha suada. Apoiei o braço nos ombros do médico, empurrei-o até o carro e disse, usando de propósito uma voz cavernosa:

— Eu, se fosse o senhor, não abria o bico. Nem mesmo com a vovó da sala de espera. Lembre-se de que sei onde fica teu consultório.

— Pode ficar descansado. Eu sou um túmulo.

— É bom que seja mesmo, pra não acabar dentro de um deles.

O homenzinho ligou o carro e saiu num pau só, levantando poeira. Telefonei pro pessoal do Comando Negro, comunicando o sucesso da operação e pedindo outro piloto pra resgatar a gente.

14

ATERRISSAMOS NO CAMPO de pouso junto da reserva de Curucutu e já havia um comitê de recepção à nossa espera, com o Bilão à frente. Além dele tinham vindo o Saci, o Doutor, o Monstro e mais uns quatro homens, pra descarregar a cocaína. Ajudei o Bala a descer e, quando pus os pés na terra, me vi cercado pelo pessoal que queria me cumprimentar. O primeiro foi o Bilão que, mostrando a dentadura num largo sorriso, me abraçou e disse:

— Valeu, *brother*! Senti firmeza.

Devolvi-lhe o Magnum e disse:

— Você tinha razão. Tua máquina não é mesmo de engripar.

Muito garganta, o Bala contava vantagens, exagerando na descrição de nossa batalha e aumentando o número de soldados mortos e tiros trocados. O Monstro se aproximou de mim, bamboleando o corpanzil. Estendeu a mãozorra, que parecia a pata de um elefante, e disse, arreganhando os dentes:

— Irmão! Eu sabia que tu tinha sangue nos olhos!

O filho da puta quase me esmagou os ossos... No caminho até o esconderijo, o Bilão seguiu do lado, muito camarada, com a mão no meu ombro, pedindo mais detalhes da operação. Quando terminei de contar, me deu uma boa sacudida e disse:

— Tu é mesmo sangue bom, irmão! Tu mostrou proceder! Agora a gente tem que achar o fiadaputa do outro gringo. Podes crer: o Molina tá decretado.

Quando a gente seguia na direção do meu quarto, o Bilão avisou que, finalmente, o Nenzinho ia me receber.

— Mas isso vai ficar pra de noite, no salão. Agora tu deve comer um rango e descansar um pouco. Nove horas, mais ou menos, tu dá as caras e fica conhecendo o Torre. Tá ligado?

***

No horário combinado, deixei o quarto e fui até o salão. A banda de funk não estava por ali, mas o aparelho de som, com enormes caixas acústicas, ensurdecedoramente lançava pelo ar as estridentes notas de raps e pagodes. Nas mesas, já todas ocupadas, a multidão bebia e comia, fazendo algazarra. Mais no fundo vi o Bilão, o Monstro e algumas garotas, junto de um cara que desconfiei ser o Nenzinho. Quando o Bilão me viu, acenou gritando:

— *Brother*, se achegue!

Acenei de volta e fui na direção deles. O Nenzinho estava sentado muito à vontade, no centro de uma grande mesa. Quase brigando entre si, as garotas se empurravam pra alcançar a preferência dele. Era alto e forte: os músculos do peito faziam volume sob a camiseta regata. Tinha os dentes brancos, bem tratados, com os caninos salientes feito os de um lobo. Os olhos não paravam quietos, vigiando e esquadrinhando tudo. Usava o cabelo bem curto com uma risca do lado e um cavanhaque. Trazia, como não podia deixar de ser, a tatuagem do Comando

Negro no braço, levava no pescoço grossos cordões de ouro e, nas orelhas, brincos e piercings do mesmo metal. Tinha uma pose arrogante. Quando uma garota se aproximava demais, tentando agradar, dava um coice e reclamava irritado:

— Porra! Vai te catar!

O Nenzinho fixou os olhos em mim e disse com um sorriso superior:

— Puxa uma cadeira, *brother*.

Sentei e ele perguntou:

— O que vai beber? Uma breja? Um uísque?

— Uísque está bem.

Estalou o dedo, um homem saiu de trás do balcão, veio correndo até a mesa e perguntou, inclinando a cabeça:

— O que mandas, chefe?

— Um JB caprichado pro nosso amigo aqui.

Veio o uísque, bebi um gole, e ele disse:

— Então, tu é o cara que guentou aquele açúcar do IML...

Fiz que sim com a cabeça.

— Tu é o investigador Medeiros, né?

— Ex-investigador — respondi com um sorriso nos lábios. — Depois do que aprontei...

— Onde que tu fazia plantão?

— No 113º do Campo Grande.

— No 113º? Então tu deve ter conhecido o doutor Morganti...

Hesitei um pouco antes de responder:

— Conheci.

— Ele tá em cana, né?

Aonde queria chegar com aquele interrogatório? Achei mais prudente contar a verdade.

— Ouvi dizer que fugiu. Estava preso na penitenciária de Hortolândia.
— Quem que arrastou ele?
— Eu.
— Tu? E por quê?
— Aprontou uma comigo e com meu parceiro.
— Que tipo de coisa ele aprontou?
Quando ia responder, o Nenzinho sorriu, abriu bem os braços e gritou:
— Minha joia!
— Meu rei! — alguém exclamou às minhas costas.
Me virei. Era a Claudinha que chegava, cheia de charme, vestindo uma microssaia, um bustiê e sandálias de saltos bem altos. Contornou a mesa. As garotas que cercavam o Nenzinho, muito despeitadas, foram obrigadas a lhe dar passagem. A Claudinha, pra mostrar que era a preferida, foi até o chefão e, sem-cerimônia, sentou no colo dele.
— Cumé que é, gata? Tu tava dormindo? — o Nenzinho disse, abraçando a garota.
— Tava, meu gato — respondeu, ronronando. — Ficou com saudade da tua gatinha?
O Nenzinho beijou-a na boca e lhe apertou a bundinha com a mão direita.
— Tava com saudade — disse.
— Tava nada. Você tava é galinhando com essas piranhas — ela protestou, fazendo beicinho.
Aquela conversa estava me deixando enjoado. A esposa do doutor Videira tinha razão numa coisa: a garota era mesmo uma pentelha mimada. O Nenzinho deu umas palmadinhas na coxa da garota, que teimava em ficar enrodilhada nele, e disse:

— Agora, fica boazinha, mina. Tenho negócios com o irmão aí — o chefão disse, apontando pra mim.

— Negócios? Coisa mais chata — resmungou, ao mesmo tempo que me olhava com arrogância.

Sustentei o olhar. O mel dos olhos da garota faiscou sob a luz do salão.

— Quem que é o cara? — perguntou.

— Um tira, ou melhor, ex-tira.

Ela beijou a orelha do Nenzinho e ronronou numa voz enjoadinha:

— Odeio tira. E esse daí tem uma cara de convencido...

Dei uma risada e disse:

— E você tem uma carinha de garota mimada... E sabe o que fazem na minha terra com garotas mimadas? A gente dá umas boas palmadas na bunda.

O Nenzinho caiu na gargalhada, acompanhado do Bilão, do Monstro e das garotas. A Claudinha me encarou com raiva, lançando na minha direção lasquinhas de vidro das pedras dos olhos. Puta merda, que braveza! E não passava de uma garotinha. Mas, apesar da braveza, ou talvez por causa disso, era uma graça, um tesão. Imaginei aquilo peladinha na cama, eu mordendo o vermelho dos lábios dela, e ela me rasgando as costas com as garras de gata brava.

— Ele tá tirando sarro da minha cara, Nenzinho, e ainda você fica me gozando — choramingou, fazendo beicinho.

O Nenzinho empurrou a garota:

— Já te disse que tenho um negócio com o irmão. Vai lá no bar pedir um milk-shake e não me enche mais o saco.

Resmungando um quase inaudível "filho da puta", não sei se dirigido a mim, ao Nenzinho ou aos dois, saiu rebolando.

— Tu tem um crédito com a gente, né? — me perguntou o Nenzinho, continuando nossa conversa.

Acenei com a cabeça, concordando.

— Então pode ir acertar com o Doutor lá embaixo. Procura ele e fala que tu tem um crédito de cento e cinquenta conto comigo.

— O Bilão me falou em cem contos...

O Nenzinho abriu um sorriso e disse, muito generoso:

— Acontece que tu ganhou uns pontos, irmão. Gostei do que fez com os gringos na Colômbia. Sou ponta firme com os caras que são ponta firme comigo.

Que merda de generosidade. Me roubava, me dava uma esmola e esperava que eu ficasse feliz, como fingi que ficava:

— Não precisava, mas agradeço.

— Então, fica à vontade, a casa é tua, *brother* — encerrou a conversa, fazendo um gesto largo com a mão.

Levantei e fui atrás do Doutor, que ocupava uma sala embaixo do salão. Desci a escada e bati na porta de ferro reforçada. Uma janelinha se abriu, e uns óculos de lentes grossas apareceram na abertura.

— Ah, é o senhor — disse, me reconhecendo.

Ouvi o ruído de uma tranca automática sendo acionada, e a porta pesada girou. Era uma saleta sem janelas, só com um respiradouro no alto e ar-condicionado. Tinha uma mesa com um laptop, pastas, papéis, uma cadeira, uma poltrona, uma estante, uma geladeira pequena e um cofre num canto.

— Por favor, sente-se — disse o Doutor, apontando a cadeira em frente da mesa.

Sentei, e ele fez o mesmo, sentando na poltrona, onde, com certeza, devia ter posto uma caixa pra poder ficar numa altura decente.

— O que o senhor deseja? — perguntou, cruzando as mãos.

— O Nenzinho mandou dizer que tenho um crédito de cento e cinquenta contos com vocês.

— Já quer receber todo o dinheiro agora?

— Não. Só quero um adiantamento.

— De quanto?

— Uns trinta e cinco está bem.

Queria acertar as contas com o Bigode e pegar algum dinheiro pra mim. Ali, no mocó, como vim a perceber, as coisas custavam o olho da cara. E eu não ia querer passar sem minha cerveja e o meu uísque de costume.

— É pra já, doutor Medeiros.

Foi até o cofre, mexeu na combinação e abriu a porta. Por cima da corcova dele, vi que estava cheio de dinheiro. O Doutor pegou alguns maços de notas, contou, voltou até a mesa e disse:

— Por favor, confere.

Não conferi nada. Simplesmente enfiei o dinheiro num envelope pardo que ele me deu e perguntei:

— Preciso assinar alguma coisa?

— Assinar? — deu uma risada que parecia um cacarejo, enquanto anotava alguma coisa no laptop. — Aqui não tem disso, amigo. Aqui é na confiança.

Terminou de fazer as anotações e depois disse, abrindo um feio sorriso:

— O Nenzinho ficou muito satisfeito com o que o senhor fez na Colômbia.

Dei de ombros.

— O Bala também colaborou.

— Esses colombianos... — disse com desprezo. — É difícil negociar com eles, porque são traiçoeiros. Mesmo quando agem em nome de uma causa, como é o caso das FARCs, não hesitam em passar os outros pra trás.

O Doutor parecia ser uma exceção entre os membros do Comando Negro. Além de muito educado, falava um português correto, quase sem gíria. Mas logo pude entender o porquê disso, quando contou sua história. Antes disso, me ofereceu um drinque:

— O doutor está servido de um uísque?

Acenei com a cabeça que sim. Foi até a estante, pegou uma garrafa de Ballantines e dois copos.

— Gelo?

— Pode ser.

O Doutor abriu a geladeira, pegou gelo, pôs num balde e voltou até a mesa. Serviu as doses nos copos.

— À sua saúde.

— À nossa — rebati.

Bebi um gole, e ele disse:

— Seja então bem-vindo ao Comando Negro.

O Doutor me contou que era originário de Quixadá, no Ceará, onde o pai tinha uma pequena propriedade rural. Com a seca, a família havia emigrado pra São Paulo. Na continuidade, sua história se confundia com a de milhares de nordestinos que vinham buscar fortuna no Sul Maravilha e só encontravam miséria: a fome, a falta de emprego, de moradia. Só que, no caso dele, com muito esforço, catando papéis e sucata nas ruas, tinha conseguido estudar e arrumar emprego numa empresa como contador. Foi então estudar Direito numa dessas faculdades de periferia. Formado, fez logo uma boa clientela, ao se especializar em atender traficantes e assaltantes de bancos.

— Uma curiosidade, Doutor. Por que escolheu esse tipo de clientela, em vez de uma clientela normal?

— O que o senhor quer dizer com uma clientela normal?

— Bem, um pessoal que não está fora da lei.

Deu outro sorriso feio, mostrando dentes grandes e encavalados.

— Fora da lei? Me desculpe, doutor Medeiros, mas isso é uma piada... Hoje em dia é difícil encontrar quem aja dentro da lei. Mas, respondendo à sua pergunta: escolhi esse tipo de clientela porque eles pagam bem e em dinheiro vivo.

— E como o senhor veio parar aqui?

— É uma longa história — disse, servindo mais uma dose de uísque pra gente. — Quando você tem esse tipo de clientes, acaba ficando como eles, não tem como escapar. Por amizade, por dinheiro. Uma hora leva um recado, sem saber ou sabendo que é recado, pra uma execução ou um assalto, depois é tentado a introduzir celulares ou armas na prisão, servindo-se do privilégio de ser advogado. E assim fui indo, até que me pegaram com a boca na botija e acabei atrás das grades. Na Casa de Detenção conheci o Bilão, e ficamos amigos quando o ajudei com o processo dele.

— E o senhor saiu de lá como?

— Lembra-se de uma grande fuga que aconteceu em 2004, com um túnel que o pessoal cavou servindo-se dos encanamentos da Sabesp? Eu estava entre os fugitivos. Fugi da Casa de Detenção e fui trazido pelo Bilão pra cá. E aqui sou uma espécie de faz-tudo. Sou o responsável pela contabilidade, ajudo na revisão de processo dos irmãos que estão presos, redijo textos.

Suspirou, bebeu um gole de uísque e continuou a falar:

— E, se o senhor quiser saber, viver aqui, como na sociedade aí fora, no fim dá no mesmo. As autoridades nos acusam de ser cruéis, de fazer chacinas, mas quer maior chacina do que os ricos fazem, desviando dinheiro, deixando o povo na miséria, tirando o pão da boca dos pobres? Também nos acusam de disseminar o vício com o tráfico de drogas. Mas quem é que consome a droga? Os burgueses, as elites! São eles os maiores consumidores, necessitando, portanto, dos préstimos dos traficantes. E, pra manter o vício, as elites deixam de pagar impostos, elegem governantes venais, exploram os trabalhadores. As elites precisam ser eliminadas! E as ações do Comando Negro visam a isso: destruir as elites e derrubar o sistema iníquo que está aí.

O Doutor olhou fixo pra mim. Seus olhos pareciam dois pontinhos afogados nos círculos concêntricos das lentes dos óculos.

— Como? — perguntou, pra depois completar: — Fazendo a droga chegar mais fácil nas mãos da elite, transformando os burgueses em zumbis, pra, desse modo, destruir o sistema por dentro.

— E o que vocês querem colocar no lugar desse sistema que está aí?

— Uma sociedade mais justa, sem diferenças sociais gritantes, sem a exploração da mais-valia, do suor do trabalhador! — exclamou, exaltado.

O Doutor só podia estar brincando. Como que adivinhando meu pensamento, disse com convicção:

— O Nenzinho vem fazendo muito pelo povo da periferia. Ele dá cestas básicas para os mais pobres, não deixa ao desamparo a família dos irmãos que estão presos e não tolera injustiça. Aqui, na região, não tem mais estuprador nem assaltante. Os que havia foram justiçados. A distribuição de renda que o governo se nega a fazer, nós do Comando Negro fazemos. Sem contar que a gente vem promovendo não só a integração social, mas também a maior integração racial desde Zumbi dos Palmares. Aqui somos todos negros, somos todos iguais!

E alguns mais iguais que os outros, pensei com meus botões.

— O doutor conhece o estatuto do Comando Negro? — abriu uma gaveta e pegou uma folha de papel que me deu, dizendo com uma ponta de orgulho: — Fui eu que redigi!

Peguei o papel e comecei a ler:

Estatuto do Comando Negro

1. *Defesa do princípio de Liberdade, Igualdade e Justiça entre os homens, independentemente da cor, da raça e da crença;*
2. *Luta para a construção de uma Sociedade mais justa, abolindo os privilégios das elites e valorizando os legítimos anseios do Povo;*
3. *Obediência e fidelidade às normas do Comando Negro;*
4. *Fidelidade total dos membros do Comando Negro aos seus Comandantes;*
5. *Amor, respeito e lealdade de irmão para irmão do Comando Negro;*
6. *Repúdio à mentira, traição, inveja, cobiça, calúnia, ambição, egoísmo e interesse pessoal;*
7. *Respeito à ordem, à disciplina, à hierarquia do Comando Negro. Cada membro será recompensado de acordo com seus méritos. Cada membro terá direito a ser ouvido, mas a última palavra será sempre dos Comandantes do Comando Negro;*
8. *Os membros, em liberdade e em boa situação financeira, serão obrigados a contribuir para o fundo do Comando Negro, destinado a auxiliar as famílias carentes, abandonadas pelo poder público, e as famílias dos que se encontram presos;*
9. *Serão condenados à morte os membros que roubarem, cometerem estupros, traírem, alcaguetarem os irmãos, colaborarem*

com as autoridades, desobedecerem às ordens dos superiores, ou, mesmo podendo, se recusarem a colaborar para o fundo do Comando Negro.

LIBERDADE, IGUALDADE, JUSTIÇA!

"Hay que endurecer, pero sin perder la ternura"

COMANDO NEGRO — 313

Acabei de ler o documento e levantei a cabeça.
— Então, o que achou? — perguntou o Doutor.
O que achava realmente não podia dizer. Era um documento com alguns bons propósitos, mas esses propósitos nada tinham a ver com as ações do Comando Negro: tráfico de drogas, sequestros, assalto a bancos, justiçamentos. Mas como o Doutor parecia acreditar piamente no estatuto, não ia ser eu que ia contestar. Simplesmente preferi enrolar:
— Legal. Se for seguido à risca, pode modificar um pouco as coisas por aí...
— É o nosso propósito. Os intuitos do Comando Negro são revolucionários. Vamos virar a sociedade de cabeça pra baixo.
O Doutor serviu mais uma dose de uísque e continuou a explicar:
— Adotamos aqui os princípios de uma sociedade mais justa. O senhor não deve ter reparado, mas nossa pequena cidade é muito bem organizada, dispondo dos serviços básicos de qualquer comunidade. Os moradores seguem à risca os regulamentos, respeitando a hierarquia. Desavenças não são toleradas de modo algum e quem sai da linha é severamente castigado.

— Pelo que pude perceber, há famílias aqui, não? — perguntei, ao me lembrar das crianças empinando pipas e nadando na lagoa.

— Claro! — sorriu o Doutor. — Senão não seria uma verdadeira comunidade, não é? Mas não misturamos as coisas. Nossa cidade é dividida entre o centro operacional, à direita, e o centro habitacional, à esquerda. Mulheres grávidas e menores de catorze anos não têm acesso ao centro operacional. Por medida de segurança.

— As crianças não vão à escola?

— Aí é que o senhor se engana. Além dos serviços básicos, como cabeleireiro, oficina de pequenos consertos, loja de vídeo, contamos com uma escola.

Ergueu os braços e disse seriamente:

— A educação acima de tudo, não é?

Manter as crianças num meio onde se traficava e consumia drogas não me parecia uma forma razoável de educação. Mas não disse isso. Quando fui lhe devolver o estatuto, o doutor me disse:

— Fique com o senhor. Procure divulgá-lo o quanto possível.

Guardei o documento no bolso. Bebi mais um gole do uísque e, involuntariamente, dei um bocejo.

— O senhor deve estar cansado — observou.

— Um pouco — disse, me levantando. — Foi muito estressante a viagem até a Colômbia.

— Imagino.

— Obrigado pelo uísque, Doutor. Até mais ver.

Deixei a sala. Pensei se valia a pena dar uma esticada até o salão, onde talvez encontrasse a Noia. Mas desisti da ideia porque estava muito cansado e com sono. Sabia que se ela me pegasse de jeito ia ficar no bagaço. Decidi dormir. Foi cair na cama e mergulhei num sono profundo e sem sonhos.

15

Não demorou muito, o Comando Negro acabou pegando o Molina. Numa tarde entrei no salão e encontrei o Saci, que parecia muito excitado.

— Sabe da novidade? — perguntou.

Ante meu ar de interrogação, completou:

— Pegaram o gringo!

— Gringo? Que gringo?

— O Molina! Pegaram o fiadaputa no centro da cidade. Tava escondido num ho na boca.

— E o que vai acontecer com o gringo? — perguntei por perguntar, porque já sabia que estava condenado ou "decretado", como eles costumavam dizer.

O Saci deu uma risada e disse:

— Tu vai ver, mano. Tu logo vai ver. Legal à pampa.

Eram quase seis horas. Pedi meu uísque, sentei e fiquei observando o movimento. Reparei que, ao contrário do que costumava acontecer num dia no meio da semana, o salão começou a se encher. O pessoal parecia muito curioso, como se estivesse à espera de uma diversão diferente da habitual, que era beber, comer, dançar e jogar truco. Mas, curiosamente, todo mundo permanecia de pé, formando pequenas rodas, e o aparelho de som continuava mudo. Não demorei pra entender o porquê daquilo. Ouvindo uns e outros, descobri que o Molina, apanhado quando se preparava pra fugir, ia ser julgado no salão pela cúpula

do movimento: o Nenzinho, o Bilão, o Monstro e o Doutor. Fiquei curioso pra saber quais deviam ser os procedimentos "legais" empregados pelos bandidos pra julgar um traidor. Desconfiava que o julgamento público era uma forma de dar exemplo ao grupo. O Nenzinho foi o primeiro a chegar, seguido do Doutor. Saudado entusiasticamente pelos irmãos, se encaminhou até a grande mesa de costume, onde se sentou e se serviu de uísque. O salão já estava quase lotado. Os vagabundos, muito excitados, se comprimiam diante da grande mesa, mas haviam deixado, entre eles e o Nenzinho, um espaço de uns nove metros quadrados. Nesse momento, o Monstro e o Bilão entraram arrastando pelos braços um farrapo de gente, vestindo os restos de um blazer e uma gravata dilacerada, pendendo do pescoço. Com dificuldade reconheci o Molina, pois a cara dele era uma pasta vermelha. Se largassem do homem, com certeza caía no chão. Ele se deixava conduzir que nem um boneco, as pernas moles, a cabeça ensanguentada balançando de um lado pro outro. As pessoas se afastaram, formando um corredor por onde o trio passou, e o Molina foi recebido por assobios, vaias e insultos:
— Verme!
— Fiadaputa!
— Gringo de merda!
— Traíra!
Não fosse a escolha, com certeza teriam dado cabo dele ali mesmo. Pareciam lobos, prontos a destroçar a presa. Chegando diante da mesa do Nenzinho, o Monstro e o Bilão soltaram o Molina que, mole e desengonçado, caiu de joelhos, com a cabeça inclinada pra frente. Continuavam os apupos, as vaias, mas todos ficaram em silêncio quando o Nenzinho levantou a mão. E então ele disse, com sarcasmo na voz:

— Malandro otário! Então tu tava pensando em me passar a perna...

O Molina não respondeu nada, permaneceu com a cabeça encostada no peito, o tronco inclinado pra frente. Fiquei com a impressão de que, se alguém desse um sopro, caía de cara no chão.

— Tu e os vermes de Cali! Querendo me engrupir! — gritou o Nenzinho, que começou a se levantar da cadeira.

O gringo tentou se aprumar, mas o máximo que conseguiu foi erguer um pouco a cabeça e olhar na direção do Nenzinho.

— Abaixa a porra dessa cabeça, seu merda! Quem pensa que tu é pra me encarar? — o Nenzinho berrou, possesso.

Mas, numa atitude desafiadora, o Molina continuou com a cabeça erguida. E, o que é pior, esboçou um sorriso, abrindo a boca e mostrando os poucos dentes que lhe sobravam. Tomado pela fúria, o Nenzinho se inclinou e pegou algo junto à cadeira. Dando a volta na mesa, veio na direção do Molina. Reparei, então, que segurava um pedaço de caibro de um metro e pouco de comprimento. Chegando diante do gringo, bradou:

— Tá tirando sarro, seu porra! Pois vai injuriar na casa do caralho!

O Nenzinho ergueu o pedaço de caibro e deu uma cacetada na cabeça do Molina, que rachou que nem uma melancia. Sangue, miolos, fragmentos de osso espirraram longe. O corpo do traficante caiu de lado, amontoado, e logo uma poça vermelha se formou no chão. Excitados até mais não poder, os vagabundos começaram a aplaudir e a gritar:

— Nenzinho! Nenzinho!

O corpo coberto de suor, as veias do pescoço inchadas, os lábios vincados, ofegava feito um cavalo depois de uma corrida.

— Limpem essa merda! — disse com desprezo, jogando o pedaço de caibro sobre o cadáver.

Dando meia-volta, regressou pro seu lugar. Como se nada tivesse acontecido, pôs gelo num copo que encheu com uísque. Imediatamente as garotas o cercaram. Que nem um rei, se deixou paparicar, sorrindo e distribuindo beijos e abraços. Enquanto isso, alguns homens se encarregaram de tirar o cadáver do salão, que saiu dali dentro de um saco de lixo. Outros se puseram a limpar o chão com panos e esfregões. Os espectadores do justiçamento se sentaram. Bastante animados, pediram cerveja, cachaça, porções de linguiça com farinha, enquanto comentavam a habilidade, a força do Nenzinho, o modo como a cabeça do Molina havia explodido. Mas, não demorou muito, já tinham se esquecido daquilo. Alguém ligou a música no mais alto volume, algumas garotas começaram a dançar, e o futebol, as minas e o jogo de carteado passaram a ser os centros de interesse.

E, no meio daquela zoeira, eu estava ali, sentado e tomando meu uísque. Independentemente da minha vontade, de vez em quando lançava os olhos pra grande mancha no chão. Sabia que, se descobrissem qual era a minha, aquele podia ser meu destino: a cabeça esborrachada que nem uma melancia. Não deixei de estremecer com a ideia. Mas logo também me esqueci daquilo. Na terceira dose de uísque, desviei a atenção pras garotas que dançavam. Um pouco depois, a Noia veio sentar no meu colo. Os peitos que saltavam da blusa, as coxas lisas, a língua que ela me enfiava na boca me fizeram retornar rapidinho pro lado prazeroso da vida.

**

Não demorou muito e minha vida entrou na rotina: acordava tarde porque ia deitar invariavelmente muito tarde, tomava o café da manhã e saía pra caminhar um pouco. Às vezes pelo complexo de barracos, às vezes pela mata. Andava ansioso, esperando a melhor oportunidade pra fugir do esconderijo do Comando Negro, levando a Claudinha comigo. Mas a coisa não era assim tão fácil. Sabia que, primeiramente, precisava conhecer muito bem o quartel-general do Comando Negro pra poder colher as informações que o pessoal do Gaeco necessitava. Coisas como número e posição dos vigias, quantidade e tipo de armamento, entradas e saídas do quartel-general, trilhas na mata. Mas procurei ser o mais discreto possível, evitando fazer perguntas ou meter o nariz onde não era chamado. Assim, vim a descobrir que o acesso ao esconderijo era uma das grandes armas do Comando Negro, pois aparentemente só havia a escada de pedra, muito bem vigiada por sinal. Eram três guaritas, onde os vigias, armados de fuzis e pistolas e portando rádio, se revezavam em turnos de oito horas. Mas descobri também que patrulhas corriam de vez em quando as duas trilhas principais, uma que levava até o caminho na mata e depois até a estrada de Parelheiros, e a outra que levava até a pista de voo. Além disso, percebi que, periodicamente, alguns homens costumavam subir no telhado do salão, munidos de binóculos e armados de metralhadora ou de fuzis com lunetas. Em suma: qualquer força policial que ousasse se aproximar do quartel-general do Comando Negro seria localizada bem antes que chegasse nas imediações do complexo, e, como havia somente a entrada pela escada com guaritas, a resistência seria um problema sério a se enfrentar.

Se o acesso era complicado e a vigilância, constante, o armamento que a gangue possuía não era de desprezar. Havia por ali de tudo. Vi com alguns membros do Comando Negro fuzis AR-15, M-16, FAL AVT-40, um Galil 7.62 e Kalashnikovs AK-14, além de metralhadoras 9 mm, pistolas .45 e .380, carabinas .12, uns poucos Magnum e muitos revólveres .38. Pelo que pude ouvir, e não sabia se era verdade, o Comando tinha também granadas, bananas de dinamite, uma metralhadora pesada, capaz de derrubar um helicóptero, e até uma bazuca! As armas, bem como a munição, provinham do contrabando ou do assalto a delegacias e quartéis das Forças Armadas. O armamento especial e a munição eram guardados num paiol que ficava ao lado da sala do contador. Mas o quartel-general me reservou ainda outras surpresas: descobri que a energia que alimentava as lâmpadas e os aparelhos elétricos do complexo era proveniente de dois geradores a diesel que ficavam num cômodo, localizado no térreo do conjunto de barracos. Quem me deu acesso a ele foi o Doutor, satisfazendo à minha curiosidade, quando lhe perguntei como faziam pra trazer energia até o complexo, já que não tinha visto por ali postes e muito menos fiação.

— De onde vem a energia elétrica? Não, não temos contrato com a Eletropaulo — disse, dando uma gargalhada. — Produzimos nós mesmos nossa energia.

— Com geradores?

— Sim, com geradores. Adquirimos dois geradores Caterpillar, de 2.700 kW cada um, movidos a diesel, que são suficientes para iluminar todo o conjunto e também alimentar os aparelhos elétricos: geladeiras, freezers, computadores, condicionadores de ar, ventiladores etc. Como também temos entre nós excelentes mecânicos, a manutenção fica facilitada.

— Que beleza, Doutor! O senhor pensou mesmo em tudo.

Muito vaidoso, encostou um dedo na cabeça e disse:

— Alguém aqui precisa pensar, né?

— E esse alguém é o senhor...

Como a instalação dos geradores tinha sido ideia do Doutor, fez questão de mostrar pra mim. Descemos ao térreo. Atrás do conjunto de lojas, do cabeleireiro, da videolocadora, dos botecos, havia uma passagem estreita, junto à rocha bruta, que percorremos até chegar num cômodo, que ficava na lateral do complexo, onde ronronavam os geradores. Ao lado deles estavam empilhados os barris de diesel. Ao ver aquilo sem nenhum vigia, uma ideia veio a se formar em minha cabeça. Se um comando conseguisse passar pela escadaria de pedra e pular o muro, não teria muita dificuldade de ir até o depósito pra implodir o quartel-general, ateando fogo ao diesel. Era um bom dado pra se passar pro Gaeco.

Ainda descobri em minhas andanças que, na ala sob o salão, ficavam não só o escritório do Doutor e o paiol, mas também as suítes dos comandantes: a do Bilão, a do Monstro e uma muito especial, do Nenzinho. Uma vez passei por ali e, como estava sendo limpa, pude dar uma olhada. Era um luxo só e lembrava um quarto de motel: tinha uma cama redonda com espelho no teto, forração de veludo nas paredes, ar-condicionado e uma banheira de hidromassagem. Bem ao lado da suíte do Nenzinho havia um quarto bem amplo, onde dormiam as garotas do harém.

Essa liberdade de ir e vir, naquela semana posterior à minha chegada, se devia ao fato de que o Nenzinho e seu estado-maior tivessem viajado pro Paraguai. Não sabia por quê, mas certamente devia ser algo relacionado com o tráfico de drogas. Ainda não haviam dito muito claramente o que queriam de mim. Desconfiava, em minhas conversas com o Doutor, que muito em breve, talvez no retorno do Nenzinho, ia ser convidado a fazer parte do Comando Negro. Efetivamente, a missão na Colômbia tinha contado muito a meu favor. Havia servido pra confirmar que, além de esperto, não era de amarelar em situações de perigo. Além disso, parecia que a desconfiança quanto ao meu passado havia se dissipado de vez. Assim, fiz questão de acertar a dívida de trinta mil reais com o Bigode. Era melhor não dever nada a ele, pra mantê-lo o mais longe possível e evitar aborrecimentos.

Se durante o dia realizava discretamente minhas investigações, a noite era consagrada ao lazer. Como não tinha o que fazer por ali, a única diversão era beber no bar do salão a minha cerveja ou o meu uísque, beliscar uma linguiça frita na brasa e conversar com o Doutor, que tinha um papo bem interessante. Não fazia muita questão de conversar com o resto do pessoal, que era gente muito estúpida. Mas, pra falar a verdade, nem dava pra ficar batendo papo com ninguém, porque a Noia me alugava quase o tempo inteiro. Era entrar no salão e me ver bebendo, corria ao meu encontro.

— Mô, por onde é que tu andava? — perguntava, sentando no meu colo e me cobrindo de beijos.

— Por aí, dando umas bandas.

— Mô, me paga um conhaque... — pedia, cheia de dengos.

E dava pra negar as três ou quatro doses de Domec que ela emborcava rapidamente? Sabia que depois tinha minha recompensa: o furor com que a Noia se entregava em meu quartinho, subindo sobre mim e movendo-se incansavelmente, até que o manjar de chocolate de sua pele se cobrisse de suor e ela começasse a gritar feito louca. Já tinha transado com muitas mulheres insaciáveis, mas a Noia era imbatível. Me deixava sempre arrebentado depois de uma noite de muita foda. Não bastasse isso, me vigiava que nem um cão de fila. Se desconfiava que eu estava de olho em uma garota, armava um barraco. Como não queria escândalo, procurava me comportar. Mas não podia evitar que alguém me desse bola, como aconteceu com uma loirinha chamada Angélica. Há algum tempo já vinha notando que a garota não tirava os olhos de mim, muito oferecida. Um dia, quando estava bebendo sozinho, veio até mim e disse:

— Me paga uma cerveja, bonitão.

Era do tipo mignon, mas tinha muita carne aproveitável nas coxas e nos peitos. Mandei vir a cerveja, a garota se sentou do meu lado e começamos a conversar. Mas, não demorou, a Noia entrou no salão e, pela cara dela, vi que a coisa ia ficar feia.

— Acho melhor você se mandar — disse pra Angélica.

Ela olhou com desprezo pra Noia, que vinha em nossa direção.

— Por causa da negona? Ela que vai se foder!

A Noia chegou junto da mesa. Estava furiosa, quase babando, os dentes de pantera arreganhados.

— Se manda daí, sua vaca! — ordenou pra garota.

A Angélica rebateu:

— Vai te catar, sua pira...

A garota não terminou o insulto porque levou um soco na boca. E nem teve tempo de se recuperar. A Noia, com os olhos esbugalhados, agarrou a Angélica pelos cabelos e começou a lhe dar uma bordoada atrás da outra, enquanto berrava, possessa:

— Aprendeu, sua puta?! Tá vendo no que dá se meter com o meu homem?

Tive que me levantar e segurar a Noia, senão ela acabava matando a pobre da Angélica, já agora encolhida num canto, chorando e tremendo de medo. E tinha sido um belo de um espetáculo. Todo mundo veio apreciar a pancadaria. Como não queria publicidade, achei melhor acabar com tudo logo de uma vez. Dei uma leve torcida no braço da Noia, pra que soltasse de vez os cabelos da Angélica. Depois forcei-a a se sentar. Mas, se pensava que a história tinha terminado, estava muito enganado, porque a Noia voltou a fúria contra mim, berrando a plenos pulmões:

— Seu vagabundo! Fiadaputa!

— Para com isso, Noia — protestei inutilmente.

— É só eu virar as costas e tu fica galinhando com as putas!

E repentinamente, sem que esperasse, me deu um tabefe na cara. Não me lembro de alguma vez ter batido numa mulher, mas, naquela situação, tive que reagir. Senão perdia a moral. Com um gesto rápido, apoiei a mão espalmada na cara da Noia e a empurrei com força pra trás. A garota perdeu o equilíbrio e caiu de costas, levando a cadeira de roldão.

— É isso aí. Põe essa piranha na linha! — alguém gritou.

A Noia me encarou assustada. Depois se levantou e, humilde, veio sentar do meu lado.

— Pra você deixar de ser folgada! — rosnei bem alto.

— Mô, desculpa — disse, soluçando.

— Chega pra lá!

Na verdade, não estava bravo. Até achava divertida a situação, mas ali, no meio daquela malandragem, era bom representar um pouco. A Noia se aproximou de mim de novo, me abraçou e tentou me beijar. Dei-lhe um empurrão, fingindo que estava zangado.

— Não maltrata a tua Noinha, mô... — começou a choramingar. — Prometo que não faço mais isso.

Deixei então que me abraçasse e me beijasse. Ela não voltou a encostar a mão em mim. Mas, em compensação, nenhuma outra garota se meteu de novo comigo. Pelo menos na frente dela. E assim, pra meu desgosto, voltava a ter um dono, era o "homem" de uma mulher. E de uma mulher com o apetite e o gênio da Noia.

16

ACORDEI COM UMA BATIDA na porta. A Noia, como sempre, dormia me sufocando, com a cara grudada na minha e as pernas sobre minha barriga. Toda noite era o mesmo drama. Depois das transas, em que a garota se entregava com uma paixão selvagem, em vez de ir embora, queria porque queria continuar dormindo comigo. Não adiantava ficar bravo nem tentar expulsá-la. Era teimosa, persistente. Fazia biquinho, chorava, e eu, morto de sono, desistia. Como a cama fosse estreita, costumava acordar com o corpo doendo da posição desconfortável e do peso de sua coxa sobre meu estômago. Bateram de novo na porta. Empurrei a Noia, me levantei e fui ver quem era.

— O Nenzinho chegou. Diz que quer falar contigo — o Saci me deu o recado.

— Fala pra ele que já estou indo.

Tomei um banho rápido e me vesti. Fui até o salão e, da porta, vi na mesa dos fundos o estado-maior do Comando Negro: no centro, o Nenzinho e, do lado, o Bilão, o Monstro e o Doutor. E, pra minha surpresa, fazendo companhia a eles lá estava o Morganti! Devo confessar que levei um choque ao deparar com aquele escroto por ali, mas procurei esconder isso. Caminhei até a mesa, cumprimentei o Nenzinho, o Bilão e o Monstro. Quanto ao Morganti, que me fitava com um olhar sarcástico, acenei-lhe levemente a cabeça.

— Ô Medeiros, tu não lembra mais do colega? — perguntou o Nenzinho, pra depois acrescentar: — Ele fugiu da faculdade e agora vem trampar com a gente.

Antes que pudesse dizer alguma coisa, o Morganti se levantou e comentou, zombeteiro:

— Ora, ora, ora, quem que a gente tem aqui! O velho Medeiros!

Incrível como tinha mudado depois de uns tantos meses de cadeia. Havia engordado bastante. Como fosse alto, parecia um boneco inflável com a pele do rosto esticada e brilhante. O nariz, quebrado tempos atrás com um soco meu, estava esponjoso, e ele parecia um pouco torto. Talvez porque não tivesse se recuperado de um tiro que, na mesma época, o Bellochio lhe tinha dado no joelho.

— Oi, Morganti, como vai? — disse secamente.

— Bem, muito bem, ainda mais depois que fugi daquela pocilga.

Me fitou de um modo arrogante e, depois, lançando os olhos pros vagabundos, observou com ironia:

— Quem diria? O velho Medeiros, o mais honesto dos tiras do 113º, mostrando a sua face oculta de corrupto.

Dei de ombros e, sem poder me conter, disse:

— O que queria, Morganti? Que você tivesse o monopólio da corrupção?

— Seu filho da puta! — ladrou cheio de raiva.

— Ei! — interveio o Nenzinho com autoridade, batendo a mão na mesa. — Não quero bronca de irmãos! Se vocês tinham diferença lá fora, isso tem que acabar aqui.

Não devia ter entrado na do Morganti. Mas ainda era tempo de consertar. Dei de ombros de novo e disse:
— Por mim...
Caminhei até o Morganti, estendi a mão e disse:
— Desculpa, esquece o que falei.
Hesitou um pouco mas, vendo que o Nenzinho olhava pra gente com a cara fechada, estendeu também a mão, dando um sorriso e murmurando:
— Águas passadas...
Mas o olhar do Morganti desmentia a cordialidade e o esquecimento da ofensa. Os olhos dele me diziam "eu ainda vou te pegar, filho da puta!". Merda, aquele porra tinha que aparecer justo agora? E se descobrisse a tramoia? Estava fodido. Mas como o Morganti ia descobrir? Expulso da polícia por corrupção e tentativa de assassinato de colegas, fugitivo da penitenciária e assassino de um guarda penitenciário, não ia ter como obter informações a meu respeito. Pelo menos na polícia, pois minha missão era um segredo guardado a sete chaves. Mesmo assim, todo cuidado era pouco. Sabia o quanto Morganti me odiava. Afinal, tinha sido o responsável direto pela desgraça dele, abortando seus planos de enriquecimento ilícito e ajudando a mandá-lo pra prisão. O Morganti era um canalha, um crápula, um lixo humano. O tipo da pessoa que eliminaria da face da Terra, sem remorsos. Mas, por enquanto, não podia fazer nada, a não ser ficar esperto.
— Senta aí, *brother* — disse o Bilão.
Sentei. O Nenzinho começou a dizer que a viagem pro Paraguai tinha sido o maior sucesso. Em Puerto Stroessner, havia se encontrado com representantes da máfia chinesa e feito um acordo pra contrabandear uma partida de eletrônicos

pro Brasil. Micros, softwares, impressoras, máquinas fotográficas digitais, filmadoras, telefones celulares, tevês de plasma. Segundo ele, a polícia da fronteira havia sido subornada, liberando a carga que tinha o destino de São Paulo. Junto com o contrabando, num fundo falso do caminhão, vinha o melhor de tudo: duas toneladas de cocaína, adquiridas de uma facção rival do cartel de Cali. E era isso que estava deixando o Nenzinho preocupado. Devido à confusão com o Molina e o Escobar, tinha informações de que os ex-aliados estavam esperando o momento certo pra interceptar o caminhão e se apoderar da preciosa carga.

— Fiquei sabendo que os vermes tão preparando um ataque na rodovia, antes de Presidente Prudente. Por isso a gente vai precisar de reforço. Explica aí, Bilão, qual vai ser o esquema.

O Bilão tomou a palavra:

— Pra não despertar suspeita, o caminhão vai sair do Paraguai só com o piloto e um acompanhante na cabine. Foi o que ficou combinado com os caras da alfândega. Mas, depois, a gente não pode marcar bobeira. Dois cavalos vão sair aqui de São Paulo, com reforço, pra ir até a Castelo, pra depois pegar a rodovia 284 e escoltar o caminhão. Um vai com o Saci, o Chepa e o Gordo, o outro, comigo, o Monstro, o Morganti e o Medeiros.

Fiquei preocupado com as novas. Na minha condição de agente duplo já havia colaborado pra entrada no Brasil de quinhentos quilos de droga. Mas, agora, iam ser duas toneladas de cocaína, além do contrabando de eletrônicos. Dessa vez, não tinha jeito: precisava avisar o pessoal do Gaeco. Mas como? Por medida de precaução, não tinha trazido meu celular. A solução era roubar um aparelho, mesmo sabendo que isso podia ser muito arriscado. Se me descobrissem roubando um celular, ia ser executado sumariamente, porque sabia que roubo entre os membros do Comando Negro era coisa intolerável.

O Bilão continuou a explicar o plano de ação que ia acontecer no dia seguinte:

— A gente vai sair de madrugada, bem cedo. Daqui até o ponto de encontro tem umas quatro horas. O Saci, o Chepa e o Gordo vão na Besta, eu vou com o resto do pessoal na Blazer. Vamos encontrar o caminhão antes de chegar em Presidente Prudente, perto de Rancharia. A gente ficou sabendo que o pessoal de Cali tá querendo armar pra cima de nós no trevo de João Ramalho.

Depois da reunião, fomos almoçar. O difícil foi aguentar o papo do Morganti, contando como tinha subornado um carcereiro pra conseguir a arma e fugir da prisão:

— O primeiro que apaguei foi o próprio — deu uma gargalhada. — O trouxa estava pensando que eu ia pagar pela máquina! Meti uma bala nos cornos do filho da puta!

A mudança do Morganti não tinha sido só física. Havia se transformado num perfeito vagabundo. Era o modo de falar, era aquele desprezo pela vida humana. Eu fervia de raiva, não vendo a hora de acertar as contas com ele. Mas fingia calma. O melhor era rir, beber cerveja e fazer de conta que aquele papo não me tocava. Sem prestar muita atenção na conversa do canalha, continuava pensando num jeito de arrumar um celular pra poder avisar o pessoal do Gaeco sobre a operação. Até que, num determinado momento, a sorte me sorriu. Numa mesa perto da nossa, o Cheiroso e o Gordo começaram a discutir. Era a propósito de uma dívida de jogo. A discussão cresceu, eles se levantaram, se insultando. O Cheiroso levou um soco de raspão, escorregou e quase caiu. Com o movimento, o celular pulou do bolso dele e sumiu embaixo da mesa. Chegou a turma do deixa-disso. O Cheiroso, muito nervoso, berrou:

— Tu vai me pagar o que tá me devendo, seu merda!

— Vou pagar o caralho! Tu me roubou naquele jogo!

O Cheiroso tentou sacar a arma, mas foi impedido pelo Bilão que gritou, furioso:

— Acabo com a raça de vocês, seus porras! Vão acertar as diferenças na puta que te pariu!

E expulsou os dois do salão. Enquanto o pessoal discutia o incidente, me abaixei, fingindo que ia amarrar o sapato. Num movimento rápido, estiquei o braço e peguei o celular, que enfiei na meia. Agora era telefonar pro doutor Fragelli e, depois, dar um sumiço no aparelho. Por cautela, achei que era melhor ligar o celular fora do quartel-general. Deixei o salão e segui pelos corredores, na direção da saída. Desci as escadas de pedra. Não demorou muito, estava na trilha da mata. Quando me certifiquei de que estava realmente sozinho, me enfiei numas moitas e digitei o número do doutor Fragelli.

— Doutor Medeiros! — exclamou, surpreso.

Sem perda de tempo, disse rapidamente:

— Estou telefonando pra alertar o senhor de uma nova ação do Comando Negro. Amanhã, entre oito e nove da manhã, um caminhão Volvo azul, proveniente do Paraguai e carregado com contrabando e duas toneladas de cocaína, vai estar estacionado no posto de gasolina Vista Alegre, quase na entrada de Rancharia.

— Em Rancharia? Ótimo, meus parabéns! Tínhamos informações sobre essa operação, mas a gente não sabia exatamente qual o veículo e onde ele ia estar. Então podemos interceptar o caminhão nesse posto?

— Talvez fosse melhor a polícia interceptar a carreta na Castelo, depois do trevo de João Ramalho, pra pegar também o resto do bando. O caminhão vai estar sendo escoltado por uma Besta branca e uma Blazer preta. Vocês devem deixar a Blazer escapar.

— A Blazer? E posso saber por quê?

— Porque vou estar dentro dela. Outra coisa: o Morganti fugiu de Hortolândia...

— Isso a gente já sabia.

— Não me pergunte como, mas acontece que ele está comigo aqui. Portanto, fala pro pessoal tomar cuidado pra não deixar vazar nenhuma informação a meu respeito. E o senhor não esqueça: a barreira policial deve ser feita só depois do trevo pra João Ramalho!

— Muito bem, dá tempo ainda para a gente conversar um pouco sobre sua situação?

— O senhor me desculpe, mas não dá. Outra hora falamos. Passe bem — disse, desligando.

Joguei o celular no chão e pisei em cima. Depois, cavei um buraco na lama e enterrei os pedaços. Voltei, ao mesmo tempo aliviado e preocupado, pela trilha. Com o telefonema, colaborava pra abortar a ação do Comando Negro. Em compensação, passava a correr um risco muito grande, pois o Nenzinho, ao saber da ação da polícia, ia desconfiar que havia um traidor no bando. E tinha todas as condições de me transformar no principal suspeito.

Estava já saindo da mata quando avistei ao longe alguém que vinha na minha direção. Pelo modo de andar — o sujeito arrastava uma perna —, reconheci que era o Morganti. O que o filho da puta tinha vindo fazer ali? Com certeza me espionar.

Senti um frio me correr a espinha. Mais um pouco e ele me pegava telefonando.

Quando ficamos frente a frente, o Morganti me disse daquele seu jeito zombeteiro:

— Como é, veio tomar um pouco de ar fresco?

Não respondi. Passei por ele e continuei a andar na direção do quartel-general. O Morganti me seguiu. Tive então certeza absoluta de que ele não só estava de olho em mim, como também não havia acreditado nem um pouco na minha conversão em bandido. A prova disso é que, enquanto a gente caminhava, sem mais nem essa puxou conversa sobre o roubo da droga do IML:

— Então você roubou a droga junto com o Turco Maluco...

Fiquei na minha e apertei o passo.

— Engraçado — retomou o Morganti, me acompanhando com dificuldade. — Uma vez bati um papo com o Turco e ele me disse que tinha a maior bronca de você. Que você era invocado e muito certinho...

— E daí?

O Morganti me segurou o braço. Parei e dei uma encarada nele. Parecendo não se perturbar com isso, disse de um modo desafiador:

— Tinha a maior bronca de você e convida justo você pra participar do roubo da droga? Essa não cola, Medeiros.

Coisa que mais tenho raiva é de um cara me agarrando. Ainda mais aquele pulha. Puxei o braço, me desvencilhando.

— Às vezes a gente muda... — desconversei.

— Será? — me fitou, desconfiado.

— Você é que devia ter sido convidado, né? Mas como estava morgando uma cana brava... — gozei.

Fechou a cara, mas logo se recuperou e disse, dando uma risada de hiena:

— Essa é boa. Morgando uma cana...

Continuei a andar e o Morganti, sempre mancando, seguiu atrás de mim.

— Outra coisa. Onde foi parar o resto da coca? — perguntou.

Parei novamente e disse, invocado:

— Escuta aqui, cara. Não acha que está ficando muito curioso?

O Morganti deu um suspiro.

— É que se você soubesse a gente podia pensar numa sociedade. Trezentos quilos de coca, rachados meio a meio, dão uma grana boa pra cacete. O que acha?

Numa condição normal, mandava o Morganti tomar no cu ou lhe dava outra porrada na cara. Mas, no momento atual, não podia fazer nada disso. Apenas disse secamente:

— Vou pensar no assunto.

— Pensa com muito carinho, cara. A gente esquece as diferenças, faz negócio, ganha uma bela de uma grana, tira o pé da bosta... — o Morganti falou isso de um modo meloso, típico de lambe-cu.

Quando chegamos no salão, me convidou pra tomar um drinque. Isso era demais. Apesar de estar com sede, nunca que ia beber com o filho da puta. Entre a companhia dele e a de uma privada cheia de merda até a borda não era difícil saber o que preferia.

— Fica pra outra hora — disse, virando as costas.

Fui pro meu quartinho, deitei de costas na cama, esperando o tempo passar. Fiquei pensando que, de agora em diante, não podia mais facilitar. Se desconfiasse de alguma coisa, o Morganti não ia hesitar em me foder.

***

Conforme o combinado, acordamos bem cedo pra ir ao encontro do caminhão em Rancharia. De lá, em comboio, a gente voltava escoltando a carga até Osasco, onde ela ia ser escondida num depósito de bebidas.

Chovia fino quando deixamos o quartel-general do Comando. Entrando na mata, pegamos a trilha. Caminhamos por uns quinze minutos até onde, uns dias atrás, eu tinha deixado a velha Kombi. Ela ainda se encontrava lá, mas completamente depenada, sem os pneus, os bancos e provavelmente sem o motor. Passamos pela perua e tomamos uma outra trilha que não tinha percebido na ocasião. Pouco depois chegamos numa clareira, onde havia um galpão de madeira com teto de zinco. Era a garagem do Comando Negro, com vários carros, entre eles uma Besta, uma Blazer, dois Golfs, um Audi, um BMW conversível, um caminhão de médio porte. Com certeza eram roubados e agora tinham chapa fria. Quando fomos pegar a Blazer, me ofereci pra dirigir. O Bilão perguntou, me lançando um olhar desconfiado:

— Tu é bom no volante que nem tu é bom de berro?

— Quebro o galho.

Partimos entrando na trilha e, depois, no caminho que ia dar na estrada de Parelheiros. Já no asfalto, acelerei. A chuva tinha aumentado e, não demorou muito, meus acompanhantes dormiam. Durante a viagem, fui pensando em como devia agir quando deparasse com o comando policial que, na certa, ia fazer uma barreira na rodovia. Talvez uma pequena troca de tiros pra despistar... Mas logo descartei essa ideia: um tiroteio, contando com o Morganti na ação, podia precipitar tudo. E se houvesse baixas entre os policiais? E, com isso na cabeça, pegamos a Marginal pra poder acessar a rodovia Castelo Branco.

A viagem transcorreu sem incidentes. Na altura de Iaras demos uma paradinha pra reabastecer e esticar as pernas. Depois de tomar um café e comer alguma coisa, tornamos a entrar nos carros e seguimos viagem. Algumas horas mais tarde chegamos no posto Rancho Alegre, onde deparamos, logo na entrada, com uma carreta Volvo azul estacionada. O Bilão desceu e foi conversar com o motorista. Ao voltar, abriu o porta-malas da Blazer e pegou uma sacola. Entrando no carro, deu o sinal de partida. A Besta tomou a dianteira, seguida do caminhão. A gente ia atrás, fechando o comboio. O Bilão abriu a sacola e entregou uma punheteira pro Morganti e um fuzil AR-15 pro Monstro.

— Tu já tá turbinado, né, Medeiros? — perguntou.

Puxei a .45 da cintura e mostrei pra ele.

— Essa quadrada aí não vai engripar? Se quiser, te descolo um tresoitão.

— Fica tranquilo. Dei uma boa limpada nela. Acho que não vai ter problema.

O Bilão pegou o Magnum, abriu o tambor, checou a munição e disse:

— Agora vamos ficar espertos que tá chegando o lugar onde os vermes vão querer foder.

Continuamos pela estrada, mas de repente o trânsito começou a ficar lento, a ponto da Blazer quase ter que parar. Desconfiava o porquê disso. Muito provavelmente por causa da barreira que a polícia tinha armado mais adiante. Tanto era assim que, num determinado trecho, reparei que uma das pistas da rodovia estava bloqueada com grandes cones laranja.

— Mas que porra de trânsito que não anda... — rosnou o Morganti. — Será que aconteceu algum acidente?

Pus a cabeça pra fora da janela. A única coisa que vi foi a fila de carros e caminhões se deslocando lentamente. Voltei pra posição anterior e o Bilão me perguntou:

— Tu viu alguma coisa, *brother*?

— Um guincho e uma viatura. Acho que foi mesmo um acidente.

— Bem, se foi um acidente — o Morganti deu uma risadinha nervosa —, os filhos da puta dos colombianos não vão poder fazer nada contra a gente.

Andamos mais um pouco. Pus novamente a cabeça pra fora e, afinal, consegui enxergar as luzes das viaturas da polícia.

— E agora? — perguntou o Bilão.

Me ajeitei no banco e, fingindo nervosismo, disse:

— Porra! Está cheio de polícia!

— Os gambés?! — bradou o Morganti, nervoso.

— E agora? — perguntou o Monstro, que até então não tinha dito uma única palavra.

— Acho que a gente deve manter a calma. Deve ser uma inspeção de rotina — eu disse.

— E se eles mandarem parar a carreta? — perguntou o Morganti com angústia na voz.

O Bilão ligou o celular, se comunicou com o pessoal da Besta, e depois informou:

— O Saci falou que tá mesmo tudo cheio de gambé turbinado, mas que eles não tão parando ninguém.

Olhei para meus acompanhantes, pela cara que fizeram, percebi que tinham ficado aliviados com aquela informação. Mas nem desconfiavam que a polícia não estava parando ninguém exatamente porque sabia que devia parar apenas o nosso comboio.

— E se eles invocarem com a gente? — voltou a falar o Morganti daquele seu jeito ansiado. — Vamos encarar?

— Encarar? Você está louco, Morganti? — disse com raiva. — Presos neste engarrafamento, sem possibilidade de fugir, a gente vai é ser executado no ato, porra!

Nesse momento chegamos no trevo de João Ramalho. Tive uma ideia súbita. Sem dizer nada, dei seta e enfiei o carro na pista de entrada pra cidade.

— Ei! — bradou o Bilão. — O que tu tá fazendo, cara?

— Vamos esperar um pouco por aqui. Se eles deixarem passar a Besta e a carreta, a gente segue atrás.

— E se...

— Se eles pararem a carreta? Sei lá. O negócio é esperar.

Ficamos parados por alguns minutos. De repente o celular tocou. O Bilão atendeu e depois bradou:

— Saci! O que tu tá dizendo?! Eles tão fazendo sinal pra parar? Para, caralho, vai ver que é pra pedir documento.

O Bilão desligou o celular. Ficou quieto por alguns minutos, mas, não conseguindo esconder a ansiedade, disse, abrindo a porta do carro:

— Vocês esperam aqui, eu vou lá ver o que tá acontecendo.

Saiu da Blazer, foi até a rodovia e seguiu caminhando pelo acostamento. Uma meia hora se passou. Ninguém falava nada, parecendo todo mundo tenso. Não demorou muito, o Bilão apontou no início da pista e veio correndo na nossa direção.

— Caralho! Porra! — gritou, o rosto tomado pelo ódio. — A casa caiu! Os vermes pararam a Besta e a carreta.

O Bilão fez um gesto com a mão, juntando os dedos, e completou no mesmo tom:

— Tá assim de gambé! Tudo turbinado.

Entrou na Blazer.

— Puta merda! Alguém caguetou nós!

— E agora? Não dá pra encarar? — perguntou o Monstro.

— Encarar?! Porra, mano! Deve de ter mais de cinquenta cara, com fuzil, com metranca — exclamou o Bilão.

Fiquei na minha, porque sabia que a opção de fugir dali, em direção a João Ramalho, devia partir de um deles. O Bilão ligou o celular. Quando atenderam do outro lado, começou a dizer atropeladamente:

— Nenzinho! A casa caiu, caralho! Como? Um fiadaputa caguetou nós. Tu tá louco, irmão?! Claro que não dá pra encarar! Tá assim de gambé, cara! Tudo turbinado!

O Nenzinho devia estar muito furioso. Até dava pra escutar o ruído metálico da voz dele ressoando no celular.

— Como que a gente escapou? — continuou a falar o Bilão. — O Medeiros foi esperto e saiu antes que eles enquadraram os manos da Besta e da carreta. É, não tem jeito mesmo, irmão, a gente...

A voz do Nenzinho crescia enfurecida, e o Bilão não ficou por menos, começando a gritar:

— Porra, cara! A gente não teve culpa! Sei lá quem foi que caguetou, caralho! Depois a gente descobre quem foi o fiadaputa e decreta ele.

Impaciente, o Bilão encerrou a conversa:

— Tá bom, tá bom, a gente vai tentar escapar dos vermes e vai já praí.

Desligou e, cheio de fúria, jogou o celular contra o para-brisa.

— Puta merda! Puta merda! Puta merda! — berrou num acesso de fúria, esmurrando o painel do carro.

Ficamos em silêncio parados ali ainda por alguns minutos, até que achei que era hora de interferir:

— Bom, acho que é melhor a gente se mandar. Dá de alguma viatura encontrar a gente por aqui e aí vai ser difícil explicar o que estamos fazendo parados no acostamento.

— Toca em frente — resmungou o Bilão, cheio de raiva.

— Entramos em João Ramalho e... — comecei a falar, dando a partida na Blazer.

— ... e vamos pra puta que pariu! — explodiu o Bilão.

Parei o carro e disse calmamente:

— Qualé, Bilão? Está me culpando pelo que aconteceu?

Me encarou por um momento, depois fez um gesto com a mão e disse, conciliador:

— Não liga, não, mano. Tô nervoso. Toca em frente.

E foi o que fiz. Dirigi até João Ramalho, atravessamos rapidamente a cidade, e depois enfiamos o carro numa estrada vicinal. Tinha voltado a chover. Não bastassem os buracos, ainda era um treminhão carregado de cana atrás do outro. Demos voltas e voltas até poder pegar a Castelo de novo. Paramos num posto, onde comemos um lanche rápido. O Bilão parecia o mais inconformado, resmungando cheio de ódio:

— Se eu pego o fiadaputa do traíra que arrastou a gente. Faço engolir as bolas do saco!

O Monstro olhou pra mim, pro Morganti, e depois pro Bilão. De um jeito calmo, quase indiferente. Mas tinha certeza que por dentro estava acontecendo outra coisa. Conhecia bem aquele tipo de cara. Ficava assim, na dele, mas quando tinha que agir, sem que o oponente percebesse, vinha rapidamente pra cima feito um caminhão desgovernado.

— Tu sabe se o Nenzinho contou pra mais alguém? — acabou perguntando.

— Não, fora a gente acho que não — respondeu o Bilão. — Mas por que tu tá perguntando isso?

— Então só pode ser algum de nós.

O Morganti, muito estúpido, inventou de protestar, nervosinho que nem um galinho garnisé:

— Ei! Tá me achando com cara de traíra?

Sem mudar a expressão, o Monstro disse, no seu vozeirão estereofônico:

— Não disse que era tu. Disse que podia ser um de nós.

— Fora nós quatro — interveio o Bilão —, ainda tem o Chepa, o Saci e o Gordo.

Ficamos em silêncio por algum tempo. O Bilão retomou a palavra:

— Não tô acusando ele, mas o Gordo andava muito nervoso. Tava devendo grana pra muita gente.

— O Gordo é roleiro, mas não é traíra — protestou o Monstro.

O Bilão deu um suspiro e disse:

— Tomara que não seje. Se foi ele, tá decretado. O Nenzinho vai buscar o traíra no fim do mundo.

Ostensivamente, consultei o relógio e disse:

— Falando nisso, é melhor a gente ficar esperto. Se foi o Gordo, a polícia já deve estar com a ficha do carro.

O Bilão olhou pra mim, depois olhou pros companheiros, e disse:

— O Medeiros tem razão. Se foi mesmo o Gordo, entrega a gente, e os vermes podem fazer outra barreira na rodovia.

— Então o melhor é deixar o carro por aí e voltar de ônibus. Demora mais, mas é mais seguro — propus.

— De acordo — disse o Bilão. — Cada um vai num busão diferente pra São Paulo. Da rodoviária, a gente vamos até Parelheiros. Lá, os *brothers* pegam a gente.

Ele se voltou pra mim:

— Tu dá um jeito de desovar o cavalo, mano?

***

A viagem de volta foi muito cansativa. Primeiro, tive que sumir com o carro numas pirambeiras, perto de Paraguaçu Paulista. Depois, na cidade, comprei uma passagem de ônibus pra São Paulo. Três horas mais tarde, já na capital, peguei o metrô até a estação Jabaquara. De lá, tomei um táxi que me deixou em Parelheiros. Liguei pro Bilão, que mandou um motorista me pegar num posto da Petrobras na estrada. Cheguei no quartel-general do Comando quase de noite, louco por um banho e uma cerveja. Mas nem tive tempo pra isso. Entrei e o Bilão foi logo avisando que o pessoal estava reunido no salão à minha espera.

— O Torre tá muito puto... — disse, nervoso.

O Nenzinho estava mesmo com uma cara de poucos amigos. Sentei, e ele continuou uma conversa que parecia ter sido interrompida com a minha chegada:

— Se foi o Gordo que fez isso, acabo com a raça dele, porra!

— Quem disse que foi ele? — disse o Monstro.

— O Bigode... — o Nenzinho ia dizer alguma coisa, mas se virou e fez um gesto pro homem atrás do balcão do bar. — Ô Ceará, chama o Bigode aqui. Anda, vai logo, porra!

Ele se voltou pra nós:

— O Bigode tem umas coisas pra contar pra gente.

— O Bigode é um mala — disse o Monstro com desprezo.

Não demorou muito o lambe-cu veio, com aquele gingado de malandro que tanto me irritava.

— Ô Bigode — ordenou o Nenzinho —, conta aí o que tu sabe do Gordo.

— Bem, o que o pessoal tá falando é que ele tava devendo pra muita gente e que não tinha grana pra pagar...

— E o que mais?

— Que ele guentou o radinho do Cheiroso. Tão falando que ele guentou o radinho do Cheiroso pra dar um toque pros home.

— Cês viu?! — berrou o Nenzinho. — O porra do traíra! Foi ele que caguetou a gente! Pra mim, o Gordo tá decretado!

— Conheço o Gordo — teimou o Monstro. — Ele é roleiro, mas não é traíra.

O Nenzinho se levantou, derrubando a cadeira.

— Então quem foi, porra?! Se não foi o Gordo, quem que foi o traíra? Eu quero os baguios e o açúcar de volta!

— Bem, se foi o Gordo — disse o Bilão, dando um suspiro —, ele tá com proteção dos vermes.

— Quero todo mundo na rua até achar o fiadaputa. Com proteção dos vermes e tudo, vou acabar com a raça do corno! — berrou o Nenzinho deixando o salão.

— Nunca pensei que o Gordo... — começou a dizer o Bigode.

— Tu não tem vergonha, seu porra?! — disse o Monstro. — Não tem vergonha de caguetar irmão?

— Não tô caguetando, o pessoal que tá falando...

O Monstro fechou os punhos e se levantou de cara fechada. O Bigode, mais que depressa, fugiu dali.

— Odeio cagueta! — rosnou, tornando a sentar.

A cadeira, cedendo sob seu peso e sua raiva, arrebentou, derrubando-o no chão. Não pude me segurar e comecei a rir. Ele se ergueu, veio na minha direção e disse:

— Que que tu tá achando engraçado?

Quis ficar sério, mas não consegui. A cena era mesmo engraçada. Então ele esticou a pata de elefante e encostou no meu nariz.

— Tu vai ver o que é engraçado...

O Bilão caiu na gargalhada, seguido do Doutor.

— Seus porra — o Monstro resmungou, puxando a pata de volta e começando também a rir.

Era a primeira vez que via aquela criatura rindo. E, rindo, ficava mais feio e assustador do que quando estava sério.

Pra esquecer aquele dia atrapalhado, pedimos bebida e comida. Estava cansado, de saco cheio e, talvez, com um pouco de remorso por incriminar o pobre do Gordo. Mandamos vir uísque, cerveja, espetinhos de carne e linguiça. Bebi tanto que não sei como cheguei no quarto. Naquela noite, apesar dos esforços da Noia, fui um fracasso. Nada do que ela fez, me chupando, subindo em cima de mim, me tirou da zoeira. Acabei desmaiando, pra acordar no outro dia com uma puta de uma dor de cabeça. Mas o cão de guarda continuava ali do lado, a cara encostada na minha, e a coxa pesando sobre meu estômago.

Enjoando e vendo o quarto girar, corri até o banheiro e vomitei até as tripas. Só um banho frio e um café amargo me fizeram ressuscitar.

17

Os DIAS QUE SEGUIRAM foram muito agitados. O Nenzinho andava cada vez mais nervoso. Convencido da culpa do Gordo, tinha posto grande parte do pessoal do Comando pra buscar informações sobre o paradeiro dele. Era voz comum que o Gordo estava mesmo decretado. Se fosse localizado, ia ser morto sumariamente. Dentro da prisão, esfaqueado, numa briga de pátio e, fora, emboscado a tiros. Eu vivia um dilema. Torcia pra que não encontrassem o Gordo, porque não queria carregar nas costas a responsabilidade pela morte de um inocente. Ao mesmo tempo, tentava me convencer de que o Gordo não passava de um bandido. Nesse caso, era até bom que desconfiassem dele, porque, assim, não iam suspeitar de mim. Do contrário, o decretado ia ser eu.

Mas as coisas se precipitaram quando, uma manhã, o Bilão, o Cheiroso e o Monstro entraram no meu quarto sem bater. Como costumava acontecer, eu dormia sufocado pela Noia. Um deles pigarreou forte, propositadamente. Pulei na cama, assustado com o comitê de recepção. A Noia, procurando inutilmente se cobrir com um lençol, abriu os olhos e perguntou, sonolenta:

— O que foi, mano?

— Te veste, Ivonete, e sai — ordenou o irmão, fazendo um gesto com a pata.

Ah, então era esse o nome da Noia... Ainda enrolada no lençol, ela se ergueu correndo, catou as roupas e foi se trocar no banheiro. E eu ali, peladão, nada à vontade, encarando aqueles três que me olhavam com uma cara de poucos amigos.

— E aí? — perguntei, bocejando, pra disfarçar meu acanhamento.

Não me disseram nada. Continuaram sentados, me olhando de cara fechada. A Noia saiu do banheiro e tentou falar alguma coisa pro Monstro, que disse ríspido:

— Te manda!

Mais que depressa, saiu. O Bilão se levantou, foi até a mesa, pegou minha automática e voltou a sentar no mesmo lugar. Fiquei com a pulga atrás da orelha. Aprumei o corpo e reclamei:

— Ei, Bilão! Qual é a tua?

— Te arruma que o Nenzinho quer falar contigo — disse de um modo ríspido.

— Sobre? — perguntei, afetando despreocupação.

— Na hora tu sabe o que é.

Me levantei e fui tomar banho. Procurei demorar o maior tempo possível, aproveitando pra refletir sobre o que estava acontecendo. Desconfiei que tinham descoberto alguma coisa. Mas como? Acabei de tomar banho e voltei pro quarto. Agora precisava ficar frio.

— Vamos lá — disse, abotoando a camisa e penteando o cabelo com a mão.

Seguimos pelo corredor, o Bilão na frente, eu no meio, e o Monstro e o Cheiroso atrás, fechando a comitiva. Eles não trocaram palavra comigo. Ainda procurei brincar:

— E o meu café da manhã?

Ninguém disse nada. Continuamos a andar e chegamos no salão. O Nenzinho, secundado pelo Morganti e pelo Doutor, estava sentado atrás da grande mesa, nos fundos. Ao me ver entrar, me fitou com os olhos cheios de raiva. Do lado deles, de pé, estava o Bigode, que me encarou daquele jeito dissimulado.

— Senta aí — o Nenzinho ordenou secamente, apontando a cadeira na frente da mesa.

Sentei. O Bilão e o Monstro ficaram atrás de mim, enquanto o Cheiroso permaneceu de lado, pondo ostensivamente a mão sobre a coronha da .45 na cintura.

— O irmão aí — começou a dizer o Nenzinho, daquele jeito arrogante e apontando pro Morganti — tem uma história pra contar pra gente. Vamos lá, *brother*.

O merda abriu um sorriso, se levantou e disse, se dirigindo principalmente pra mim:

— Uma história interessante... Você engabelou a gente muito bem, Medeiros. Devo reconhecer que foi brilhante. Quero te dar os parabéns por isso — o Morganti subiu o tom de voz: — Mas a mentira tem perna curta, cara. Você...

— Não sei do que você está falando, Morganti — disse, calmamente.

Deu uma risada.

— Não sabe, é? Mas eu sei muito bem...

O Morganti suspendeu a fala, pra depois concluir, vincando bem as palavras:

— Foi você que caguetou a gente.

— Pois eu acho que foi você — rebati no ato. — Não é você que é parente de um delegado do DEIC?

O Nenzinho franziu o cenho, mas, antes que dissesse alguma coisa, o Morganti atacou:

— Tá pensando que sou otário, seu filho da puta? Foi você que caguetou! Quem me contou foi o delegado do 113º, o doutor Ledesma.

Meu coração começou a bater acelerado. Será que o mala tinha me entregado? Mas de que jeito? Como que adivinhando meu pensamento, o Morganti continuou:

— Pois é, o velho Ledesma... E sabe como ele me contou a maracutaia? Na marra! O filho da puta do canário cantou bonitinho.

— Cantou o quê? — desafiei, mas já sabendo que o filho da puta do mala tinha me fodido.

— Fui no sítio do delegado — continuou o Morganti, com um sorriso sarcástico, que o tornava ainda mais feio — e sequestrei o cavalo dele, aquele puro-sangue... Como é que é mesmo o nome do bicho? Tem um nome em inglês... Pois bem, sequestrei o bicho e liguei pro Ledesma de um orelhão. Disse que estava com o cavalo e que só devolvia se ele me contasse qual era a tua, Medeiros. O mala quis dar uma de macho, começou a gritar comigo, falando que o telefone estava sendo monitorado. Desliguei, esperei um pouco pra ele poder telefonar pro sítio e ter certeza de que o cavalinho não estava mais lá. Liguei de novo, só que de outro orelhão, e o homem estava mais manso. Mesmo assim quis enrolar, disse que você estava sujo mesmo e que a polícia estava na tua cola...

Me fodi, pensei. O mala havia me entregado. E por causa da porra de um cavalo!

— Desliguei na cara dele e mandei por sedex metade do rabo do cavalo e um recado: na outra vez ia uma orelha, depois um olho... No dia seguinte liguei de novo. O homem estava assustado. Amarelou. Pediu pelo amor de Deus, falou de nossa antiga amizade. Eu disse que só devolvia o cavalo ainda inteiro se ele contasse qual era a maracutaia entre a polícia e você.

O Morganti deu uma gargalhada.

— E quer saber? O canário cantou. E cantou bonito! Contando tudo, tudo.

O Nenzinho continuava a me olhar com a cara crispada de ódio. Parecia que estava se segurando pra não vir pra cima de mim e acabar comigo ali mesmo. E eu não podia fazer nada. Além de desarmado, tinha o Bilão e o Monstro nas minhas costas e o Cheiroso e o Bigode dos lados, louquinhos pra entrar em ação.

— Ele contou que você é um agente duplo, que veio aqui por ordem do Gaeco e do pessoal do DEIC pra espionar. Coisa mais feia, né, Medeiros? Além de traíra é um covarde. Onde se viu jogar a culpa no Gordo?

— Não joguei a culpa no Gordo.

— Mas é que nem se tivesse feito, caralho! — berrou o Nenzinho que se ergueu, derrubando a cadeira e vindo pra cima de mim.

— Não percebe que é grupo do Morganti? Tem ódio de mim porque mandei ele pra prisão — fiz uma última e desesperada tentativa de consertar a situação.

— E o que tu diz disso daqui? — perguntou o Nenzinho de forma agressiva, jogando um saco de plástico na minha direção. — Anda, abre.

Peguei o saco no chão e abri. Ao ver o que havia dentro, percebi que estava perdido. Eram os restos do celular do Cheiroso que tinha enterrado na mata.

— Não sei do que você está falando — disse, mesmo sabendo que era inútil.

— Não sabe, é? — cortou o Morganti, daquele seu jeito agressivo. — E o que você estava fazendo na mata outro dia? Cagando? Quando contei pros irmãos que o encontrei por ali em atitude suspeita, eles foram lá, mexeram, mexeram e acharam o celular do Cheiroso enterrado.

Olhou, orgulhoso, pro Nenzinho.

— Você pensa que é o único esperto, né? O Doutor e eu conseguimos na Central a lista com as últimas ligações do celular do Cheiroso. E lá tinha um número. Foi ligar e adivinha quem atendeu do outro lado? O Doutor Fragelli. O figurão do DEIC!

— E completou com ironia: — E o Cheiroso, com certeza, não conhece o cara...

O Morganti se virou pro Cheiroso:

— Não é mesmo, irmão?

— É claro que não conheço esse caralho de delegado! — gritou, lançando um olhar rancoroso na minha direção.

Que cagada! Coisa de principiante, pensei. Estava fodido e devia pagar por meu erro. Mesmo assim, não ia me entregar.

— Isso não prova nada. Quem disse que...

O Nenzinho, cheio de fúria, não me deixou terminar a frase. Pegou a Glock na cintura e berrou:

— Seu filho da puta de traíra! Eu acabo com a tua raça!

O Bilão saltou na minha frente, segurou o braço do Nenzinho e gritou:

— Peraí, *brother*! Antes ele vai ter que falar.

— Me larga, caralho! — berrou o Nenzinho fora de si, tentando me apontar a automática. — Vou acabar com ele agora!

— Ele vai ter que falar, porra! — disse o Bilão, puxando o Nenzinho. — Tu não vai querer o açúcar de volta?

O Nenzinho virou a cara pra cima, deu um grito de ódio e disparou duas vezes contra o teto. Depois rosnou, enfiando a arma na cintura:

— Tá bom, tá bom, ele vai ter que cantar. Porra!

O Bilão afrouxou o braço. O Nenzinho chegou na minha frente e berrou:

— Traíra! Filho da puta! Verme!

Fiquei na minha, mas, de repente, o Nenzinho me escarrou na cara. Aí era demais. Pulei da cadeira, direto na garganta dele. O Nenzinho perdeu o equilíbrio e caiu comigo em cima. Quando ia lhe dar um murro, alguém me acertou por trás, no meio das costas. Devia ser o trem, porque baqueei no ato, me esborrachando no chão. Então me agarraram, me arrastaram até a cadeira e me puseram de novo sentado. Ao mesmo tempo, alguém me deu uma gravata com um braço da grossura de uma jiboia. Era o trem de novo. Tonto pela pancada nas costas e pelo garrote que me sufocava, não consegui mais me mexer. O Nenzinho veio pra cima de mim e gritou:

— Querendo bancar o macho, né?

E me acertou um soco na cara. Vi estrelas. O braço dele cresceu de novo no ar. Tentei desviar o rosto e o soco me pegou no pescoço, me balançando todo. O trem afrouxou o braço, caí enrodilhado no chão que nem um caracol. Alguém me deu uma patada no estômago que doeu pra caralho. Protegi a cara com os cotovelos. E a pancadaria veio sob a forma de pontapés e coronhadas. Até que uma hora mergulhei num buraco que parecia não ter fundo.

***

Acordei enjoado, com o corpo todo dolorido. Mal abri os olhos, raios de luz, que se pareciam com estilhaços de vidro, me feriram as retinas. Minha cabeça latejava e não conseguia respirar direito. Reunindo as forças, tentei me levantar, mas não consegui.

É que meus braços estavam esticados ao máximo e presos por cordas, que pendiam da parede, acima da minha cabeça. Procurei mexer o resto do corpo, mas os pés também estavam amarrados. Fechei os olhos, respirei fundo. Abri os olhos. Senti uma tontura e uma náusea muito grande. Não tinha nada no estômago, por isso não vomitei. Pouco a pouco fui ficando mais lúcido até que pude ter uma ideia de onde me encontrava. Era um quartinho sem janela, com o teto de folhas de zinco e chão de tábuas. Estava deitado num colchonete. O cômodo era tão pequeno que minha cabeça e meus pés encostavam nas paredes. Um fedor de mijo, de suor concentrado vinha do meu corpo. Além da dor, começava a sentir fome e sede. O calor era insuportável. A ventilação vinha somente dos intervalos das tábuas malpostas do assoalho. Esse desconforto devia fazer parte da tática pra me obrigar a falar. E podia esperar o pior. Aquilo era só o começo.

Não sei quanto tempo se passou, mas uma hora a porta se abriu e o Bilão entrou, acompanhado do Monstro e do Bigode.

— Escuta aqui, cara — começou, sem preâmbulos —, é melhor você abrir o bico logo. Senão vamos te arrebentar. Então, que tu tem pra contar?

Não disse nada. Mesmo que quisesse, não podia dizer nada, porque minha boca estava muito inchada.

— Mas a gente tem paciência. Uma hora você conta pra onde foi os baguios, o açúcar. Depois a gente conversa com o teu amigo, o delegado do DEIC, e te trocamos pela muamba. Tá ligado?

Ele se voltou pro Bigode:

— Ô, irmão, como tu foi o padrinho do verme — o Bilão disse com ironia —, tu tem responsa por ele agora. Vai amaciando o cara pra ele começar a cantar.

— Firmeza, Bilão! — disse o Bigode com entusiasmo. — Pode deixar comigo que faço o fiadaputa cantar.

— E faz mesmo. Se ele não cantar, é tu que paga o pato.

Enquanto isso, o Monstro permanecia do lado, de braços cruzados. Mantinha o olhar impassível de costume. Não sabia se ele estava com ódio de mim ou se era indiferente ao que estava acontecendo. A única coisa que sabia é que, se fosse preciso, o Monstro me arrebentava ainda mais.

— Ele é teu, Bigode — disse o Bilão se despedindo e deixando o cômodo junto com o Monstro.

A porta bateu, e o malandro se aproximou mais de mim.

— Agora tu vai ver o que é bom pra tosse. Pensando que podia me engrupir? Pensando que sou otário?!

Me deu um pontapé nas costelas. Me segurei, mas não consegui reprimir um gemido.

— Comigo tu vai cantar bonito. O canário amarelo!

O Bigode me cuspiu na cara e depois deu uma risada:

— Tu ficou bonito e vai ficar mais bonito ainda.

Um ideia doida me veio na cabeça. Sussurrei:

— Tá bom, vou falar...

O Bigode adiantou o corpo.

— Cumé que é? Não escutei o que tu falou.

Murmurei de novo no tom mais baixo possível:

— Chega mais perto, não consigo falar alto.

Ele ajoelhou e disse:

— Fala, verme.

Resmunguei de propósito algo ininteligível.

— O quê? Não tô entendendo, porra!

— Não dá pra falar mais alto — gemi.

Inclinou a cabeça, quase encostando a cara em mim. Era a chance que eu tinha. Com o pouco da força que me restava, abocanhei a orelha dele. Pena que estivesse muito fraco e, por isso, a dentada não foi pra valer. Ele deu um berro e recuou o corpo, se levantando assustado.

— Porra, você me machucou! — disse, levando a mão na orelha. — Filho da puta de verme!

Me deu outro pontapé e disse:

— Me tirou sangue, né? Vai ter o troco.

Enfiou a mão no bolso e pegou um punhal. Em seguida se ajoelhou e me rasgou a camisa. Apoiando a arma no meu peito, fez um corte não muito fundo, mas que doeu pra caralho, me arrancando um grito de dor.

— Legal, né? É pra tu deixar de ser marrudo!

Limpou o punhal na minha camisa, me deu uns dois ou três socos, se levantou e disse:

— Isso é só o começo.

Sufoquei um gemido e fechei os olhos. Ainda escutei ele dizer:

— Amanhã tem mais.

Acho que pensou que eu tinha desmaiado. Não havia acontecido isso, mas estava próximo de perder os sentidos. Voltei a sentir tontura e enjoo. A dor no peito vinha substituir as outras dores espalhadas pelo corpo. Queria desmaiar de vez, mergulhar num poço fundo e não acordar. Porque sabia que no dia seguinte ia ter mais. E pior. Porque o Bigode estava a fim de descontar em mim a frustração. Devia ter levado uma bronca em regra. Afinal, era o culpado por minha presença ali no quartel-general do Comando Negro. Se não conseguisse extrair nada de mim, iam acabar com ele.

Mergulhei num sono cheio de pesadelos. Acordei no meio da noite com uma dor intensa nos pulsos, na boca, no peito, no estômago. Mas o pior era a sede. Meus lábios estavam secos, gretados. Voltei a dormir. Acho que tive febre porque, quando acordei de novo, estava molhado, o que serviu pra me enfraquecer ainda mais. Morto de cansaço, dormi outra vez. Logo pela manhã, alguém me despertou. Mas, em vez do Bilão ou do Bigode, quem deu as caras por ali foi o Doutor, acompanhado da mulher com o avental e o lenço na cabeça, que trazia uma bandeja.

— Bom dia, doutor Medeiros — disse num tom afável.

Não consegui dizer nada em resposta, por isso mesmo só acenei com a cabeça.

— Vou deixar a Maria da Graça lhe cuidando. Depois conversamos — avisou, deixando o quarto.

A mulher ajoelhou do meu lado e pôs a bandeja no chão. Em seguida, molhou um pano numa tigela e começou a me limpar a cara. Senti um alívio muito grande. Quando me tocou os lábios, gemi:

— Água...

Ela me suspendeu a cabeça com uma mão, enquanto, com a outra, me fez beber uns poucos goles.

— Machucaram muito você, né? — disse assustada, arregalando os olhos.

E, sem-cerimônia, a Maria da Graça me puxou a calça e me limpou na virilha, no meio das pernas. Depois pegou um pote. Estava louco de fome. Ela me suspendeu a cabeça e foi me dando, colherada a colherada, um caldo de feijão. Quando acabou, murmurei:

— Obrigado...

A mulher saiu sem dizer nada. O Doutor entrou em seguida, trazendo uma cadeira. Sentando ao meu lado, perguntou:

— Então, está melhor?

Balancei a cabeça, dizendo que sim. O Doutor pigarreou.

— O senhor sabe que tenho grande apreço por si. Mesmo depois do que fez. Reconheço que estava no seu direito e lhe admiro a coragem. Não é qualquer um que teria peito de se infiltrar entre nós. Mas acontece que, com isso, contrariou os nossos interesses. E, portanto, é melhor pra sua saúde que nos conte tudo o que sabe.

— Não sei mais do que vocês já sabem — murmurei, pronunciando com muita dificuldade as palavras.

E não sabia mesmo. Só os nomes de quem tinha preparado a missão. Mas, mesmo que soubesse alguma coisa a mais, como, por exemplo, o destino da muamba, talvez não contasse nada.

— Temos nossas dúvidas... — o Doutor balançou a cabeça, fez um gesto vago com as mãos. — Acreditamos que sabe muita coisa. E vamos descobrir. O que queria era poupar o senhor de maior sofrimento. Se contasse tudo o que sabe, acho que conseguia convencer o Nenzinho que seria melhor libertar o senhor. Não prometo nada, mas...

Era bom mesmo não prometer. De boas intenções o inferno está cheio. Nunca que o Nenzinho ia me deixar sair vivo dali. Eu sabia demais sobre o bando, sobre o quartel-general. Mas não disse isso ao Doutor. Primeiro, porque não tinha condições de fazer um discurso tão longo. E, depois, porque acreditava que ele estava sendo sincero.

— O senhor reflita bastante — disse o Doutor, se levantando. — Se tiver alguma coisa pra contar, me avise pela Maria da Graça. Mas não se demore, que o Nenzinho anda impaciente, e o Bigode, como já deve ter visto, é pessoa de índole muito má.

O Doutor já ia saindo quando, parecendo se lembrar de alguma coisa, enfiou a mão no bolso e pegou uma garrafinha de metal. Ele se ajoelhou do meu lado e, tirando a tampa da garrafinha, me deu de beber.

— Um santo remédio — disse, sorrindo.

Era uma cachaça que desceu que nem seda pela minha garganta ainda ressequida.

— Então, até mais ver — disse, deixando o quarto.

Alimentado, razoavelmente limpo e um pouco tonto pela dose de aguardente, fui mergulhando num torpor e acabei dormindo. Mas, de repente, fui acordado com uma dor nas costas, com gritos e uma luz que me cegou. Gemi e abri os olhos. Era o Bigode que tinha me chutado e enfiava a luz de uma lanterna na minha cara:

— Dormindo, é, seu fiadaputa?

Parecia que já era de noite. A luz do dia não se infiltrava mais pelas frinchas das tábuas de madeira do chão. Quantas horas tinha dormido?

— Tá pensando que tá num hotel, seu corno? — o Bigode crescia contra mim.

Tirou o punhal do bolso e, puxando minha camisa, me fez outro corte no peito. Com a dor, pulei no colchonete, lacerando ainda mais os pulsos, que já estavam em carne viva.

— O Nenzinho tá me cobrando, cara! Quer saber onde foi parar a muamba. Vamos, começa a cantar! — gritou, passando de leve a lâmina do punhal sobre a minha cara.

Como ficasse sem dizer nada, me acertou um murro na boca. Vi estrelas e comecei a vomitar e a cuspir sangue.

— Porra! — berrou. — Porra! Tá querendo que te fodo de vez? Vou cortar os teus bagos e enfiar na tua boca, seu corno!

Pensei se não valia a pena contar qualquer coisa, mas, agora, nem mesmo isso conseguia. Minha boca estava muito machucada e a língua havia inchado. Mal conseguia respirar. Ele me deu dois socos seguidos, só que dessa vez na boca do estômago. Pra minha sorte, desmaiei.

18

E ASSIM SE ESTABELECEU uma rotina. Pela manhã, recebia minha única refeição. A Maria da Graça me limpava e chegou mesmo ao ponto de me ajudar a evacuar. Passava o resto do dia dormitando, cheio de dor, com febre e pesadelos. Mas, à noite, o Bigode chegava. Sempre aos gritos, me xingando de tudo quanto é nome, começava a me bater. Mas, aos poucos, fui aprendendo a conviver com aquilo. Era uma espécie de aprendizagem da dor. Como o Bigode fosse muito estúpido, não sabia torturar de verdade. Era só na pancada, sem nenhum método. Porque, nessa questão, aprendi que, se quiser ser um bom torturador, você precisa variar um pouco os castigos. Às vezes, não adianta bater. Agindo só na manha, torturando psicologicamente, pode conseguir muito mais do que na pancada. Também percebi que, aguentando firme as surras, não falando nada, nem mesmo mentiras, deixava o vagabundo cada vez mais irritado. O que era pra mim uma forma de vingança e uma forma de prolongar minha vida. O Bigode, com certeza, estava sendo apertado. Era eu ou ele na linha de tiro.

Mas tive uma surpresa desagradável, quando um dia, o Bigode entrou no quartinho com um ar triunfante, trazendo uma caixinha na mão.

— Tu não quer falar por bem, né? Pois eu tenho aqui um santo remédio. Tu vai cantar, agora.

Abriu a caixa e pegou uma seringa, uma colher e um pacotinho com uma substância branca. Devia ser cocaína, como era, de fato. Ele pôs uma porção da droga na colher, que aqueceu com a chama de um isqueiro. Logo percebi o que vinha daí. Com certeza, seguindo a sugestão de alguém mais esperto do que ele, pensava em me drogar pra ver se eu falava alguma coisa. O Bigode encheu a seringa com o líquido. Depois, sentou sobre o meu peito e me prendeu o braço, com uma borracha, logo acima do cotovelo. Minhas veias saltaram. Procurei puxar o braço, mas, na fraqueza em que me encontrava, isso foi inútil.

— Nunca tomou um pico? — disse, me examinando as veias. — Pô, mano, tu não sabe como é bom. Tu vai direto pro céu! Sem pedir licença pro Pedrão.

Senti a picada e, mal a droga penetrou na circulação, comecei a me sentir mesmo no paraíso. Uma euforia desconhecida me dominou, a dor passou, o corpo estava leve, eu voava como um passarinho. Uma mariposa girava em torno da lâmpada, que projetava bolhas coloridas. Azul, verde, vermelho. As bolhas começaram a abrir. Saíram de dentro dela cabecinhas de aranha. Mas elas não sabiam tecer as teias. "Coisa de louco, Medeiros." Comecei a rir. "Coisa de louco, cara. Você tá chapadão, doidão." Eu voava em torno do quarto. A teia de aranha, uma boceta. Uma boceta peluda. *"Quiá-quiá-quiá*, você tá chapadão, cara." O Bigode era meu chapa, o doutor Ledesma, o Bellochio. Eu voando. Irene. Ela me dava um beijo. A Noia que pesava sobre minha coxa me sufocando. "Irene", murmurei. "Meu amor", ela disse. Eu mergulhava nos olhos azuis de Irene. Sentia na pele a água gelada, água aplacando minha sede, bebia, bebia, e a aranha tecia a teia, fazendo as bolas coloridas. A mariposa azul, verdeazulvermelho.

Acordei, sobressaltado com o ruído de alguém entrando no quarto. A luz penetrava pelas frinchas do assoalho. Era a Maria da Graça com a bandeja. Estava tonto, minha cabeça doía. Levantei os olhos e vi em meu braço direito a marca da picada. Então não tinha sido um sonho. A mulher começou a me limpar e disse:

— A Ivonete diz que uma hora arranja um jeito de lhe ver.

Será que a Maria da Graça estava cuidando de mim a pedido da Noia? Só podia ser. Ali, na minha miséria, enfraquecido daquele jeito, não pude deixar de me comover com isso. Mas me segurei, tentando combater esse tipo de sentimento. Não podia amolecer, precisava me tornar mais duro. Senão, ia ser pior. Pra mim e pra Noia. Apenas murmurei:

— Fala pra ela que é melhor ela não vir.

E, à noite, a cena do dia anterior voltou a se repetir. Em vez de me bater, o Bigode apareceu de novo com a seringa. E pude, afinal, entender o que o vagabundo queria com aquilo.

— Sabe como um cara vira um noia? Ele se pica uma vez, gosta da coisa, e aí acaba a grana e ele não pode mais se picar. O cara sobe pelas paredes, mata até a mãe pra conseguir uma pedra, uma picada. É o que vai acontecer contigo. Uma hora, tu vai pedir pelo amor de Deus pra eu te picar. E só te dou a picada se tu cantar, canário!

E o Bigode tinha razão. Com o passar dos dias, fui sofrendo uma mudança muito grande. Ansiava pela chegada do meu carrasco, pra ele me dar a picada que me levava ao paraíso. E assim entrava pela porta da frente num mundo onde não tinha dor, nem sede, onde meu corpo, feito de flocos de algodão, flutuava no ar. Lá, onde voltava a encontrar Irene. Ela não morria nos meus braços. Eu beijava os lábios vermelhos de Irene. Ela falava "meu amor", os peixes brilhavam na água, eu me sentia feliz, os pássaros voavam no céu, indo na direção do sol, as flores vermelhas e amarelas brotavam nas árvores. Mas, depois, vinha a porta de saída, e eu mergulhava de novo naquele poço de sofrimento.

— Irene — gemia em desespero, de olhos abertos e incapaz de dormir.

As cordas cortavam meus pulsos, o peso da realidade caía sobre mim, me esmagando o peito.

— Irene...

Ela passava diante de mim, me olhando com seus olhos azul-piscina. Me segurava pra não chorar. Tinha que endurecer. Aquele bosta não ia conseguir me dobrar. Não ia implorar por uma picada. Mas, à noite, minhas intenções iam por água abaixo. Mal via a seringa nas mãos do Bigode, ficava como um cãozinho balançando a cauda.

***

Até que, um dia, a porta abriu e o Monstro entrou. Ocupando quase todo o espaço do quarto, me olhou daquele jeito impassível por alguns minutos. Em seguida ele disse:

— Entra, Nete.

A Noia me fitou com os olhos arregalados, muito assustada com a minha aparência.

— Tu tem quinze minutos — disse o Monstro laconicamente, saindo e fechando a porta.

Ela correu ao meu encontro, se ajoelhou do lado do colchonete, chorando em desespero:

— Mô, mozinho, o que que fizeram com você?

A Noia me abraçou e começou a me beijar na boca, nos olhos, na testa.

— Que que fizeram com você, mô? — repetiu, me molhando de lágrimas. — O filho da puta do Bigode! Eu mato ele! Fazer essa maldade contigo!

Deitou sobre mim. Ao sentir aquela carne dura, ao ver os peitos pulando da blusa, apesar da dor, comecei a ficar excitado. A Noia voltou a me beijar, mas, dessa vez, em meu peito. Mas, quando viu as marcas de punhal, gemeu:

— Ai, que maldade! Cortaram o meu mozinho!

Suspirou, desceu o corpo ainda mais, me desabotoando a camisa e me beijando o umbigo. Em seguida, me abriu a calça e começou a me chupar.

— Ainda bem que não mexeram com ele, mô. Ele tá a fim de arte... — disse, contente.

A Noia me chupou com vigor, com fúria, até que gozei também com fúria, gemendo e revolvendo o corpo no colchonete. Esqueci as feridas nos pulsos, nos tornozelos, causadas pelas cordas. Gozei, gozei, fechando os olhos, engolindo em seco. Ah, como era bom estar de novo com uma mulher! A Noia voltou a se deitar sobre mim, encostando o rosto no meu e perguntando:

— Gostou, mozinho?

De repente, me mordeu a orelha e murmurou, cheia de energia:

— Te amo de paixão, mô. Vou tirar você daqui. Juro por Deus!

A porta abriu. Era o Monstro.

— Tá na hora, Nete.

— Já? — disse, fazendo beicinho. E, depois, se voltando pra mim, sussurrou: — Não esquece o que eu disse.

Respirei, aliviado. Era uma luz no fim do túnel a promessa da Noia. Como ia conseguir fazer o que tinha prometido, não tinha a menor ideia. Mas alguma coisa dentro de mim me dizia que ela ia fazer. Sabia como a Noia era determinada. Mas também sabia que não tinha muito tempo. Isso porque já andava aguardando com ansiedade a ração de açúcar no sangue. A entrada no paraíso era o único consolo naquela miséria. Lá, podia rever Irene. Mesmo que, no dia seguinte, mergulhasse naquele poço de dor, de desesperança. Tinha medo que, traído por minha ânsia, fosse vencido pelo Bigode e abrisse o bico.

Mas, naquele dia, quando entrou no quarto, o Bigode, pra minha surpresa, vinha muito sério. Em vez da caixa com a seringa e a droga, trazia um exemplar da Bíblia.

— Ontem li o livro e descobri qual a tua, verme! Tu tá pecando pela soberba!

E, muito solene, que nem se fosse um pastor, abriu o livro e começou a ler uma passagem, tropeçando nas palavras mais difíceis:

— "Porque que-que-brantarei a soberba da vossa força, e farei que os vossos céus sejam como ferro e a vossa terra, como cobre... E se... com isso não me ouvir-vir-des. Mas ainda andar-des contra... con-tra-ria-mente comigo..., também convosco cuidarei con-tra-ria-mente em furor; e vos cas-castigarei sete vezes mais por causa dos vossos pecados".

Terminando de ler, fechou a Bíblia e disse:

— Hoje não tem pico. Vou te castigar que nem manda o Profeta!

Contando em voz alta, me deu sete pontapés nas pernas, nos quadris e na cabeça. Depois, se ajoelhou e me socou também por sete vezes. Por fim, concluindo, disse, com malícia:

— E agora vai um chorinho...

E me cortou lentamente o peito com o punhal. Gritei de dor. Minha boca voltou a ficar inchada, e eu mal podia abrir os olhos. Meu único consolo era dizer pra mim mesmo: "Aguenta, cara, a Noia vai te ajudar a sair daqui, e você acaba com o filho da puta". Um último soco fechou a sessão de tortura.

— Amanhã vamos ver se tu não canta, canário filho da puta! — ouvi a voz dele como se viesse de muito longe. — Se cantar um pouquinho, vai ter o pico.

O corpo dolorido, pedindo por mais uma dose, fechado naquele quarto fétido, com um calor imenso, fiquei ali sem conseguir dormir. Meu corpo estava muito quente, e o suor me molhava por inteiro. Acho que a febre tinha voltado porque, de repente, comecei a delirar, vendo coisas no ar, aquelas bolhas, insetos grandes voando. "Perdão, Irene... Perdão, foi tudo minha culpa, o castigo, Irene, meu amor." Via uma aranha tecendo a teia e vindo ao meu encontro, os olhinhos brilhando feito duas bolinhas de gude. Escutava meu coração batendo — *tum-tum* —, meu coração parecia querer saltar do peito. Mergulhava numa água azul, azul, que nem os olhos de Irene. Sentia uma sede muito grande, mas não conseguia beber, porque meus lábios estavam presos com alfinetes. A aranha subia sobre mim e me sufocava e, de repente, tudo ficou negro, um poço sem fundo.

***

Alguém me sacudia. Era a Maria da Graça. Abri lentamente os olhos. Pela cara assustada da mulher, desconfiei que minha aparência devia estar horrível. Começou a me limpar. Quando foi me alimentar, mesmo com fome, não consegui comer. Meus lábios estavam inchados e cheios de cortes. Ela acabou de cuidar de mim e saiu. Pouco depois, a porta se abriu de novo. Era a Noia. E sem a companhia do Monstro. Ajoelhou do meu lado e começou a gemer:

— A Graça me disse o que fizeram com você, mô. Me emprestou a chave pra eu te ver. Filho da puta do Bigode!

Enfiou a mão no meio dos peitos e pegou o que parecia uma faca pequena com uma lâmina bem estreita.

— Tu tem que sair daqui, mô, senão eles te matam.

Tirando a bainha de plástico da faquinha, começou a cortar as cordas que me prendiam os pulsos. Depois, fez o mesmo com meus pés.

— Consegue levantar? — perguntou, me puxando.

Me apoiei nela e na parede e fui levantando o corpo lentamente. Consegui ficar de pé por alguns segundos, mas a tontura e o enjoo me derrubaram. Dando um gemido, caí sentado que nem uma trouxa.

— Mô, tu precisa se esforçar. Vem que eu lhe ajudo.

— Espera, deixa eu descansar um pouco — murmurei.

Sentei, enfiei a cabeça entre os joelhos. Meu corpo doía, sentia muita dor. Os braços e as pernas estavam entorpecidos, como se não fizessem mais parte de mim. E fui tomado pela angústia: não ia conseguir escapar, não ia conseguir escapar. Rilhei os dentes, procurando controlar o desespero. Me acalmei e comecei a pôr as ideias em ordem. Refleti que era inútil tentar fugir naquele momento. Ia ser pego com facilidade. Era melhor à noite, quando todo mundo estivesse dormindo e a segurança relaxasse. Foi o que expliquei pra Noia, pronunciando as palavras bem devagar e com enorme dificuldade.

— Tá certo — ela disse. — Fico aqui com você, esperando.

Respirei fundo e perguntei:

— Não consegue uma arma pra mim?

— Não dá, mô. Eles tão de olho...

— Então o melhor é você ir embora... Eles... Eles...

— Mas... Mas... Como tu vai fugir?

— Pode deixar... Me viro.

— Não, não lhe deixo sozinho, mô. Tu não pode contigo.

— Noia, por favor... — Voltei a respirar fundo e completei: — Faz o que estou te pedindo.

Começou a chorar e disse:

— Se tu fugir, não esquece de mim? Promete?

A Noia me agarrou e me deu um beijo, grudando a boca na minha. Foi o beijo mais dolorido que levei na vida. Ela limpou as lágrimas, suspirou e saiu, trancando a porta. Tinha uma longa espera até que o Bigode viesse pra sessão de tortura. O que fazer agora? Minha confusão mental era tão grande que não conseguia imaginar um plano de ação. "Calma, Medeiros, calma", disse pra mim mesmo, com angústia, sabendo que essa era a primeira e última chance que ia ter pra fugir dali. Finalmente consegui me acalmar um pouco, o que me permitiu pensar numas tantas coisas. Cheguei à conclusão de que devia permanecer deitado até a noite, fingindo que ainda estava com as mãos amarradas e presas nas argolas da parede. Se, por acaso, alguém entrasse, não convinha que descobrisse que eu estava desamarrado. Afinal, não tinha forças pra lutar com ninguém. Precisava também encontrar uma rota de fuga. Imaginei que não podia simplesmente sair pela porta e andar pelos corredores do complexo. Pelo menos durante o dia. Fatalmente ia ser descoberto. Era melhor esperar pela noite. E se houvesse por ali, naquele quartinho, uma saída? Fiquei de quatro, saí do colchonete e penosamente comecei a esquadrinhar o chão. Reparei então que, quase junto a uma das paredes, umas tábuas pareciam soltas. Forcei um pouco com a faquinha da Noia, elas não resistiram e saíram. Olhei pela abertura e vi o vazio. O cômodo onde me encontrava ficava numa pirambeira, apoiado, com certeza, em pilastras de madeira. Enfiei a cara no buraco e concluí que, se conseguisse passar pela abertura e balançar o corpo, talvez com muita sorte pudesse me agarrar numa coluna. Mas isso era impossível. Estava completamente sem forças pra tentar uma façanha como aquela. Não tinha jeito: devia fugir de noite ou de madrugada e por dentro do complexo, esquecendo daquela loucura de tentar pular lá de cima.

Mas havia outro problema. Se tivesse a sorte de ficar livre até a noite, como ia enfrentar o Bigode? Em estado normal, encarava e liquidava ele na porrada. Mas do jeito que estava não era páreo pra ele. Tinha que pegar o filho da puta por trás, armado com a faquinha. Bolei então minha estratégia. Quando escurecesse, me levantava, ficando do lado da porta. Era o Bigode entrar e, antes que acendesse a lanterna, atacava. E não podia errar o golpe, pois, se errasse, não ia ter outra chance. Se conseguisse matar o filho da puta, saía pela porta e tentava fugir.

Voltei a deitar, enrolando meus pulsos nos pedaços de corda cortada. E assim começou a angústia da espera. O tempo não passava. Olhava a luz do sol se deslocando lentamente e a claridade desaparecendo nas frinchas entre as tábuas. E se o Bigode não viesse naquela noite? Ia esperar pelo outro dia? Se pulasse pelo buraco do assoalho, me arrebentava lá embaixo. O meu carrasco tinha que vir de qualquer jeito.

Acordei, de repente, com um ruído forte. O cômodo estremecia com o batuque. Era noite de funk. Refleti que, de um lado, isso ia ser bom porque, estando distraídos no salão, os vagabundos iam relaxar a guarda, mas, por outro lado, nessas ocasiões, os corredores costumavam ficar cheios de gente. Não podia simplesmente passar pelo pessoal, me arrastando todo molambento. E o portão? Como enfrentar o vigia? Mas, antes de tudo, precisava me levantar. Ainda bem que o Bigode não tinha chegado. Me ergui com dificuldade. Já me sentia um pouco melhor. O repouso e a esperança de fuga, mesmo que remota, tinham me feito bem. Com a faquinha na mão, me arrastei até a parede do lado da porta, onde me apoiei. Sabia que, depois que entrasse, o Bigode ia ficar um pouco no escuro até ligar a lanterna. Era o tempo exato pra agir. Então começou a espera angustiante. Não aguentava ficar de pé, sentia cãibras nas pernas, dor nas costas. Mais um pouco e desabava de puro cansaço. E o filho da puta que não chegava! Vai ver que estava enchendo a cara com as putas no salão.

De repente escutei o ruído de passos no corredor. Era ele! Tinha que ser ele! Ouvi o barulho da chave na fechadura e a porta se abriu. Com uma voz de bêbado, ele disse:

— Querendo o pico, meu chapa? Só se cantar...

O Bigode ligou a lanterna. Desci o braço com força, enterrando a faquinha na nuca dele, enquanto berrava que nem um alucinado:

— Eu também te castigarei, sete vezes mais, por causa dos vossos pecados!

Talvez o Bigode nem tivesse ouvido as palavras bíblicas. Simplesmente deu um gemido, tropeçou e caiu de comprido, metendo a testa e o nariz no chão. Empurrei a porta, me abaixei, peguei a lanterna e lhe retirei a faquinha da nuca. Com muito esforço, virei o malandro de costas e lhe iluminei a cara. Morto que nem um vampiro. Mas sem o direito de ressuscitar. Me levantei, abri a porta, desliguei a lanterna e comecei a andar vagarosamente pelo corredor. Saí numa passarela, que ficava junto da parede rochosa. Embaixo era o abismo. Vi que a passarela ia dar num conjunto de barracos, próximos do salão. De longe, ouvi gritos e risadas e vi o vulto de pessoas. Não, ia ser impossível passar por lá sem ser percebido. Podia arriscar, mas, se me pegassem, estava perdido. Resolvi voltar pro quarto. Talvez fosse bom esperar. Entrei no cômodo e sentei no colchonete. Refleti então que não ia ser muito vantajoso esperar, porque as festas no complexo iam madrugada adentro e não convinha fugir dali com o sol raiando. O que fazer?

Tive então uma ideia maluca. E se saltasse pela abertura no assoalho, agarrado no corpo do Bigode e protegido pelo colchonete? Ele se esborracharia e eu talvez tivesse a chance de escapar. Não tinha outra alternativa: era isso ou ia terminar meus dias miseravelmente no quartel-general do Nenzinho. Mexi nos bolsos do Bigode e peguei o punhal. Fui até o canto em que as tábuas estavam soltas. Iluminando o local, trabalhei com o punhal e a faquinha e consegui arrancar mais duas tábuas. O buraco me pareceu suficientemente largo pra dar passagem a um corpo. Estava escuro que nem breu e, lá de baixo, vinha o uivo do vento, o ruído dos trovões. Torci pra que o solo fosse coberto de mato. Peguei o colchonete e levei até a abertura. Voltei e comecei a puxar o corpo do Bigode. O porra era pequeno, mas pesado. Me enrolei como pude no colchonete, procurando proteger o corpo e a lanterna. Me agarrei na blusa e no cinto da calça do Bigode e o fui empurrando lentamente. Quando ele já estava com meio corpo pra fora, contei até três e dei um empurrão definitivo. A queda foi breve e brutal, pois embaixo não tinha mato nenhum, só pedras. A sorte foi que o corpo do Bigode e o colchonete atenuaram mesmo o choque. Me levantei e, manquitolando, desci uma pequena elevação. Andei alguns metros. Chovia, o que era bom. Seria mais difícil me verem. Ao mesmo tempo, a água caindo serviu pra me refrescar. Continuei a caminhada. Olhei pra trás e vi o quartel-general encarapitado no morro, com as janelas iluminadas parecendo os olhos de um monstro. Voltei a andar, respirando o ar fresco com alegria. Mais um pouco e estava na mata.

Quando cheguei, afinal, na trilha, esperei um pouco pra acender a lanterna. Tinha quase certeza de que, com um tempo como aquele, não devia haver vigias nas picadas. A chuva começou a cair com violência, o vento assobiava, derrubando galhos e folhas. Andava penosamente, quase me arrastando. Parei um pouco, descansei por alguns minutos, mas logo voltei a andar. No fim da trilha vinha a estradinha de terra. O que fazer? Não dava pra pegar a estrada de Parelheiros e seguir a pé. Não ia ter forças pra isso. Mas, ao mesmo tempo, sabia que não podia ficar por ali. Dando com a minha ausência e com o corpo do Bigode, iam vir que nem doidos atrás de mim. Então o negócio era sair da trilha. Cheguei onde estava a Kombi. Uma pena: se não tivessem depenado a perua, ela podia ser uma boa solução. Entrei no caminho mais largo e fui me arrastando junto das árvores. Fosse aparecer alguém, era só me esconder no mato.

Comecei a sentir uma catinga muito forte, o que me levou a desconfiar que estava chegando no lixão. A chuva diminuiu de volume. Olhei pra trás e me pareceu ver, no meio da mata, focos de luz. Fui tomado pelo pânico. Será que já tinham descoberto a minha fuga? Me baixou o desespero e comecei a correr. Perdendo o equilíbrio, caí de cara na lama. "Calma, Medeiros", murmurei, respirando com dificuldade, "calma." Me levantei e sentei na beira da estrada pra descansar um pouco. Firmei a vista na escuridão. Sim, eram luzes de lanterna! Então pude confirmar a suspeita de que já estavam mesmo à minha procura. Ouvi então o ronco de um motor. Onde me esconder? Se seguisse adiante, facilmente me alcançariam. E se me escondesse no lixão? Era a única saída. Foi o que fiz. Escalei um barranco e entrei naquele amontoado de carcaças de carros e de sacos de lixo que fediam como o diabo. Fui me metendo no meio daquela nojeira, até que uma dor aguda me fez parar. Eu tinha cortado o pé em algum caco de vidro. Continuei a andar manquitolando e atolando as pernas na lama. Olhei pra trás e vi dois carros vindo pela estrada com os faróis altos ligados. Pulei no chão e fui me enfiando no meio do lixo, da lama, procurando me cobrir com os restos de sacos, de coisa podre. Bem a tempo, porque mais adiante ouvi vozes. A dor se tornava insuportável, a sujeira entrava pela minha boca, e a catinga me invadia as narinas, me sufocando. Aguentei firme, quase sem respirar. Ratos corriam, patinhando sobre minha cara, sobre meu peito. Ouvi passos na lama e alguém quase pisou em mim.

— Ô, cara. Será que o verme veio pra essas bandas?

— Sei lá... Vamos sair daqui, porra. Tá fedendo pra caralho! Ele deve de tá escondido no mato.

Os vagabundos se afastaram. Fiquei ali por mais algum tempo. Tinha voltado a chover forte. Me levantei e comecei a andar, pronto a me esconder de novo no lixo se visse algum movimento estranho. Pra onde que eles tinham ido? Fui margeando a estrada. De repente apareceu um descampado. Ali certamente não tinha onde me esconder. Acelerei o passo e, um pouco mais, pra meu alívio, o mato voltou a margear a estrada. Contudo, ouvindo de novo o ruído de motores, rapidamente me escondi atrás de um arbusto. Dois carros passaram em velocidade, chapinhando na lama. Com certeza, não dando comigo, retornavam ao quartel-general dos bandidos. Esperei por mais algum tempo, grudado no chão. Em seguida, me levantando, voltei a caminhar pela beira da estrada. Meu pé doía demais e sangrava. O corte parecia fundo. Uma hora tive que parar e, rasgando um pedaço da camisa, improvisei uma atadura. De novo voltei a andar, mancando. Foi então que, pra meu alívio, avistei ao longe o Bar do Mané e, ao lado do boteco, um orelhão. Minha ideia era telefonar pra pedir socorro. Me aproximei cautelosamente. Era tarde da noite, mas as luzes e o ruído de vozes me davam certeza de que ainda tinha gente se divertindo por ali. E não convinha nada, nada que me vissem. Sorte que o orelhão ficasse num local pouco iluminado. Entrei sob a cobertura e disquei a cobrar. O telefone tocou uma, duas, três vezes. Por fim, pra meu alívio, escutei a voz sonolenta do Bellochio:

— Pronto?

— Bellochio, aqui é o Medeiros — e minha voz me soou muito estranha. Parecia vir do além-túmulo.

Silêncio. O Bellochio não respondeu de imediato, como se ainda estivesse mergulhado no sono. Mas de repente a voz dele explodiu do outro lado da linha:

— Medeiros?! Medeiros, de onde, porra, você está falando?

Estava completamente sem resistência e a ponto de desmaiar. Reuni as últimas forças e gemi:

— Pelo amor de Deus, Bellochio! Você precisa vir me pegar.
— Mas te pegar onde, caralho?
— Na estrada de Parelheiros.
— O que você está fazendo aí?
— Porra, não dá pra explicar! Vem me pegar! — gani em desespero.
— Está bem. Mas te pegar onde?
— Não sei em que quilômetro, tem um boteco. O Bar do Mané. Estou te esperando perto do orelhão. Mas, pelo amor de Deus, vem me pegar já!

Bati o telefone bem a tempo, porque alguém vinha saindo do bar. Me arrastei, entrando na sombra, e fui me esconder atrás de uma moita junto de um córrego. Deitei no meio da sujeira e fiquei esperando. Sentia muita dor e sono, mas não podia dormir. Voltou a chover forte. De vez em quando um carro passava, jogando água pra todos os lados. Depois era o silêncio, só quebrado pelo ruído da música e das conversas. E o porra do Bellochio que não vinha! "Calma, Medeiros." Da rua Sócrates, no Campo Limpo, até ali era um bom tempo. Quanto? Uma hora? Uma hora e meia? Mas não aguentava mais esperar, tanto eram o cansaço e a dor. Sem contar o medo que sentia de que eles me pegassem.

Esperei mais um pouco, até que de repente um carro veio vagarosamente pela estrada e parou diante do orelhão ao lado do boteco. Quase dei um grito de alegria. Era a C-14 do Bellochio! Conhecia aquela perua de longe. Me levantei e fui me arrastando até a Veraneio. O Bellochio, usando o ridículo chapéu de tira americano, estava com a cara metida pra fora da janela, vasculhando a escuridão. Previdente como era, não tinha ligado os faróis. Me aproximei e, quando ele me viu, estremeceu de susto, exclamando:

— Medeiros!

Não disse nada. Abri a porta de trás do carro e entrei. Morto de cansaço, puxei a porta e deitei minha imundície de comprido no banco. O Bellochio voltou o corpo.

— Medeiros, você...

— Toca o carro! Depressa! — gemi.

Ele não perdeu tempo. Como tinha deixado o carro ligado, pisou no acelerador, deu meia-volta na estrada e saiu com os pneus cantando, enquanto eu mergulhava no sono.

19

Acordei com um solavanco, seguido de uma praga do Bellochio:

— Porra de valeta do caralho!

Abri os olhos, e luzes prateadas cortaram o meu rosto, me ofuscando. Levantei a cabeça, sobressaltado, mas reparei que ainda me encontrava deitado no banco de trás do carro. As luzes eram as da iluminação da rua.

— Onde estamos...? — murmurei.

— Chegando em Interlagos. Você...

Me movi um pouco, e uma agulhada no pé me fez soltar um gemido. O Bellochio parou o carro, virou pra trás e perguntou, preocupado:

— O que foi?

— O meu pé. Cortei num caco de vidro.

Ele ajoelhou no banco, acendeu a lanterna e me iluminou. Ao ver a ferida, exclamou horrorizado:

— Puta merda! Que lanho! Preciso te levar num pronto-socorro.

Tornou a sentar, voltando a dirigir.

— Nada de pronto-socorro! — protestei.

Não queria ir num pronto-socorro, porque sabia que podia encontrar a polícia e despertar suspeitas. Minha ideia era permanecer incógnito e fora de circulação ainda por uns tempos. É que tinha a intenção de voltar no quartel-general dos bandidos. Era uma ideia de doido, mas não ia me apresentar pro porra do doutor Fragelli com as mãos abanando. Mas é claro que, por enquanto, não podia contar nada disso pro meu parceiro. Talvez pensando que minha recusa se devia ao medo de ser preso, o Bellochio insistiu:

— Mesmo assim acho melhor a gente ir ver um médico, senão isso pode infeccionar.

— Não quero ir pro pronto-socorro! Já te disse.

O Bellochio olhou pra mim pelo retrovisor e gritou, cheio de ressentimento:

— Porra, cara! Está pensando que vou te entregar? Parece que ainda não me conhece! Querendo ou não, te levo pro pronto-socorro! E está acabado!

O tom de voz dele parecia não admitir réplica e, assim, não reclamei mais, deixando que me levasse. Um pouco depois chegamos num hospital. O Bellochio, em vez de parar na frente do prédio, conversou com o vigia e, mostrando a carteira funcional, estacionou na lateral do edifício. Ele entrou no pronto-socorro e foi até o balcão de atendimento. Não demorou muito, voltou com um enfermeiro que empurrava uma cadeira de rodas. Quando o homem viu o meu estado deplorável, se assustou e disse:

— Puxa vida, doutor, esses mindingos não têm mesmo jeito.

Fiquei na minha, deixando passar o "mindingo". Ele me ajudou a sentar na cadeira e, enquanto me empurrava, foi conversando com o Bellochio:

— Onde o senhor encontrou ele, doutor?

— Numa rua por aí.

— Esses caras, doutor, se enchem de cachaça e de tóxico e, aí, acontece uma dessas.

Estava cansado demais pra me defender. E talvez fosse melhor até que passasse por um bêbado qualquer encontrado na rua. Assim não despertava suspeitas. Fomos até uma saleta, onde ele mandou a gente esperar um pouco. Sob a luz do neon, o Bellochio me observou com maior atenção e pareceu horrorizado com o que viu. Mas disfarçou isso muito bem e disse, meio que gozando:

— Logo, logo a gente vai embora daqui. Eles não costumam perder muito tempo com bêbados.

— Filho da puta! — gemi, deitado de comprido num banco de metal.

— O que você queria? Pra disfarçar, disse que te encontrei bêbado numas quebradas. E, pra falar a verdade, com essa aparência, ninguém diria que você não é um bebum.

Não demorou muito e o enfermeiro voltou, acompanhado de um médico, que me olhou com a maior cara de nojo. Depois que o enfermeiro lavou e desinfetou o meu pé, o médico, indiferente às caretas de dor que eu fazia, me aplicou uma antitetânica, uma anestesia local e suturou a ferida. Em seguida me envolveu o ferimento com ataduras e aproveitou pra limpar também as feridas ainda não cicatrizadas da minha cara e do meu peito. Cheio de ataduras e esparadrapo eu devia estar parecendo uma múmia.

O médico receitou uma porcaria qualquer, dizendo que, dentro de uma semana, podia tirar os pontos. O Bellochio me ajudou a sentar de novo na cadeira de rodas e foi me empurrando, sob os olhares do médico e do enfermeiro, que pareciam estar murmurando às minhas costas: "Lá vai o desgraçado do filho da puta voltar pra cachaça e pras drogas!".

Entramos no carro. Antes que o Bellochio me falasse alguma coisa, eu disse, já mais aliviado:

— Que tal a gente beber umas cervejas, comer alguma coisa e conversar?

Ele hesitou um pouco e disse:

— Não acha bom descansar um pouco? Amanhã a gente conversa.

— Estou com fome. Faz tempo que não como uma comida decente.

— Tá bom. Vamos ver se a gente acha um lugar pra mastigar uma carninha.

Estranhamente, agora, apesar de muito cansado, estava desperto e excitado. Talvez pela ansiedade provocada pela fuga do cativeiro e pela vontade de me abrir, pra explicar tudo ao Bellochio. Era uma dívida moral que tinha com ele. Não via a hora de contar aquela história, tirando um peso da consciência. Seguimos pela cidade quase deserta até chegar num boteco, o Brasinha, onde às vezes a gente costumava comer de madrugada. O lugar era limpo e as porções, bastante boas, sem contar que sabiam como tirar um chope. Sentamos num canto mais escuro. Pedimos uma porção de picanha, farofa, mandioca frita, arroz e molho vinagrete.

— E dois chopes estupidamente gelados! — ordenou o Bellochio.

Veio a comida. Me atirei nela que nem se fosse a última refeição da minha vida. Como o Bellochio também parecia faminto, pedimos outra dose, mais dois chopes. Comemos até nos fartar e bebemos um chope atrás do outro. Satisfeito, o corpo aquecido pela comida e pela bebida, olhei bem pro Bellochio e disse:

— Muito bem, parceiro. Te devo uma explicação e tanto...

— Se deve! Desembucha logo.

E como se vomitasse uma comida ruim, comecei a contar os detalhes daquela história. Me senti aliviado, falando sem parar, entre um chope e outro, procurando não omitir nenhum detalhe. O Bellochio me escutava em silêncio, os olhos bem abertos e franzindo a testa de vez em quando. Quando lhe contei do Morganti, do meu cativeiro, apertou tanto as mãos fechadas que elas quase ficaram sem sangue. Acabei de falar, o Bellochio deu um suspiro e disse, magoado:

— *Partner*, por que não me contou tudo logo de cara? Eu tinha te ajudado, você sabe disso.

— O que podia fazer, Bellochio? Eles me proibiram de contar a qualquer pessoa sobre a minha missão.

— Eu não sou "qualquer pessoa", caralho! — bradou, indignado, os olhos fuzilando. — Se tivesse me contado, ia com você até o fim do mundo! E você não sofria o que sofreu.

— Porra! — protestei. — É claro que você ia. Era por isso que não podia te contar nada.

Me olhou espantado. Ficou em silêncio por alguns segundos, bebeu um longo gole de chope, e depois disse:

— Bom, se quer saber, estou fodido é comigo mesmo, porque acreditei mesmo que você estava metido nessa merda — os olhos do Bellochio se encheram de lágrimas. — Caralho! Eu *desconfiando* de você!

O Bellochio virou o rosto.

— Quer deixar de viadagem? — exclamei. — Estou aqui comendo uma picanha, bebendo um chope com você, Bellochio. É claro que só tinha que desconfiar de mim. Depois daquela encenação toda...

Limpou os olhos, abriu um sorriso.

— *Partner*, você não sabe a agonia que passei nesses dias! Mas hoje tô feliz, feliz como nunca.

Dei um bocejo. Com a comida e a bebida, o cansaço e o sono tinham voltado com tudo.

— Vamos pra casa — disse o Bellochio, percebendo isso. — Você pode dormir no sofá da sala...

Pensei um pouco e depois disse:

— Acho melhor não ir pra tua casa.

Ele me olhou preocupado:

— Você quer ir pro teu apê?

— Também não quero ir pra lá. A essa altura, o Morganti e o bando do Nenzinho já devem estar à minha procura. Tenho certeza de que estão vigiando a tua casa e o meu prédio.

— Então, pra onde quer ir?

Voltei a refletir mais um pouco.

— Será que a Swellen não me escondia por uns dias?

Foi a vez do Bellochio refletir. Em seguida disse:

— Tem razão. Você ficará menos exposto na casa da Swellen.

Fomos até o balcão telefonar. Ele discou e ficou esperando, enquanto dizia:

— Anda, meu amor, acorda, sai do teu bercinho...

De repente, exclamou:

— Swellen! É o Bellochio!

Depois de explicar tudo rapidamente, menos os fatos relativos à minha missão, desligou o telefone.

— Vamos lá, *partner*, ela está à nossa espera!

***

Foi entrar no carro e adormeci, só fui acordar quando cheguei na casa da nossa parceira.

— Ei, cara — o Bellochio me sacudiu.

A Swellen morava num sobradinho geminado na rua Quararibeia, uma travessa da avenida Sabará, perto do cemitério do Campo Grande. Ela já estava esperando a gente na entrada da casa, vestida com um roupão. Tentei descer do carro, mas fui tomado por uma tontura muito grande. Não sei se por culpa do cansaço, dos chopes, mas parecia que tinha perdido de vez a resistência. Saí do carro, apoiei o pé no chão com dificuldade, franzindo a cara, porque o efeito da anestesia tinha passado. Ameacei cair. Ao ver isso, a Swellen correu ao meu encontro e disse de um modo severo:

— Apoia em mim.

Me sentia mole, sem forças, que nem se tivesse chegado novamente ao ponto máximo de exaustão. Por isso, não recusei a oferta de auxílio. Pus o braço no ombro dela e no do Bellochio e comecei a caminhar lentamente. Atravessei a garagem, entrei na sala e parei, respirando fundo. Ainda daquele modo severo a Swellen ordenou:

— Anda, vamos subir a escada.

Cada degrau requereu um esforço extra, porque só dava pra usar o pé esquerdo, sem contar que o espaço era muito reduzido. Subi apoiado somente na Swellen. Minha cabeça girava, eu suava frio. Sentei no último degrau e ouvi a Swellen dizer que nem se fosse de muito longe:

— Sílvia, a banheira já está cheia?

— Quase. Pode trazer ele aqui.

Ajudado pela parceira, me levantei de novo e fui caminhando pelo corredor. Na porta do banheiro, uma loira magra, vestindo camisola, aguardava. Abriu bem os olhos, franziu a testa, parecendo horrorizada com meu aspecto. Entrei no banheiro e, como este era muito pequeno, o Bellochio teve que ficar de fora.

— Senta na privada — a Swellen ordenou.

Obedeci, e elas começaram a tirar os trapos que me cobriam.

— Pode deixar que eu tiro... — protestei, envergonhado.

Mas as garotas não me deram atenção e terminaram de me despir.

— Entra na banheira — disse a Swellen, me segurando pela cintura e me ajudando a levantar.

Enfiei primeiro o pé esquerdo e, quando fui erguer a outra perna, escorreguei e quase caí. Não fossem as duas ali do meu lado tinha me machucado na borda da banheira. Me apoiei nelas, me equilibrei de novo e mergulhei na água, tomando o cuidado pra manter o pé direito de fora. Foi aí que reparei que a atadura estava manchada de sangue. Que alívio senti ao ser envolvido pela água quente. A Swellen pegou uma bucha, o sabonete e começou a me limpar.

— Pode deixar que faço isso.

Não dando atenção pro meu protesto, continuou a me ensaboar com força e energia. Depois passou xampu em meus cabelos empastados de suor, cheios de coágulos de sangue. Num instante a água ficou imunda. Ela abriu o ralo por algum tempo, tornou a fechá-lo e encheu de novo a banheira, até que meu corpo, já mais limpo, fosse coberto pela água. A Swellen fez tudo isso de cara fechada. Entendia por que estava assim. Evidentemente não sabia de nada da minha história, porque a gente não tinha tido tempo de lhe contar coisa alguma. Pra ela, eu continuava a ser um criminoso, procurado por tráfico de drogas e pela morte de um colega. Quando a Swellen acabou de me limpar, se levantou e disse, de um modo seco:

— Um instante, já volto.

Encostou a porta. Fechei os olhos e estava quase dormindo quando escutei a Swellen discutindo asperamente com o Bellochio. Abri os olhos e apurei os ouvidos:

— Não quero nem saber! A gente tem que chamar a polícia. É ele tomar o banho e...

— Porra, parceira! Você não quer ouvir o que eu tenho pra contar?

— Então conta logo, mas não pensa que vai me convencer a esconder ele aqui. Estamos acobertando um bandido!

O Bellochio começou a falar, contando a minha aventura. De vez em quando a Swellen o interrompia e perguntava com a voz trêmula:

— Mas... Mas por que ele não contou isso pra gente?

— Era uma missão ultrassecreta. Ele não tinha como contar.

A Swellen começou a soluçar.

— Então ele... ele...

— Pois é, Swellen... Agora está convencida que precisa esconder o Medeiros aqui? De que mais do que nunca ele precisa da gente?

A porta do banheiro se abriu e a Swellen entrou chorando. Ela ajoelhou no chão, do lado da banheira, e disse, me abraçando:

— Me perdoa, querido, me perdoa. Fui duvidar de você! Justo de você!

Me beijou na boca, nos olhos, a fala entrecortada pelos soluços:

— Como podia saber? Mas eu devia saber... Perdão, querido... Eu devia ter desconfiado: você seria a última pessoa do mundo... a última pessoa do mundo a fazer uma sujeira daquelas.

Não conseguia dizer nada de tão cansado. Mas sabia que não precisava dizer nada. O carinho e o remorso dela me deixaram apaziguado. Eu parecia flutuar na água tépida. Até a dor no pé tinha passado. Fechei os olhos e simplesmente desmaiei. Acordei de madrugada, deitado numa cama de casal. A ferida no pé latejava um pouco. Há quanto tempo não dormia em lençóis limpos! Certamente a Swellen e a Sílvia tinham me cedido o quarto delas. Mas, ao lado da sensação de bem-estar, comecei a sentir uma espécie de ansiedade, um mal-estar generalizado. Minha boca se enchia de saliva, me coçava todo. Seria a falta da droga com que tinha me acostumado no cativeiro? Como estava esgotado, voltei a dormir e sonhei com o Bigode. Ele entrava no quartinho com a seringa e perguntava: "Vai um pico?". Me injetava a cocaína no braço e eu começava a ver as aranhas, que explodiam em bolhas coloridas. A Noia subia em cima de mim e me sufocava, os peitos, que nem uma gelatina marrom, me entupiam o nariz e me impediam de respirar. "Sai daí, Noia!" — berrava o Bigode. "Sai daí que quero sangrar esse verme!" Ele tirava o punhal do bolso e cortava meu pé. Nesse instante acordava de novo, suando muito, respirando com dificuldade. Devia ser já de dia, porque os raios de sol entravam pelas frinchas da veneziana. Um cheiro bom de café vinha lá de baixo. Sentia fome, muita fome. A porta se abriu e a Swellen entrou com uma bandeja. Sentou do meu lado e perguntou, passando a mão carinhosamente no meu rosto:

— Como você está se sentindo?

— Melhor... — disse, embora a cabeça me pesasse.

Me ajudou a sentar, arrumando os travesseiros nas minhas costas. Com muita paciência, foi me servindo de suco de laranja, café com leite, pão, manteiga e geleia. Como, num determinado momento, não quisesse mais comer, ficou brava e insistiu:

— Nada disso. Vai comer também as torradas. Você está muito fraco.

Comecei a rir e disse:

— Tá bem, mamãe, eu como tudinho.

Acabei de comer e voltei a me deitar. A Swellen arrumou as cobertas sobre mim e disse:

— Durma mais um pouco. Mais tarde um médico amigo da Sílvia vem aqui te examinar. Agora vou pro meu plantão.

Me beijou no rosto e saiu, me deixando sozinho. Bocejei uma, duas vezes e caí novamente no sono. Lá pelas dez da manhã fui acordado pelo médico que chegava junto com a Sílvia. Examinou e medicou meus ferimentos, trocou as ataduras, o que me aliviou bastante do resto da dor que ainda sentia. Enquanto o médico cuidava de mim, a Sílvia permanecia do lado, olhando preocupada. Não era nada bonita. Loira, sardenta, usava óculos, tinha os lábios estreitos e o nariz levemente adunco. Prendia os cabelos num rabo de cavalo, parecia não ser chegada numa pintura e se vestia com a maior simplicidade. Definitivamente, não era o tipo de garota que me atraísse. Mas o fato de ser a namorada da Swellen já era o bastante pra gostar dela. Depois de tudo que tinha passado naqueles dias horríveis, precisava mesmo ter pessoas decentes do meu lado.

***

Os dias foram se passando e eu continuava a viver na maior mordomia, comendo comida feita em casa, dormindo numa cama macia, com lençóis limpos. De vez em quando tinha uma insônia prolongada, e aquela ansiedade horrível voltava a me atormentar. Suava frio, rilhava os dentes, me coçava todo. Às vezes ficava tão agoniado que me passava pela cabeça a ideia maluca de sair na rua e procurar uma merda qualquer pra aplacar a ansiedade: um pacau de maconha, um pouco de pó. Mas me segurava. Agora que tinha fugido do inferno, não ia querer voltar a ele. Procurava me controlar, tomando uma ducha bem fria, que me enregelava os ossos, fazendo exercícios na madrugada. Dominado então pelo cansaço, afinal adormecia e mergulhava num sono sem sonhos. Mais uns dias se passaram até que pude deixar a cama de vez. Já tinha ido pro quarto de hóspedes, devolvendo a cama de casal a quem de direito. Me sentia cada vez mais bem-disposto e acreditava que, logo, logo, recuperava minha melhor condição física. E não via a hora de me mandar, apesar dos cuidados e carinhos que as garotas tinham por mim. Estava ficando impaciente com a inércia. Era um saco passar o dia inteiro trancado dentro de casa, só coçando o saco. A Sílvia, prestativa como ela só, tinha me arrumado uns romances policiais, mas era só me sentar com um livro na mão e não conseguia me concentrar. Me levantava e ficava andando de um lado pro outro, feito um leão na jaula. Acontece que o que mais queria era voltar pra ativa. Estava obcecado com a ideia de terminar minha missão. Tinha enfiado na cabeça que devia retornar ao quartel-general do Nenzinho o quanto antes pra resgatar a filha do doutor Videira. Custasse o que custasse. Era questão de honra pra mim.

Foi o que disse, afinal, a meus amigos, numa noite em que a Sílvia fez uma lasanha e o Bellochio apareceu com umas garrafas de vinho. Aliás, isso estava se tornando rotina. Duas ou três vezes por semana a gente fazia nossa reunião, com um prato especial, regado a cerveja ou vinho. O Bellochio, que tinha levado um susto ao saber que a Swellen vivia com a Sílvia, havia se acostumado logo com a ideia. Como gostava demais da parceira, tinha estendido sua afeição também pra Sílvia, ainda mais depois que descobriu que ela era uma cozinheira de mão-cheia...

— O quê?! Você está ficando louco? — exclamou o Bellochio, pondo os talheres no prato.

A Swellen ficou calada, mas, pela expressão do seu rosto, percebi que também não tinha gostado nada, nada da ideia.

— Pois é isso mesmo. Tenho que voltar lá.

A Swellen me pegou a mão e disse:

— Medeiros, você não disse que conhece os pontos fracos do complexo? Ora, passa as informações pro pessoal do DEIC e do Denarc e deixa que eles montem uma operação pra pegar o tal do Nenzinho e resgatar a garota.

— Falou e disse — o Bellochio aprovou a sugestão dela.

Bem devagar, bebi um gole do vinho. Era da região do Douro. Desceu que nem uma seda. Belisquei um pedaço de lasanha.

— São uns bundões — disse, balançando a cabeça. — Até decidirem alguma coisa, o Nenzinho reforça aquela joça ou muda de esconderijo.

— Problema deles, *partner*. Você já fez a sua parte.

Dei de ombros.

— Pode até ser, mas vocês querem saber de uma coisa? Não gosto quando me fazem de trouxa, quando me enrabam...

Ao falar a palavra "enrabam", lembrei que a Sílvia não era muito chegada naquele tipo de linguagem. Dei um tapinha na mão dela e disse:

— Desculpa.

Ela balançou a cabeça.

— Está desculpado. Continua a falar, tua história estava ficando interessante.

Continuei:

— Vocês vejam. Foi o maior sacrifício dar uma de traidor, enganar meus amigos, ser preso, fugir, conviver com vagabundos, apanhar como eu apanhei e quase ser executado. Não posso deixar passar barato.

— Está bem, Stallone! Vai lá e enfrenta a bandidagem na cara e na coragem — berrou o Bellochio. E indiferente ao fato de que a Sílvia estivesse ali do lado, explodiu: — Porra, *partner*, tá pensando que a vida é um filme? Que você volta no mocó do Nenzinho, armado com a merda do seu .38, e acaba com aqueles putos? Acorda, meu!

Bebeu um gole de vinho e completou:

— Acho que os picos que tomou afetaram teu juízo!

— Pode ser. Mas não estou querendo dar uma de Stallone. Sei como entrar naquela joça. Os vagabundos, ao contrário do que a polícia pensa, são muito relaxados com a segurança. É claro, se você quiser entrar com uma força policial, pela frente, durante o dia, a coisa vai endurecer, mas um homem sozinho, disposto a tudo...

O Bellochio olhou bem pra mim, deu um sorriso e disse:

— Ou dois homens sozinhos, dispostos a tudo...

— Não vem que não tem, Bellochio — protestei. — Você não tem nada com isso!

— Como não tenho? Estou em dívida com você.
— Eu é que estou em dívida com você.
— Cavalheiros, atenção! — interveio a Swellen, batendo com o garfo na taça de vinho. — Chega de discussão, né? Tenho uma proposta melhor a fazer. E que tal se participassem dessa missão dois homens e uma mulher, dispostos a tudo?
Olhamos ao mesmo tempo pra ela.
— Você está louca, Swellen?! — protestei.
— Isso não é trabalho pra uma... — o Bellochio ameaçou dizer.
— Pra uma mulher, né? Seu machista! — a Swellen deu um tapa na cabeça do Bellochio.
— Eu, machista? — se encolheu, pondo as mãos no peito. — Sou é feminista. Só gosto de mulher.
Caímos na gargalhada. A essa altura, a gente já tinha enxugado umas quatro garrafas de vinho. Há muito tempo não me sentia tão bem... Viver era aquilo. Estar ao lado de amigos, em camaradagem, dividindo um vinho e uma lasanha. Mas com a adrenalina correndo no sangue, porque era excitante saber que a gente ia se meter numa aventura na qual tudo podia acontecer.
O Bellochio se levantou.
— A conversa está ótima mas, se chego muito tarde, a Ceição...
— Te dá umas porradas e te põe pra dormir na sala — completei.
Caímos de novo na risada. Antes que o Bellochio saísse, combinamos que, no dia seguinte, a gente ia fazer uma reunião pra planejar a missão. Naquela noite fui deitar muito excitado. Mas não consegui dormir. Fiquei rolando na cama de um lado pro outro. É que já me via voltando ao quartel-general do Nenzinho,

pronto pra arrebentar com tudo. Havia de trazer aquela garota de volta ou não me chamava mais Medeiros!

20

Começamos a reunião, depois de comer as porpetas que a Conceição tinha preparado especialmente pra nós. Estava contente de saber que podia contar com os parceiros naquela empreitada. Ao mesmo tempo, isso me deixava muito preocupado, já que a operação ia ser de altíssimo risco. Se alguma coisa acontecesse com meus amigos, carregava a culpa pelo resto da vida. Mas ter esse tipo de preocupação foi bom porque me forçou a planejar cuidadosamente a missão. Passei o dia fazendo uma planta minuciosa das instalações do quartel-general, com a indicação, em vermelho, da suíte do Nenzinho, onde muito provavelmente a Claudinha devia estar, do depósito de combustíveis, do paiol de armas, das possíveis rotas de fuga, das guaritas ocupadas pelas sentinelas. Na reunião da noite discutimos nosso plano de ação, tendo por base o meu croqui e as anotações.

— Bem — disse o Bellochio, bebendo o resto do vinho e batendo o dedo sobre a planta —, pelo que descreveu, tenho a impressão de que o melhor mesmo é tentar entrar pelo quarto em que você ficou preso.

— Pela frente é que não vai dar. Está cheio de vigias — concordei, balançando a cabeça.

— Você disse que simplesmente pulou lá de cima — disse a Swellen, preocupada. — Como é que vamos fazer pra entrar? Escalando as colunas de suporte?

— Não, não vamos precisar escalar as colunas. Acho que dá pra escalar o barranco.

— Barranco? Que barranco? — perguntou a Swellen.

— Uma lateral do quarto fica apoiada no barranco, ou melhor, na encosta do morro. Pelo que me lembro, não é tão difícil assim de escalar. Depois, lá em cima, é só arrancar algumas tábuas do assoalho e entrar.

Continuando a descrever com mais detalhes o plano de ação, disse que nosso propósito não devia se resumir somente em resgatar a Claudinha. Tinha pensado também em causar o maior dano possível no quartel-general do Nenzinho, explodindo uma bomba na casa de máquinas. Assim, a gente matava dois coelhos com uma só cacetada.

— O depósito de combustível costuma ficar sem vigias. Pelo menos, não vi ninguém quando estive lá. É só plantar uma bomba entre os barris de óleo e mandar aquilo pelos ares — disse, terminando a explicação.

— Recapitulando: entramos pelo quartinho e... — começou a dizer o Bellochio.

— Desculpa, parceiro — cortei a fala dele —, mas acho melhor entrar só eu e a Swellen.

— Ei! — protestou o Bellochio. — E eu? Onde que fico na história?

— Não vai querer escalar o barranco com essas banhas, né, Bellochio? — E lhe dei uma palmada na barriga.

Foi uma risada geral. Com aquela barrigona, nunca que ele ia conseguir escalar o barranco e, muito menos, passar pelo buraco no chão do quartinho.

— Obrigado pelas "banhas"... — rosnou o Bellochio.

A Swellen pôs um braço sobre o ombro dele.

— Meu querido, você fica embaixo vigiando. Afinal, quem é que vai dar cobertura pra gente?

O Bellochio disse um palavrão.

— Então escalamos o barranco, entramos no quartinho e... — a Swellen retomou a conversa.

— ... vamos direto resgatar a garota — completei.

— Falando em resgatar a garota — interrompeu a Sílvia, que até aquele momento tinha ficado calada —, vocês pensaram em como vão fazer pra tirar ela de lá?

— Como assim? — perguntei, intrigado. — Simplesmente pegamos a garota e...

— Não pensaram no escândalo que ela pode fazer? — insistiu a Sílvia. — Talvez fosse melhor sedar a garota, do contrário a missão pode ser prejudicada. Vai que ela comece a gritar...

— Acho que a Sílvia tem razão — interveio a Swellen. — Se a gente sedar a Claudinha ficará mais fácil fugir com ela.

Voltou-se pra amiga e perguntou:

— E, falando em sedar, o que você recomenda, querida?

A Sílvia pensou um pouco e depois disse:

— Uma dose de Fenergan serve. Além de não causar danos pro organismo, tem efeito rápido.

— E quanto dura o efeito? — perguntei.

— Umas duas ou três horas.

A Swellen pôs a mão sobre o braço da Sílvia.

— Então você arranja o Fenergan pra gente e me ensina a aplicar?

— Claro, querida. Trago amanhã da cidade. Quanto a aplicar, não tem segredo nenhum, já que é intramuscular.

Continuei com a explicação até chegar na questão das armas. Deixei o Bellochio tomar a dianteira porque, além de entender mais do que eu do assunto, ainda podia ter acesso a elas, coisa que, no presente momento, era difícil pra mim.

— Acho que a gente não deve levar nada muito pesado. Talvez só armas leves, de rápido manuseio, como pistolas 9 mm, .45, .380 e facas de caça. Mas seria bom também levar uma punheteira e deixar no carro... — Deu um tapa na boca, olhou pra Sílvia e se corrigiu rapidamente: — Oops, quero dizer, uma .12...

— De acordo. Mas tem outra coisa, Bellochio — eu disse. — Vamos precisar de explosivos.

— Posso tentar conseguir explosivo plástico, com um disparador, acionado por um relógio. O Caveirinha pode ajudar, providenciando alguma coisa no gênero.

O Caveirinha trabalhava no IML, era nosso amigo e, com certeza, quebrava nosso galho.

— Um momento — interrompeu a Swellen. — Pelo que você contou pra gente, o quartel-general do Nenzinho é uma espécie de microfavela, né?

— Mais ou menos — respondi.

— Tem um problema: se você mandar aquilo pelos ares, o que acontecerá com as mulheres e as crianças?

— Já pensei nisso também, minha querida. Acontece que a casa de força fica no lado direito do quartel-general, onde também estão os quartos dos seguranças, a suíte do Nenzinho e o salão de festas. As famílias costumam ficar do lado esquerdo, no outro extremo do conjunto.

Bebi um gole de vinho e concluí:

— Não acredito, portanto, que as mulheres e as crianças possam vir a ser feridas. Na verdade, a bomba servirá mais pra provocar um incêndio e causar o maior dano possível ao complexo.

Nem de longe estava pensando numa com a potência necessária pra derrubar aquilo tudo.

— Então posso ficar sossegada?

— Claro. Pensa que ia ser louco de causar uma matança de inocentes?

Era uma terça-feira. Combinamos então que, na quinta de madrugada, a gente ia partir pra nossa missão. A quarta ficava reservada pros preparativos: cuidar das armas, das roupas especiais, verificar as possíveis falhas no plano etc.

21

NA QUARTA, PERTO DA MEIA-NOITE, fizemos a última reunião. Nesse dia não teve nada de álcool. Queria estar perfeitamente sóbrio pra não fazer nenhuma besteira. Comemos uma refeição reforçada — bifes de contrafilé com arroz à grega —, acompanhada apenas de sucos. O Bellochio trouxe uma sacola grande com a bomba plástica, lanternas, as pistolas, a punheteira, facas de caça, um pé de cabra, um alicate, cordas, rolos de fita adesiva, rolos de arame, graxa preta. A Sílvia providenciou uma sacola pequena com água mineral, sucos, medicamentos, seringas e ampolas de Fenergan pra sedar a Claudinha. Passamos de novo em revista o plano, examinando minuciosamente cada detalhe. Marcamos a partida pra uma da manhã. Calculei que, se a gente fosse rapidamente, ia gastar mais ou menos uns 45 minutos pra chegar até o quartel-general do Nenzinho. Desse modo, entre duas e três da madrugada ia estar pronto pra começar a ação, já que ainda era preciso cruzar a mata e escalar o barranco. Acertamos os relógios. Quando passamos pela garagem, carregados com sacolas e mochilas, a Sílvia abraçou a Swellen, lhe deu um beijo e disse, sem esconder a aflição:

— Te cuida, meu amor.

Saímos na rua e entramos na c-14 do Bellochio. Ouvimos o barulho de um trovão e um raio riscou o céu. O motor roncando, saímos em disparada. Não demorou muito, entramos na avenida Interlagos. São Paulo é outra coisa de madrugada. Poucos carros, caminhões e ônibus, de maneira que deu pra seguir numa boa velocidade. A gente só não podia passar dos limites, pois, se uma viatura inventasse de parar o carro, a coisa complicava. Identificar-se ou dar explicações pra papa mikes, invocados por ter que trabalhar àquela hora, ia ser um saco e uma perda de tempo. Correr mesmo a gente tinha deixado pra estrada de Parelheiros, onde, com certeza, as viaturas da polícia não deviam se aventurar de madrugada. Ficamos em silêncio a maior parte do trajeto porque não havia mesmo muito que falar. O plano da ação tinha sido exaustivamente discutido e acrescentar novos detalhes ia ser inútil. Sabia muito bem que planos existem pra ser alterados, caso surgisse algum imprevisto, e imprevistos não podiam ser descartados.

Depois de muito rodar, quando a perua se aproximou afinal do lugar em que ficava o Bar do Mané, o Bellochio desligou os faróis e diminuiu a velocidade. O boteco estava fechado. Prosseguimos, passando pelo lixão, e a catinga que veio de lá me fez lembrar do horror que havia sido a noite da minha fuga. As imagens dos ratos, quase do tamanho de gatos, correndo a toda, da lama fétida e da dor aguda provocada pelo corte no pé estavam ainda muito vivas na minha memória. Um arrepio me correu o corpo. Um pouco mais e o fedor foi se perdendo na distância. Entramos na trilha da mata. A chuva tinha começado, mas de leve. Agora era preciso muito cuidado. Se desse da gente encontrar uma patrulha, certamente teríamos que abortar a missão. Um tiroteio ali estava fora de questão. Continuamos a rodar bem devagar até que paramos junto da carcaça da Kombi.

— E agora? — perguntou o Bellochio.

— Talvez fosse conveniente esconder o carro. Não seria nada bom deixar ele por aqui.

Pensei, pensei e cheguei à conclusão de que o lugar mais seguro pra esconder um carro por ali ia ser entre outros carros. Ou seja, na garagem do bando. Foi o que propus, indicando a direção a seguir.

— Vamos lá, *partner*. Se você acha assim... — disse o Bellochio, ligando de novo a C-14 e tomando a direção da trilha que levava ao galpão onde se guardavam os carros.

Quando nos aproximamos da garagem, iluminada apenas por uma lâmpada de mercúrio, imaginei que era muito provável que houvesse alguém tomando conta. Chegando mais perto confirmei isso, ao reparar que tinha um homem sentado dentro de um Golf, ouvindo música.

— O que que a gente faz com o cara? — sussurrou o Bellochio.

— Dá um sinal pra ele.

O Bellochio piscou duas vezes com o farol. O homem saiu do Golf. Notei que estava armado com uma pistola. Ele ligou uma lanterna e veio caminhando em nossa direção com a arma apontada.

— E agora? — perguntou a Swellen, apreensiva.

— Deixa pra mim — disse, pegando a faca de caça na cintura.

Saí do carro segurando a faca, de ponta-cabeça, com a lâmina escondida por meu braço. Caminhei na direção do homem, protegendo os olhos da luz da lanterna com a mão esquerda. Quando estava a uns cinco metros de distância perguntei, imitando a fala mole dos malandros:

— E aí, mano, onde que a gente deixa o cavalo?
— Em qualquer lugar por aí. Da onde que tu é?
— Da favela do Quiricó. A gente tá trazendo um açúcar pro Nenzinho... — disse, continuando a andar na direção dele.
— Quem é você?

Como estava com a mão na frente da cara, não dava pra ele me reconhecer. Chutei o nome de um traficante com quem o Nenzinho costumava fazer negócios. Pareceu satisfeito e, imprevidente, abaixou o cano da pistola. Era agora. Virei rapidamente a faca, pulei em cima dele e lhe acertei uma cutilada na boca do estômago. O homem gritou e se encolheu, deixando cair a arma e a lanterna. Tapei-lhe a boca com a mão esquerda, lhe dei mais duas facadas e ele caiu estatelado. Me abaixei, pus a mão em seu pescoço. Morto que nem dom Pedro II. Peguei o homem pelos pés, arrastei até uma elevação atrás do galpão e joguei o corpo ribanceira abaixo. Voltei até a perua e disse:

— Pronto, agora é só guardar o carro.

Escolhemos o canto mais escuro da garagem pra deixar a C-14. Voltamos até onde estava a Kombi. A chuva tinha aumentado de intensidade. Passamos graxa na cara e seguimos pela trilha que ia dar no quartel-general. Como duvidasse que, com aquela chuva, houvesse alguém por ali, ligamos as lanternas. Depois de andar por quase uma hora, chegamos no fim da mata, de onde se enxergavam as luzes do quartel-general encarapitado sobre a colina.

— Puxa, que lugar mais tenebroso! — murmurou a Swellen.

— Muito bem, Medeiros — disse o Bellochio —, dá as coordenadas pra gente.

Estava muito escuro. Por isso, tive que usar como pontos de referência as poucas lâmpadas de alguns barracos, do abrigo das motocicletas, da escadaria, pra mostrar onde ficavam a entrada principal do quartel-general e o local do meu cativeiro, à esquerda do complexo.

— E se eles reforçaram o chão do quarto depois que você fugiu? — o Bellochio perguntou.

Dei de ombros.

— Acho que ninguém se preocupou em reforçar nada. Vagabundo é vagabundo.

Torci pra que estivesse certo. Se tivessem substituído as tábuas podres por vigas novas não sei como a gente ia fazer pra entrar. Começamos a andar, procurando ficar o mais próximo possível da mata que circundava a colina. Até que demos uma pequena corrida e chegamos sob o quartinho. Iluminamos o local com as lanternas e verificamos que o barranco em que se apoiava o cômodo tinha muitas saliências. Desse modo, não ia ser difícil escalá-lo, desde que a gente não carregasse muito peso. Por isso levamos, na cintura, apenas as pistolas, as facas de caça, cantis e, numa mochila, alguns metros de corda, pedaços de arame e de fita adesiva, a seringa, as ampolas de Fenergan, o pé de cabra, além, é claro, da bomba de plástico.

— E, então, *partner*, eu bem que podia tentar... — suplicou o Bellochio.

Senti pena dele. Ficar ali, esperando, era a pior tortura. Mas voltei a refletir que o parceiro nunca ia conseguir escalar o barranco e, muito menos, passar pelo buraco que era preciso fazer no assoalho do quartinho.

— Parceiro, você não pode esquecer que precisamos de alguém pra dar cobertura — falei, tentando consolá-lo — Se aparecer um segurança deles por aqui...

— Tá bom, tá bom — disse com um suspiro de resignação, acrescentando logo em seguida: — Mas, se desconfiar que alguma coisa não deu certo, com banha ou sem banha vou atrás de vocês!

Deixava pra depois pra dar umas boas risadas do "com banha ou sem banha"...

***

Começamos a escalar o barranco, nos agarrando numas raízes longas, o que facilitou a subida. Pouco depois, encostava a cabeça no assoalho do quarto. Peguei o pé de cabra e enfiei entre duas tábuas. Não foi preciso muito esforço pra elas cederem. Abri um buraco suficiente pra poder passar, enfiei a lanterna acesa entre os dentes, apoiei as mãos nas traves, me ergui e investiguei o local. Estava imundo e fedia como nunca. Mas não tinha ninguém por ali. Passei o resto do corpo, me ajoelhei e estendi a mão pra ajudar a Swellen a subir.

— Puxa vida! Foi aqui que te deixaram preso?! — sussurrou, sentando e levando a mão no nariz. — Que lugar mais nojento.

Pra facilitar ainda mais as coisas, a porta do cativeiro não estava trancada. Saímos então na passarela. Enquanto caminhava, resolvi que o melhor seria, em primeiro lugar, deixar a bomba armada na casa das máquinas. Caso acontecesse alguma coisa com a gente, pelo menos grande parte daquilo ia pelos ares.

Foi o que sussurrei no ouvido da Swellen, que concordou com a ideia. Dobramos uma esquina, andamos mais alguns metros. A essa altura, a gente tinha apagado a lanterna porque, a intervalos bem espaçados, havia lâmpadas de quarenta velas, que serviam de guia na escuridão. De repente a Swellen me apertou o braço e sussurrou:

— Tem gente ali!

Com efeito: a uns quatro metros adiante, na passarela, dois homens conversavam e, pelo cheiro, fumavam baseados. Um estava apoiado na parede e o outro, no balaústre. Pus o braço no ombro da Swellen e seguimos bem juntos de cabeça baixa, que nem se a gente fosse um casal de namorados. Esperei que essa tática, que usava pela segunda vez, desse certo. E acho que deu, porque não prestaram atenção à nossa aproximação, continuando calmamente a puxar fumo. A Swellen pegou a faca na cintura. Quando chegamos a uma distância segura, avançamos contra os homens. Acertei um soco na boca do estômago do meu adversário, que gemeu e dobrou o corpo. Meti o joelho na cara dele, ao mesmo tempo que lhe dava uma cutilada no pescoço. O homem caiu que nem um boneco desengonçado. Bem a tempo, porque a Swellen lutava desesperadamente com seu oponente, que era bem forte. Ele estava com as duas mãos em torno do pescoço da minha parceira, tentando esganá-la. Não perdi tempo: lhe dei uma gravata e, num gesto rápido, torci seu pescoço. Ouvi um *crec* e o homem amontoou no chão. Fui até a Swellen, que estava ajoelhada e respirava com dificuldade.

— A ponta da faca pegou na coronha da arma dele — tentou me explicar, engasgada e tossindo um pouco.

Ofereci o cantil e ela bebeu uns goles.

— Se você quiser voltar e ficar me esperando com o Bellochio...

Na hora me arrependi da sugestão. A Swellen mais que depressa se levantou e esbravejou em voz baixa:

— Você deve estar brincando!

— Tá bom, tá bom. Então me ajuda aqui. Vamos esconder os corpos no quartinho.

Me abaixei junto do homem desacordado, vedei a boca dele com a fita adesiva e prendi os braços e as pernas com os pedaços de arame.

— Leva esse daí que é mais leve — sussurrei pra Swellen.

Em seguida, ergui o outro homem. O filho da puta pesava uma tonelada. Seguimos pelo corredor, carregando os corpos. Descarregamos nossa carga no quartinho e voltamos pelo corredor. A gente tinha perdido um tempo precioso, e eu torcia pra não encontrar mais ninguém. Passamos diante da suíte do Nenzinho, dos quartos do Bilão, do Monstro, do escritório do Doutor e chegamos finalmente na escada que levava aos andares inferiores. Descemos um lanço, dois e, pra meu alívio, comecei a escutar o ronronar dos geradores. Como suspeitava, não tinha ninguém de vigia. Entramos e armei a bomba no meio de barris de óleo, dando um prazo de uma hora e meia pra que a gente pudesse terminar o que tinha vindo fazer no quartel-general. Voltamos pela escada. Agora vinha a parte mais difícil: entrar na suíte do Nenzinho, contar com a sorte de só a Claudinha estar dormindo com ele e sequestrar a garota, sem que ninguém fizesse escândalo. Tinha combinado com a Swellen que ela cuidava da Claudinha enquanto eu ficava com o Nenzinho. Seguimos de novo pelo corredor e paramos diante da suíte. O silêncio só era quebrado pela cantoria dos sapos lá embaixo na lagoa. Antes de entrar na suíte, a Swellen preparou a seringa com a dose de Fenergan.

Pra nossa sorte, a porta não estava trancada. Girei a maçaneta lentamente e entramos. A suíte estava iluminada por velas já bem fracas e pelo chuvisco luminoso de uma tevê de plasma de 42 polegadas. A Claudinha e o Nenzinho dormiam lado a lado, nus, na grande cama redonda, com almofadas e lençóis de seda roxos. Havia uma pistola Glock, um revólver Magnum 357, garrafas de uísque, latas de cerveja, pacotinhos de cocaína e baseados nos criados-mudos. A Swellen foi pela esquerda, com a seringa na mão. Segui pela direita, segurando a pistola .45 pelo cano. Ouvi um ruído abafado, certamente provocado pela Claudinha, ao ter a boca tapada e receber a picada na bunda. O Nenzinho acordou assustado, abriu os olhos e tentou se levantar. Meti uma coronhada na cabeça dele. O Nenzinho deu um grito abafado e caiu de costas. Olhei pro lado da Swellen, que rapidamente amarrava os braços e as pernas da Claudinha e, em seguida, envolvia o corpo dela com uma colcha. Voltei a olhar pro Nenzinho e tive uma pequena tentação. Bem que podia pôr um travesseiro em sua cara e lhe dar um tiro. Fazia um serviço limpo e prestava um grande serviço à sociedade. Mas, como nunca levei jeito pra pistoleiro, não fiz o que talvez devia ter feito e de que podia me arrepender depois. Balancei a cabeça, dei um suspiro e segui a Swellen, que já se dirigia pra saída.

Não demorou muito e a gente estava no quartinho. Pela brecha no assoalho fizemos sinais de lanterna pro Bellochio. Em seguida, cuidadosamente, descemos a Claudinha, dependurada nas cordas, até ele. Depois foi a nossa vez. Já no solo, respirei aliviado. Não podia acreditar que a coisa tivesse sido assim tão fácil. Mas não era hora de brincar com a sorte. Ainda era preciso chegar até a mata, seguir pela trilha e pegar o carro na garagem. Só ia me sentir cem por cento seguro na casa da Swellen. Peguei a Claudinha, pus ela sobre o ombro e começamos a fazer nosso caminho de volta. O Bellochio, com a punheteira, e a Swellen, com a .380, me seguiam, prontos pro que desse e viesse. Quando chegamos na entrada da mata me lembrei das motos estacionadas do lado da escadaria. Refleti que, passado o espanto inicial provocado pelo incêndio, na certa iam vir atrás de nós, e uma C-14 não podia competir com um bando de motos, ainda mais numa estrada daquelas. Foi o que lembrei ao Bellochio.

— O que acha que a gente deve fazer? — perguntou.

— Não custa nada tentar danificar as máquinas. Me passa aí aquele alicate que você trouxe.

Deixei o Bellochio, a Swellen e a Claudinha escondidos entre as árvores e voltei correndo na chuva, esperando que ninguém tivesse ficado de vigia no abrigo das motos. Cheguei junto das Hondas, BMWs e Suzukis e comecei a cortar os cabos do acelerador. Como não tinha muito tempo, acabei por deixar umas três motos intactas e retornei até a mata. Seguimos então pela trilha sob a chuva forte e, meia hora depois, a gente estava na garagem. Quando fomos pegar a C-14, resolvemos pôr fogo nos carros, pra evitar qualquer possibilidade de perseguição. Rapidamente catamos galões de gasolina e fomos molhando os assentos e os motores das Pajeros, dos BMWs, Audis, Golfs e Vectras. Entramos na perua, de onde atiramos uma garrafa cheia de combustível com uma mecha acesa sobre um dos carros. Ouvimos uma pequena explosão e o fogo se alastrou. Saímos em disparada. Entrando na estradinha no meio da mata, não demorou muito e às nossas costas os tanques de gasolina, um a um, começaram a explodir, e uma lâmina de fogo se ergueu acima do teto da garagem. Pouco depois uma explosão maior se fez ouvir, e as labaredas tingiram o céu de amarelo na direção da mata. Grande Caveirinha! A bomba que ele tinha preparado havia funcionado perfeitamente.

***

Derrapando nas curvas depois de sair da estradinha de terra, o Bellochio meteu a C-14 a toda a velocidade na estrada de Parelheiros. Como havia muitos buracos e lombadas, de vez em quando era preciso ir mais devagar, o que começou a me deixar preocupado. Ainda havia três motos em condição de uso e podia acontecer de um daqueles carros da garagem não ter sido destruído totalmente pelo fogo. Não deu outra: alguns quilômetros adiante me pareceu ouvir o ruído de motos. O Bellochio olhou pelo retrovisor e disse:

— Acho que estamos sendo seguidos.
— Pé na tábua, cara!
— Estou no meu limite. Nessa estrada, se acelero um pouco mais, a jabirosca desmancha inteira.

O ruído das motos aumentou, seguido pelo de disparos. E de repente um tiro explodiu na lataria da perua. Peguei a punheteira, saltei no banco de trás, onde estavam a Swellen e a Claudinha e, de lá, pulei pro porta-malas.

— Precisa de ajuda? — a Swellen perguntou.
— Fica tranquila que já dou um jeito nisso.

Com a coronha da .12 arrebentei o vidro traseiro da C-14. Os três motoqueiros se aproximavam cada vez mais e, de vez em quando, atiravam. Sorte que a estrada fosse tão esburacada e cheia de curvas, o que dificultava a pontaria deles. Esperei que chegassem mais perto. Quando estavam a uns seis, sete metros da perua, apontei no que vinha na frente e atirei. Uma explosão e vi um motoqueiro derrapar e cair. Os que vinham atrás se embolaram com ele e se arrebentaram no asfalto molhado. Voltei pro meu lugar, do lado do Bellochio.

— Pronto, está resolvido.

— Depois te mando a conta do vidro — disse ele, dando uma risada.

E como parecia que realmente não tinha sobrado nenhum carro na garagem, desse modo a viagem ficou mais tranquila. Quando entramos na Interlagos, o Bellochio, prudentemente, fez uns longos desvios, pra se assegurar de que a gente não estava sendo seguido. Só depois disso tomou a direção da casa da Swellen. A Claudinha tinha começado a despertar e gemia baixinho. Num determinado momento murmurou, numa voz cheia de sono:

— Onde que estou...? Quem são vocês...?

Ninguém respondeu nada. Pra que lhe explicar o que não podia e nem devia ser explicado? Ainda mais que, dentro em breve, a Claudinha ia estar com o pai e nossos problemas terminavam. Chegando diante da casa da Swellen, por precaução amarrei as mãos da garota e a amordacei com um pedaço de fita adesiva. A Swellen a ajudou a sair do carro e entramos no sobrado. A Sílvia ainda estava acordada e foi com um grande sorriso que correu ao encontro da Swellen. Exausto e sujo, a cara ainda pintada de graxa, o que eu mais queria eram um bom banho, umas talagadas de uísque e comer alguma coisa substancial. Apesar de ter jantado, estava com uma fome terrível. Mas o cheiro que vinha da cozinha, reconfortante, deu certeza pra mim e pro Bellochio que a Sílvia já tinha providenciado isso.

— Querida — disse o parceiro, abraçando a garota —, o que aprontou de tão bom que está me dando água na boca?

— Nada especial. Uma picanha com cebolas ao vinho.

Enquanto eles iam pra cozinha, segui a Swellen que tinha subido com a Claudinha. Encontrei as duas no quarto de hóspedes. A garota, deitada na cama, espiava a gente com os olhos assustados. Sentindo pena dela, fui até a cama e lhe arranquei a fita adesiva da boca.

— Seu filho da puta! — berrou.

— É melhor ficar quietinha, senão a fita volta pro lugar! — foi a minha vez de berrar.

Assustada, a Claudinha se calou. Acho que ainda não tinha me reconhecido. Confusa e atordoada, olhava pra mim e pra Swellen, sem entender muito bem o que se passava. Por isso apenas murmurou, soluçando:

— O Nenzinho vai acabar com vocês...

Sem lhe dar confiança, a Swellen perguntou:

— E agora, o que a gente faz com ela?

— Bem, por enquanto o melhor é ela ficar por aqui mesmo. Amarrada e amordaçada pra não fazer escândalo. Amanhã sem falta a gente se livra da peça.

— Então vamos descer. Estou com fome.

Foi um sufoco prender a Claudinha na guarda da cama. Esperneou, escoiceou, tentou arranhar e morder a gente. Enquanto a Swellen cuidava dos braços e das pernas, improvisei uma mordaça com uma camiseta. Joguei a colcha roxa sobre o corpo dela e deixamos o quarto.

— Ufa! — murmurei. — Eta bichinho bravo!

Descemos, atraídos pelo cheiro de picanha. Sentamos junto do Bellochio, que gulosamente enfiava fatias de pão italiano no molho da carne. Pra completar o banquete, abrimos uma garrafa de um Chianti que estava especialmente bom. Enquanto a gente comia, comentamos os episódios daquela madrugada. A Sílvia, sentada num banquinho e com o braço no ombro da Swellen, acompanhava de olhos arregalados a conversa. Na certa devia estar muito orgulhosa dos feitos da namorada. Justiça fosse feita: mais uma vez a parceira dava mostras de muita coragem e determinação. Não sei se teria conseguido cumprir a missão sem ela do meu lado.

O estômago satisfeito, o Bellochio se despediu, prometendo voltar no dia seguinte. Bebi o resto do vinho e subi pra tomar banho. Depois desci e fui dormir no sofá da sala. Apesar de estreito e um pouco duro, logo caí no sono. Por culpa do grande esforço da madrugada, da picanha e da garrafa de vinho que tinha ajudado a enxugar. E dormi um sono dos justos, sem sonhos ou pesadelos.

22

NO DIA SEGUINTE ACORDEI muito tarde. Olhei pro relógio: dez horas! E tinha tanta coisa que fazer. A primeira delas: ligar pro doutor Videira e combinar a entrega da Claudinha. Estava doido pra me livrar da garota. Assim, antes mesmo de tomar banho e o café da manhã, liguei pra ele. Mas, pra minha decepção, me avisaram que o doutor Videira tinha feito uma viagem pro exterior e só voltaria dentro de uns dois dias. Caralho! E agora? Bem, se não tinha como devolver a garota pro pai, pelo menos o doutor Fragelli devia dar um jeito de me ajudar a me livrar dela. Liguei então pro delegado do DEIC. Ninguém atendeu, deixei recado e fui lá tomar o meu banho. Quando desci encontrei com a Swellen, que subia com uma bandeja. Rapidamente lhe contei o que tinha acontecido e acrescentei:

— Me desculpa, parceira, mas logo que falar com o doutor Fragelli tiro a garota daqui.

Sabia muito bem o quanto a nossa presença na casa vinha perturbando a vida delas. A Swellen sorriu e disse:

— Fica tranquilo, parceiro. Estamos juntos nisso.

E, muito impaciente, tomei meu café, esperando que o porra do doutor Fragelli me ligasse. E o telefonema só veio perto das onze.

— Investigador Medeiros! — exclamou. — Estávamos aflitos. Afinal o senhor não deu mais notícia.

Resumidamente, contei os fatos da primeira parte da minha odisseia: a infiltração no bando do Nenzinho, a viagem pra Colômbia, a minha prisão, sem esclarecer muito bem como isso tinha acontecido, e, finalmente, a minha fuga. Quando ia passar pra segunda parte, ele me interrompeu:

— Fico muito aliviado por saber que escapou são e salvo de lá. Se tivesse se comunicado conosco, esteja certo de que a gente ia fazer de tudo pra resgatar o senhor.

— Foi impossível telefonar. Fui pego de surpresa pelos vagabundos.

— E como aconteceu isso?

Contava ou não contava da traição do Ledesma? Preferi contar:

— O doutor Ledesma. Ele me entregou.

O doutor Fragelli fez um breve silêncio e depois disse com severidade:

— Tem certeza disso? Olhe que é uma acusação muito grave.

— Claro que tenho certeza. O Morganti deu um aperto nele e o doutor Ledesma não hesitou em me entregar.

Ele fez silêncio novamente. Voltando a falar, concluiu:

— Por favor, mantenha absoluto sigilo sobre isso. Mais tarde voltamos a conversar a respeito desse assunto.

O doutor Fragelli pigarreou e disse:

— Muito bem, como o senhor escapou do seu cativeiro, com certeza pode fornecer ao Gaeco uma planta pormenorizada do esconderijo dos bandidos, além de dar informações sobre os armamentos deles e as rotas de fuga.

— Mais que isso — disse, com uma ponta de orgulho.

Contei então a segunda parte de minha aventura: o resgate da Claudinha e a provável destruição de parte do quartel-general. O doutor Fragelli pareceu engasgar no outro lado da linha e disse, admirado:

— Mas... mas o senhor me surpreende! Me conte com mais detalhes como conseguiu isso.

Voltei a contar a mesma história: o retorno ao quartel-general com a Swellen e o Bellochio, a bomba de plástico colocada na casa de força, o resgate da Claudinha, a destruição dos carros da garagem e a fuga final.

— Admirável! — exclamou. — Precisamos nos encontrar pro senhor me fazer um relato mais completo de tudo isso.

O doutor Fragelli se calou, mas logo voltou à carga:

— Muito bem. Então o senhor está com a garota em seu poder.

— Ainda estou com ela. Tentei falar com o doutor Videira, mas não consegui localizar o homem.

— De fato, parece que viajou.

— Bem, o que faço com ela?

— Como assim?

— Ora, não posso ficar com a filha do doutor Videira aqui na casa da minha parceira. Telefonei pro senhor pra ver se a gente encontra um lugar pra esconder a garota.

O telefone ficou mudo por alguns minutos, até que ele me disse com sua voz grave:

— Doutor Medeiros, não vejo como encontrar um lugar mais apropriado pra esconder a garota até o pai dela voltar de viagem. Não esqueça que sua missão simplesmente não existiu.

— Eu é que não posso ficar com ela — esbravejei.

— Me desculpe, mas, por enquanto, o senhor *tem* que ficar com ela! Não há outra saída.

O sangue me subiu à cabeça. Depois do que tinha acontecido comigo, ainda ele vinha me foder com mais aquela?

— Não vejo por que justo eu *tenho* que ficar com a garota — teimei, me segurando ao máximo pra não mandar o homem pra puta que o pariu.

O doutor Fragelli mudou de tom, amaciando a voz:

— Por favor, doutor Medeiros. Estamos numa situação difícil. Nos últimos tempos, a imprensa e a Câmara dos Deputados vêm caindo em cima de nós, acusando a polícia de organizar missões ao arrepio da lei. Se descobrirem algo a respeito de uma ação desse tipo... Por isso, lhe peço encarecidamente que aguente a situação por mais uns dois dias.

Fiquei em silêncio, remoendo a raiva.

— E então?

— Está bem — falei, rilhando os dentes. — Só dois dias.

— Por favor, me passe o seu celular pra poder entrar em contato com o senhor. Seria conveniente que não ligasse mais pro doutor Videira. Prefiro eu mesmo tratar da questão da garota com ele — disse, apressado, talvez com medo que eu mudasse de ideia.

Desligou. Bati o telefone com raiva.

— Caralho! Porra!

A Swellen, que descia com a bandeja, veio ao meu encontro preocupada.

— O que aconteceu, Medeiros?

— O filho da puta do Fragelli! Disse que não tem como ficar com a garota.

— Sobrou então pra gente, né? — disse irritada.

— Infelizmente, minha cara. Mas vou ver se arranjo outro lugar por aí pra esconder a garota.

A responsabilidade com a Claudinha era minha. Não queria mais dar trabalho pra Swellen e pra Sílvia. Era demais servir de babá pra pentelha da garota e, além disso, correr o risco de ser tocaiado pelo Nenzinho. Porque tinha certeza de que o vagabundo ia vir com tudo pra cima de mim.

— Só por dois dias, Medeiros? — a Swellen quebrou o silêncio. — Então fica por aqui mesmo. Quando o homem voltar de viagem, resolvemos o problema.

— Te agradeço muito, parceira. Não sabe como estou chateado de incomodar vocês.

A Swellen disse, se levantando:

— Ora, não é tanto incômodo assim. E, depois, você merece.

Como não podia deixar de ser, passei aqueles dois dias, que acabaram se transformando em três, muito nervoso. Tive que ficar a maior parte do tempo preso no sobradinho porque, além de não ser conveniente sair na rua, não ia deixar pra Swellen a responsabilidade de cuidar da pentelha. Já não bastava terem acolhido e providenciado roupas pra garota, que tinha vindo sem nada do quartel-general do Nenzinho. Por isso mesmo, sabia que eu é que tinha que me virar: vigiar e dar comida pra ela. No restante do dia, lia meus romances, os jornais e assistia tevê. Fora isso, não fazia mais nada que me desse prazer, na irritante espera do telefonema do doutor Fragelli. E odiava aquela rotina de servir o café da manhã, o almoço e a janta pra Claudinha, ainda por cima tendo que ouvir má-criação. Que pentelha! Era só entrar no quarto que me fuzilava com os olhos ou me descarregava uma série interminável de palavrões.

Até que, no segundo dia, a garota passou dos limites. Era mais ou menos uma da tarde quando subi com o almoço. Desamarrei-lhe os braços e, quando ajeitava a bandeja em seu colo, num movimento rápido, pegou o prato de comida e jogou na minha cara. Me senti como o padre Karras do *Exorcista*, com aquela meleca de arroz, feijão e ovo escorrendo do rosto. A Claudinha caiu então na gargalhada. Cheio de ódio, avancei contra ela com o punho fechado. A garota, dando um grito de terror, instintivamente recuou o corpo e tentou se proteger com os braços. Mas me contive a tempo. Puto da vida, me limpei com o guardanapo e berrei:

— Até aprender a se comportar, fica sem comer, sua pentelha!

Ela me olhava, branca, assustada com a minha explosão. Me levantei e saí batendo a porta com força. Só voltei às cinco da tarde com a bandeja.

— É só começar outra vez com má-criação e levo a comida embora.

A Claudinha parecia mansa, tanto que pediu num fio de voz:
— Queria fazer xixi.

Desamarrei-lhe os braços e apontei o penico do lado da cama. A garota balançou a cabeça:

— Quero também fazer cocô.

Dei um suspiro. Ainda mais essa. Só faltava limpar a bunda dela e passar talquinho. Agarrei a garota pelo braço e disse:

— Vamos lá.

— Pô, você tá me machucando, cara!

Afrouxei a pressão do braço e fomos até o banheiro.

— Pode se servir — disse, empurrando-a na direção da privada.

— Você não vai sair?

Sei lá o que aquela doida podia fazer sozinha no banheiro. Talvez começar a gritar pelo vitrô, atraindo a atenção dos vizinhos, ou tentar o suicídio, engolindo alguma porcaria. Balancei a cabeça, dizendo que não.

— Não consigo fazer nada com você aqui — protestou.

— Vai ter que conseguir.

A Claudinha suspirou fundo. Em seguida, se ajeitou no assento e desceu a calcinha. Virei a cara. Ouvi então o ruído do xixi escorrendo e, depois, o de um peido. Por fim ela usou o papel higiênico e deu a descarga.

— Pronto — disse, vindo até a pia pra lavar as mãos.

Voltamos pro quarto. No corredor ela perguntou:

— Não posso comer lá embaixo?

— Não.

— Ah, deixa, vá. Não aguento mais ficar na porra daquele quarto.

Empurrei-a na direção do quarto, e ela resmungou um "veado" ou coisa parecida. Claudinha sentou na cama e começou a comer com voracidade, limpando o prato. Deu gosto de ver.

Nada melhor que um pouco de fome pra deixar de ser besta. Quando terminou, me perguntou:

— Foi o meu pai que mandou você me pegar, né?

Não disse nada e comecei a amarrar os braços dela na guarda da cama.

— Mas não vai adiantar nada porque fujo de novo.

Só dei de ombros.

— Você não é muito de falar... — resmungou, despeitada.

Liguei a tevê sobre a cômoda, em frente da cama, enfiei o controle na mão dela e deixei o quarto.

***

No terceiro dia, isto é, fora do prazo combinado, o doutor Fragelli afinal me ligou. Parecendo muito nervoso, sem ao menos me cumprimentar, disse rapidamente:

— Doutor Medeiros, aconteceu um acidente muito grave com o doutor Videira e nossos planos vão ter que ser mudados.

Meu coração gelou.

— Acidente? Que acidente?

— Metralharam o carro dele quando chegava em casa e o feriram com certa gravidade. Foi operado no Albert Einstein e precisa ficar em repouso absoluto por alguns dias. Suspeitamos que o crime tenha sido cometido pelo bando do Nenzinho.

Eu estava fodido!

— E então...? — comecei a perguntar.

— Sinto muito, mas não há alternativa. O senhor terá que ficar com a garota mais um tempo. Até que a gente encontre uma solução pro caso ou que o doutor Videira se recupere logo.

— E onde o senhor quer que eu fique com a garota?

Com a maior cara de pau, perguntou:

— Não dá pra ela continuar aí?

— De jeito nenhum! Não posso mais ficar incomodando minha amiga.

— Sinto ter que lhe dizer isso, mas o senhor mesmo é que vai ter que encontrar um lugar. Quando muito posso ver se consigo disponibilizar uma verba especial pras despesas adicionais...

Caralho! Porra! E vinha o merda me falar em "verba especial". Tomado de raiva, disse um tipo de coisa que não se deve dizer:

— Dispenso a verba especial. Pode deixar que me viro.

Bati o telefone. Era o maldito orgulho falando mais alto. Estava duro e sem lugar pra ficar. Se tivesse dialogado mais, talvez o homem cedesse e a gente procurasse uma solução conjunta. Fiquei remoendo a raiva até que a Swellen e o Bellochio voltaram do plantão e a Sílvia, do trabalho. Muito nervoso, contei a conversa com o doutor Fragelli.

— Filho da puta! — rosnou o Bellochio, que ainda tentou me consolar: — Calma, *partner*, que a gente dá um jeito.

— Que jeito? Onde que vou esconder a garota?

— Bem, vocês podem continuar por aqui — disse a Sílvia daquele seu modo calmo.

— Te agradeço, querida — disse, pegando na mão dela. — Mas não dá mais pra ficar aqui. Fora o incômodo, não demora muito começa o diz que diz na vizinhança, se é que isso já não começou. E publicidade é o que eu menos quero. Se a coisa se espalha, corremos sério risco.

A Swellen refletiu um pouco pra depois dizer:

— No seu apartamento...?

— Já pensei nessa hipótese, mas se o Nenzinho já teve a audácia de tocaiar o doutor Videira, com certeza pôs alguém de campana vigiando o meu apê. A gente não pode esquecer que o Morganti está com ele... E o Morganti com certeza sabe onde moro.

— Ei, *partner* — interveio o Bellochio —, acho que tenho a solução. E se você levasse ela pro meu apê em São Vicente? Vocês podiam ficar em segurança por lá...

De fato aquela era uma boa solução. Não incomodava ninguém e ficava o mais longe possível do Nenzinho e seu bando, até que o doutor Videira se restabelecesse.

— Bem, estou sem carro, sem grana.

— *No problem* — disse o Bellochio. — Leva a minha jabirosca, já mandei trocar o vidro. Quanto à grana, não é muita, mas dá pra quebrar um galho se você dispensar o uísque do fim da tarde...

Enfiou a mão no bolso, pegou um maço de dinheiro e me entregou. Evidentemente ele já devia ter planejado tudo de antemão. Grande Bellochio! O Santo Expedito das causas impossíveis.

— Está vendo, Medeiros? — disse a Sílvia me dando um tapinha no ombro. — *No stress!* Quando se tem um amigo como o Bellochio...

Ela se levantou e anunciou triunfante:

— E, pra relaxar, vamos ao camarão na moranga!

O camarão estava especial, sem contar o vinho. Um daqueles da região do Douro que o Bellochio costumava buscar num português muito seu amigo e dono de uma adega. Enxugamos umas três garrafas. Mas, em meio à euforia, uma nuvem negra ainda teimava em passar sobre minha cabeça. Desconfiava que minhas atribulações ainda não tinham terminado. Comecei a pensar nos problemas futuros. Quanto tempo ia ficar em São Vicente, guardando a garota? O que tinha que fazer pra evitar que fugisse ou que desse um telefonema, alertando o Nenzinho? Devia estar com uma cara tão preocupada que uma hora a Swellen, me surpreendendo com a cabeça no ar, me abraçou e disse:

— Calma, querido, calma. Tudo vai dar certo.

23

Mas não podia ficar calmo. Tinha ainda muito rolo pela frente. Pra piorar as coisas, o Bellochio veio com a notícia que a minha cabeça estava a prêmio:

— Lembra daquele cachorrinho, o Palito? O cara disse que corre entre os bandidos a notícia que o Nenzinho está oferecendo por aí cem contos pra quem souber do paradeiro da garota e duzentos pra quem te apagar.

— Duzentos contos? Puxa vida, não sabia que valia tanto assim.

O Bellochio deu um sorriso zombeteiro e comentou:

— Olha que eu podia me candidatar ao prêmio. Dava pra comprar uma Blazer zero bala...

Uma Blazer nova era o sonho de consumo do Bellochio... Mas ele logo voltou a ficar sério e completou com orgulho:

— Estão falando também que a gente fez o maior estrago no quartel-general. Além de ter conseguido tirar a garota de lá. E isso deve estar deixando o Nenzinho puto da vida.

— Por isso mesmo é que está mais que na hora de eu dar um chá de sumiço junto com a garota. Se...

Parei de falar, refleti um pouco e depois perguntei:

— Escuta uma coisa, Bellochio. O Morganti sabia que você tem um apartamento na praia?

— Saber, acho que ele sabia. Algumas vezes a gente chegou até a combinar, na frente dele, um almoço lá no apê de São Vicente. Mas duvido que o filho da puta sabe onde que fica.

— Muito bem, então acho que posso ficar um pouco mais tranquilo.

Decidi que, naquela noite mesmo, de madrugada, descia pra Baixada Santista. Não tinha alternativa. Onde me esconder em São Paulo com aquela gente atrás de mim? Se fosse só por mim, enfrentava o Nenzinho e o bando dele com a cara e a coragem. Mas e a merda da garota que, quisesse eu ou não, era minha responsabilidade? Maldita hora em que o porra do doutor Videira tinha inventado de viajar! Maldita hora em que tinha se arriscado a andar de carro sem escolta! Mas o doutor Fragelli e o pessoal do DEIC também tinham a sua culpa. Será que não haviam pensado em nenhum momento que o Nenzinho ia vir com tudo depois que eu resgatasse a garota? Eles sabiam da fama do bandido. Nos meios policiais, o Nenzinho não era só conhecido por ser um dos maiores traficantes de São Paulo. Era conhecido também pela crueldade e pelo destemor com que enfrentava os bandos rivais e o poder público. E o que mais me deixava preocupado era que contava com o Morganti do seu lado e, talvez, com a conivência do bundão do doutor Ledesma. Sabia muito bem que outra ameaça aos cavalos do mala e ele entregava minha cabeça numa bandeja, sem pestanejar, caso ficasse sabendo onde eu estava. Era por isso que não podia dar mais bandeira. Se saísse na rua, não ia ser difícil alguém me identificar e passar a notícia pra frente. Sem contar que, uma hora, iam descobrir que estava escondido na casa da Swellen. Tinha mesmo que ir embora de lá. Além de não querer ser surpreendido pelo Nenzinho, temia que algo acontecesse à minha parceira ou à Sílvia.

Lá pelas duas da manhã, quando com certeza a vizinhança devia estar dormindo, aprontei a c-14 pra partir. Levava uma sacola com um short, uma calça, camisetas, camisas, cuecas, chinelos e uma maleta com as roupas da Claudinha, sanduíches, uma garrafa de Ballantines, uma seringa e ampolas de Fenergan, pra serem usadas caso a garota desse trabalho. Ia armado com uma pistola .45 que o Bellochio me arrumou, porque nem mais sabia por onde andava meu tresoitão velho de guerra. Ao enfiar a garota no banco de trás do carro, como não queria nenhuma surpresa, amarrei os pés e as mãos dela. Quando lhe fui pôr a mordaça, fez beicinho e choramingou:

— Por favor, me deixa sem isso. Eu fico sufocada.

— Na estrada eu tiro.

Já pensou a garota berrando feito uma doida e o pessoal do pedágio me parando exatamente por isso? E a mordaça ficou. Prendi a Claudinha com os cintos de segurança e a cobri com um lençol.

— Te cuida, *partner* — disse o Bellochio se despedindo de mim —, se precisar alguma coisa dá um toque que a gente está pronto pro que der e vier.

***

Pela Vicente Rao entrei em Diadema, cortando caminho pra pegar rapidamente a rodovia dos Imigrantes. A Claudinha, apesar da mordaça, ou por causa da mordaça, começou a gemer.

Primeiro baixinho, depois mais alto, e aquilo me deixou nervoso. Uma hora virei pra trás e gritei:

— Sua porrinha de merda! Quer parar com isso? Se não ficar quieta deixo você com a mordaça até a Baixada.

Entendendo o recado, ficou quieta. Como o trânsito estivesse tranquilo, não demorou muito e já estava na rodovia. Quando fui me aproximando do pedágio olhei pra trás pra ver se ela estava coberta com o lençol. Fosse algum funcionário bisbilhoteiro dar com um corpo... Paguei a tarifa, passei pela cancela e, alguns metros depois, estacionei pra lhe tirar a mordaça. Liguei de novo o carro e acelerei. A 120 quilômetros por hora, logo estava na serra. Mais um pouco e cheguei no entroncamento que levava a São Vicente. O trânsito estava livre e não demorou muito entrei na cidade, morta àquela hora. E assim, rapidamente, cheguei no apartamento do Bellochio. Entrei na garagem, estacionei, e peguei a seringa e uma ampola de Fenergan na maleta. A Claudinha estava quietinha, mas não queria correr nenhum risco. Mesmo sabendo que era madrugada e que provavelmente todo mundo devia estar dormindo. Quando me inclinei com a seringa, arregalou os olhos apavorada.

— Sinto muito, mas não tem outro jeito.

Retesou o corpo e tentou me socar com os braços presos. Com um empurrão, virei-a de bruços e lhe apliquei a injeção. Ela se mexeu um pouco, deu um gemido, mas logo ficou quieta. Tirei-lhe a mordaça e lhe desamarrei os pés e as mãos. Enrolei-a no lençol, de maneira que nenhuma parte do corpo ficasse à mostra. Ergui-a e me dirigi pro elevador. No 11º andar entrei no apartamento. Como a Claudinha ia ainda dormir por um bom tempo, eu podia trabalhar sossegado. Abri as janelas pra ventilar, que fazia um calor dos diabos. Desliguei o telefone da tomada, desci até a garagem e enfiei o aparelho no porta-malas. Peguei a bagagem e levei pra cima. Na geladeira, guardei os sanduíches que a Sílvia tinha preparado. Voltei no quarto, dei uma olhada na Claudinha dormindo. Parecia uma criança, com o cabelo emoldurando o rosto, o dedo polegar enfiado na boca. Usava um short e uma blusa curta, que deixava parte dos peitos e a barriguinha de fora. Logo me veio à mente a imagem dela, nua, na cama com o Nenzinho, e da bundinha carnuda quando lhe apliquei a injeção. Senti um arrepio me correndo o corpo. Mais que depressa, cobri-a com o lençol. Abanei a cabeça, dei um suspiro e murmurei:

— Porra, Medeiros! Tá maluco?

Fui no banheiro e tomei um banho. Me enrolei na toalha, sentei no sofá e abri o Ballantines. No primeiro gole já fiquei mais calmo. Mas a brisa quente que vinha do mar, junto com o cheiro da maresia, me fez pensar de novo naqueles peitinhos duros, que a blusa mal podia conter, e na bundinha macia.

— Caralho!

Vesti um short e fui sentar na varanda. Estava cansado, mas não queria dormir. Puta merda, precisava me livrar da garota o quanto antes. Por quanto tempo ia aguentar ficar trancado com ela no apartamento? Ouvi um ruído vindo de longe. Eram as ondas do mar subindo na areia, como se fosse uma língua lambendo um corpo. Porra! E se desse um mergulho? Olhei pro relógio. Fiz uns cálculos e cheguei à conclusão de que a Claudinha ainda ia dormir por mais uma hora. Desci, fui até a praia e dei um bom mergulho, o que serviu pra me refrescar a cabeça.

Voltei pro apartamento. A Claudinha ainda dormia e talvez dormisse o resto da madrugada. Mas, se acordasse, quem sabe sentisse fome ou quisesse tomar um banho. Mesmo com sono, resolvi esperar. Fui na cozinha, peguei um sanduíche. Mordi um pedaço e pus de lado. Não tinha fome. Peguei uma cerveja na geladeira. Me sentia meio fora de prumo. Isso porque não sabia muito bem o que fazer. A única coisa de que tinha certeza era que ia ficar de quarentena no apartamento do Bellochio, até que o doutor Fragelli me desse o sinal verde pra levar a garota de volta pra São Paulo. Estava lá, sentado na mesa da cozinha, bebendo a segunda latinha, quando me pareceu ouvir um gemido. Fui até o quarto. A Claudinha tinha acabado de acordar. Piscando bastante, respirava com dificuldade, como se se sentisse sufocada. Fui à cozinha pegar um copo d'água. Ela bebeu, lambeu os lábios, bocejou, esticando os braços, e acabou perguntando:

— Onde estamos?
— Num apartamento.

Ela franziu o cenho.

— Tá na cara, né, mané? Mas apartamento onde?
— Na praia.
— Que praia?

Fiquei quieto.

— Que praia, cara?

Respondi com outra pergunta:

— Quer tomar um banho? Comer alguma coisa?
— Ei, você não respondeu à minha pergunta.
— Depois fica sabendo. Anda, levanta daí e vai tomar um banho.
— Babaca! — disse, se espreguiçando e se dirigindo pro banheiro.

Fui na frente e pus uma cadeira entre a porta e o batente. Olhou pra mim e perguntou com raiva:

— Vai querer me ver fazendo xixi e cocô de novo?

— Não tenho o mínimo interesse. Só não quero que tranque a porta.

Displicentemente, deixando cair a toalha, se dirigiu pro chuveiro. Num relance pude ver parte das costas nuas e da bundinha. Desviei o olhar e me dirigi pra cozinha. Não demorou muito, veio com o corpo enrolado na toalha e um turbante nos cabelos molhados.

— Tem sanduíche de presunto e de atum — ofereci.

Começou a comer. Parecia com fome, tanto que devorou dois sanduíches, acompanhados de copos de coca-cola.

— Você é da polícia, né? — perguntou com a boca cheia.

Não respondi.

— Escuta uma coisa! — exclamou como se recordasse de algo. — Você não é aquele cara que aprontou com o Nenzinho?

Afinal a ficha tinha caído. Continuei calado.

— O Nenzinho vai te capar quando me encontrar. E pode escrever, ele vai me achar mesmo que a gente estiver no fim do mundo! Não queria estar na tua pele, cara!

Continuava na minha. Voltou a comer, mas, de repente, perguntou:

— Quanto meu pai te pagou pra você me buscar no Nenzinho?

Em vez de responder, apenas disse:

— Está na hora de criança ir pra cama.

— Criança é a puta que te pariu!

A garota estava furiosa. Ameaçou falar, talvez pronta pra soltar o verbo, mas pareceu se controlar. Deu uma risada e observou:

— Sabe, você deve ser um desses policiais fodidos, casado com uma gorda horrorosa e morando numa casa alugada junto com a sogra.

— Você acertou um terço do que disse — deixei escapar, porque o melhor seria ter ficado quieto.

Sorriu. Pela primeira vez desde que a tinha conhecido.

— Você é fodido, casado com uma gorda horrorosa ou mora com a sogra numa casa alugada?

— Você faz muitas perguntas, quando devia é estar no berço.

Resmungou um palavrão qualquer, um daqueles que fazia parte do seu vasto repertório. Me levantei, bocejando. Me encarou, desafiadora, balançando a perna cruzada, mas acabou se levantando também. Acompanhei-a até o quarto.

— Não vai querer dormir comigo, né? — disse com malícia.

Fechei a porta e, por precaução, girei duas vezes a chave na fechadura. O cansaço me dominou por completo. Bocejei, me espreguicei e fui pro meu quarto. Mas demorei pra dormir, pois minha cabeça estava a mil. Pensava, agoniado, como iam ser terríveis os próximos dias, até que pudesse entregar a pentelha ao pai. Era evidente que, em hipótese alguma, a Claudinha podia sair do apartamento. Dava dela tentar fugir ou telefonar... E como manter a garota dentro de casa, me fazendo um desaforo atrás do outro? E eu? Ficar fazendo o que ali? Nem beber direito podia. Ia ser muito arriscado tomar um porre. E o pior era não ter uma previsão de quando ia me livrar da merdinha. Mas tinha outra coisa que me incomodava de verdade. Ser obrigado a contemplar aqueles peitos saltitando debaixo da blusa, a polpa da bundinha aparecendo sob o minúsculo short e não poder fazer nada. Há quanto tempo não transava? Depois das trepadas com a Noia, estava em jejum feito um monge. Por isso, tinha medo de que me desse uma loucura e avançasse contra a Claudinha. Era tentação demais. Um pouco antes de dormir, pensei se não valia a pena pegar uma garota de programa pra dar conta do atraso.

24

Logo pela manhã, desci pra dar uma caminhada. Entrei num boteco e tomei uma média com pão e manteiga. Ainda sentado junto ao balcão liguei pro Bellochio, contando que estava tudo em ordem.

— Porra, cara! — disse, alarmado, mal acabei de falar. — Sabe que ontem à noite metralharam o dp?

— Metralharam como?

— Atiraram na porta e fugiram no pau, antes que fossem identificados. É um recado.

— Claro que é. E, falando nisso, te cuida, parceiro. Não esquece que o Morganti sabe onde você mora.

Desliguei o telefone. Pensei se valia a pena ligar pro doutor Fragelli. Não, não valia a pena. O porra do delegado, com certeza, não ia ter nenhuma notícia boa. Do contrário, tinha ligado pra mim. E, sem uma notícia boa, ou seja, a notícia que podia devolver a garota pro pai, não ia querer conversa com ele. Já chegava a irritação que estava passando em ser obrigado a conviver com a pentelha. Comecei a andar pelo calçadão quase vazio e, depois, dei um mergulho, o que serviu pra me refrescar a cabeça.

Quando voltei pro apartamento era perto das onze. Dei uma olhada pra ver se a pentelha estava dormindo. Como um anjo...

Tomei um banho e fui sentar na varanda pra ler o jornal. Duas notícias ligadas entre si me chamaram bastante a atenção. Uma delas dizia que o bando do Nenzinho vinha atemorizando a zona sul, metralhando DPs e postos policiais. A reportagem explicava que talvez isso fosse represália pela repressão ao tráfico, que tinha se tornado mais intensa nas últimas semanas. Na outra, numa entrevista, o doutor Átila Moreira, assistente do delegado geral do DEIC, prometia para breve o desmantelamento completo do bando do Nenzinho, a quem chamava de "inimigo número 1 da população da capital". Será que ia conseguir? Tinha minhas dúvidas. Deixei o jornal, fui na cozinha e peguei um sanduíche de atum que comi na varanda, acompanhado de uma cerveja. Pouco depois olhei pro relógio: quinze pra meio-dia. Hora de sair pra comprar alguma coisa pro almoço. Comecei a me levantar mas desisti, quando cheguei à conclusão de que o melhor seria saber o que a pentelha ia querer comer. Fresca como era, talvez recusasse o frango assado que estava pensando em comprar no Pão de Açúcar. De maneira que me sentei de novo e continuei a ler o jornal.

— Que horas são?

A Claudinha me olhava da entrada da varanda. Despenteada, vestia uma camisola bem curta, transparente, que deixava à mostra o bico dos peitinhos duros. Logo abaixo do umbigo dava pra distinguir a calcinha rendada, que não disfarçava a maçaroca de pelos da xoxota.

— Meio-dia e pouco — resmunguei, desviando os olhos.

A garota bocejou, esticando os braços e ficando na ponta dos pés. Estremeceu, deu um suspiro e disse com a voz ainda carregada de sono:

— Tô com fome... Que que tem pra comer?

— Ia sair pra comprar comida. Frango assado está bem?

— Frango assado? — franziu o rosto, em desagrado. — Não gosto. Detesto frango.

— Então o que quer comer?

— Tem um Bob's por aí? Eu queria um duplo com bacon e salada, acompanhado de fritas.

— Está bem. O que mais você quer?

Refletiu um pouco, piscando os olhos e bocejando.

— Ah, queria uma Coca Lemon e sorvete de pistache com cobertura de chocolate. E me traz um xampu e um condicionador.

Já estava ficando puto com a lista interminável de produtos. Onde que ia achar aquela porcariada?

— Que marca de xampu?

— Kerastase. O condicionador pode ser da mesma marca.

Ia sair, mas me lembrei da pistola escondida no guarda-roupa. Dava da maluquinha mexer nas minhas coisas... Fui no quarto, peguei a .45 e enfiei na cintura. Passei pela sala e já estava na porta quando, pra meu desespero, ela ainda veio com outra lista pra cima de mim:

— Ah, compra também absorvente, loção umidificadora, um sabonete decente e um papel higiênico mais macio. O que tem aí parece lixa...

Enquanto esperava o elevador, dei dois murros bem dados na caixa de força, entortando o metal. Cheguei a arrancar um pouco de sangue do nó dos dedos. Eu era um corno! A porra de um investigador de merda que todo mundo fazia de trouxa. Até uma pentelhinha mimada. Me via entrando numa drogaria e pedindo um absorvente, um xampu assim, um sabonete assado. Era demais. Desci de elevador com muito mau humor. Excelente forma de começar o dia. Na garagem, peguei o carro e saí à procura de uma drogaria e de um Bob's.

De volta, mal entrei no apartamento, alguma coisa me atingiu com violência na altura do supercílio. Berrei de dor. Instintivamente puxei a porta que bateu e tentei me defender, enquanto o sangue esguichava do ferimento. Outra cacetada, agora no topo da cabeça, e a garrafa, que tinha servido de porrete, estilhaçou, esparramando cachaça pra tudo quanto é lado. Caí de quatro e, depois, me esparramei no chão, amassando os sacos de compras. Meio grogue, vi a Claudinha pulando da cadeira do lado da porta. Ela se aproximou de mim e, num gesto rápido, pegou a pistola da minha cintura.

— Sai daí, seu babaca!

Tentei me levantar, mas não consegui. Me sentia nauseado e o sangue não parava de escorrer do supercílio aberto.

— Vamos, sai daí! — gritou histérica, metendo o pé na minha barriga.

Estava com a pistola apontada pra mim. Só então pude entender o que ela queria. Que saísse de frente da porta pra poder fugir. Pra minha sorte, estava atravessado no chão, o que impedia que pudesse passar. Ainda tonto, me ergui e fiquei de joelhos.

— Me dá essa merda! — gritei, esticando o braço na direção da pistola.

— Não vem que não tem! Sai daí senão te apago! — disse, engatilhando a .45.

Pulei em cima da Claudinha. Caímos os dois embolados. A garota berrou, assustada, e a pistola disparou. A bala passou a alguns centímetros de mim e foi se cravar na parede. Puta merda! A Claudinha rasgou a minha cara com as unhas da mão esquerda. Mais que depressa agarrei-a pelos pulsos, subi sobre ela e a pressionei de encontro ao chão. Arquejava feito um doido e o sangue não parava de escorrer do supercílio. Ela esperneava, chorava, mas já estava ficando cansada porque a mantinha presa sob o peso do meu corpo. Afinal, parou de se mexer. Cheio de ódio, ergui o punho.

— Por favor — choramingou —, não me bate.

— Você merecia apanhar, sua merdinha! — disse, abaixando o braço. Era a segunda vez que fazia a mesma coisa: ameaçava bater e desistia. — Não sei por que não te encho a cara de porrada!

Senti embaixo do mim seu corpo macio e quente. Sob a blusa manchada de sangue, os peitinhos, sem sutiã, arfavam. Mesmo tonto, de repente me deu uma vontade louca de rasgar a blusa, apertar aquelas tetas, que nem se apertasse uns limões, e chupar os biquinhos que pareciam querer furar o tecido. Mas consegui me controlar. Me ergui e gritei:

— Levanta!

Tremendo, e olhando assustada pra mim, se levantou. Dei um empurrão nela:

— Anda! Pro quarto!

Sem reclamar obedeceu, deitou e já foi erguendo os braços, adivinhando o que eu ia fazer. Amarrei-a pelos pulsos na guarda da cama e disse:

— Vai ficar de castigo até aprender a deixar de ser besta.

Saí do quarto e tranquei a porta. Na cozinha abri uma garrafa de cachaça e tomei um bom gole direto do gargalo. Depois fui no banheiro. Me olhei no espelho. Minha aparência estava horrível. Tinha um corte no supercílio, resultado da cacetada. No alto da cabeça, o galo do tamanho de um ovo no coro cabeludo explicava por que a garrafa tinha espatifado. Se não fosse rápido na reação, ela tinha acabado comigo, na pancada ou a tiro, e voltado pros braços do Nenzinho. Era pra eu aprender a ficar esperto. Será que não havia me passado pela cabeça que ela ia aprontar uma daquelas comigo? E, se em vez da garrafa, tivesse se armado com um facão da cozinha? Tirei a roupa e tomei um banho. Fui me vestir, mas as gotas de sangue ainda pingando no chão me deram a certeza de que a hemorragia só ia poder ser estancada com um curativo. Supercílio é foda. Pressionando uma toalha no lado direito da cabeça, peguei minhas coisas pra sair. Antes, verifiquei se o quarto estava bem trancado.

No pronto-socorro, o médico me aplicou um anestésico local, suturou o corte e limpou o cocuruto da minha cabeça. Saí do pronto-socorro com um curativo na testa e outro na cabeça. Joguei no lixo a receita que me passou. Entrei num boteco, pedi uma porção de torresmos e um contrafilé acebolado. Duas doses de cachaça e muitas garrafas de cerveja completaram o cardápio. Voltando pro apartamento, deparei com a bagunça da sala. Havia comida e outros produtos espalhados, amassados e manchados de sangue no chão. Nem me dei o trabalho de ir até o quarto ver como ela estava. Que se fodesse! Caí na cama e desmaiei. Uma hora acordei com a sensação de ouvir alguém chorando. Olhei no relógio. Eram sete da noite. Minha cabeça girava. Realmente: não era engano meu. Ela estava chorando. Me levantei e acendi a luz da sala. Fui no banheiro e, no armário, peguei umas aspirinas. Engoli ali mesmo, bebendo água na mão em concha. Na cozinha emborquei dois copos de água gelada. A cabeça não parava de doer. Fiz um café bem forte, que tomei devagar, os ouvidos incomodados pelo choro da garota. Só depois disso é que fui ver a merdinha. Abri a porta do quarto, acendi a luz, e ela arregalou os olhos espantada. Eu devia estar com uma aparência horrível. Mas a dela também não era muito melhor. Não a tinha machucado, mas o sangue coagulado na blusa e em sua cara dava uma péssima impressão. Desamarrei-lhe os braços e ordenei:

— Vai tomar banho.

Correu pro banheiro sem reclamar. Na sala, catei os pacotes do chão. Com a queda, a caixa de sorvete era uma meleca só, que joguei no lixo. O vidro de loção havia estourado com o peso do meu corpo e o conteúdo estava misturado com a farofa e o arroz à grega. O resto dos produtos de beleza, por sorte, estava intacto. Peguei a sacola com o xampu, o condicionador, a merda do absorvente e levei no banheiro.

— Os teus bagulhos — disse, jogando na direção dela, e fui pra cozinha.

Pus os restos do lanche do Bob's e o frango do Pão de Açúcar sobre a mesa. Ela saiu do banheiro enrolada na toalha, sentou num banquinho da cozinha, na minha frente, e começou a comer. Estava faminta: liquidou o sanduíche, as batatinhas fritas e pedaços do peito do frango. Tudo frio, porque eu não ia esquentar a comida que ela tinha derrubado no chão. Acabando de comer, a Claudinha bebeu mais um copo de coca-cola quente e, como se nada tivesse acontecido, perguntou:

— Você não comprou sorvete?

Apontei a lata de lixo com o queixo. Deu de ombros e murmurou:

— Que pena...

De súbito, ficou olhando fixo pra mim.

— O que foi? — perguntei, invocado.

— Machucou feio, né? — disse, com um sorriso sem graça.

Não estava a fim de conversa. Me servi de uma dose de uísque e fui sentar na varanda. Fazia muito calor. De onde estava, dava pra ver o mar lambendo a areia. Me imaginei sentado numa barraca da praia, beliscando uma porção de camarão, batendo papo com uma garota jeitosa, sentindo a brisa salgada na cara, ouvindo o barulho das ondas. As coisas simples da vida. Há quanto tempo não fazia isso? Por culpa da minha rotina fodida. Ficar correndo atrás de vagabundo, me metendo em encrenca, como me metia agora, parecia ser o meu destino.

Ouvi um ruído. Era a Claudinha que, vindo da cozinha, tinha ligado a tevê. Num daqueles programas idiotas de humorismo. Sentada no sofá, como se nada tivesse acontecido, ria a mais não poder. Invejei a garota. Se pudesse viver assim, vendo programas escrotos, rindo que nem uma hiena, talvez fosse feliz. O ferimento e o galo na cabeça tinham voltado a doer. Nada que uma boa talagada de bebida não atenuasse a dor. Bebi mais um gole de uísque e relaxei, enquanto a vida passava por mim bem devagar. Depois de algum tempo ali sentado senti fome. Levantei e, ao passar pela sala, reparei que a Claudinha estava deitada no sofá, relaxada. A toalha, enrolada de modo muito displicente no corpo, deixava à mostra os peitinhos e parte dos pelos da xoxota. De repente a Claudinha pareceu reparar que eu estava olhando pra ela. Mais que depressa se cobriu com uma almofada e perguntou, virando a cara pra mim:

— O que foi?

Não disse nada. Fui pra cozinha, onde sentei, respirando fundo, meu coração batendo a mil. Caralho! Não tinha vocação pra monge. A imagem dos peitos, do umbigo, dos pelos da xoxota dançou diante de mim, me esquentando o sangue. Peguei uma coxa de frango e destrocei a carne, comendo com apetite. A outra coxa teve o mesmo destino. Voltei pra varanda com a garrafa de uísque. Fiquei ali, procurando não pensar em nada. Porque, se começasse a pensar, meus pensamentos iam sair do cérebro feito um bando de marimbondos. Doidinhos pra ferrar alguém. Por isso me distraía, tentando saborear o gosto do uísque, esperando que a bebida me afogasse e me fizesse esquecer de mim mesmo, da porra da minha vida.

***

No outro dia aconteceu o mesmo ritual. Levantei cedo, tomei banho, um café e fui dar minha caminhada. Voltando pro apartamento, reparei que ela ainda não tinha acordado, o que foi acontecer só pelas duas da tarde. Estava na varanda, lendo o jornal. Veio chegando, ainda de camisola, e, sem mais nem essa, disse:
— Olha, queria pedir desculpa.
Continuei a ler o jornal.
— Você sabe, né? Tava de saco cheio de ficar trancada tanto tempo. Por isso eu queria... Eu queria saber se a gente pode sair pra comer fora.
Levantei a cabeça.
— Não, o melhor é eu sair pra comprar o teu lanche.
Os olhos dela fuzilaram.
— Mas por quê?!
— Simplesmente porque você não é confiável.
— Porra! — gritou, pondo as mãos no peito. — Eu que não sou confiável?
E, sem esperar que eu dissesse alguma coisa, voltou à carga:

— Você me sequestra, me prende neste apartamento de merda e não me deixa sair! Acha que é bom ficar presa aqui o dia inteiro sem fazer nada?

— Até você voltar pro teu pai não sai do apartamento.

— E se eu prometer...?

— Escuta aqui, garota. Está me achando com cara de trouxa?

A Claudinha soltou o verbo:

— Não só de trouxa, mas também de corno, de veado, de filho da puta! Você é um babaca de um escroto, um morto de fome!

Me levantei e disse:

— Falando em fome, o que vai querer pra comer?

— Vai te foder! — começou a chorar. — Vai te foder! Não quero comer nada! E se quer saber, vou enfiar uma daquelas facas de cozinha na minha garganta. Quando você chegar vou tá morta, e meu pai vai te foder!

Agarrei-a pelos pulsos.

— Me larga, seu puto!

— Você pediu.

Ela tentou chutar meu saco. Me esquivei e a arrastei até o quarto.

— Sinto muito, mas você não tem juízo mesmo — disse, amarrando os braços dela na guarda da cama.

— Por favor — choramingou.

Deixei-a chorando e saí. Tranquei a porta do quarto. Fui na cozinha, peguei os objetos cortantes, pus dentro de um saco plástico e guardei na despensa, que fechei, levando a chave comigo. Não queria acabar com o pescoço cortado por um facão nem que ela me chantageasse, ameaçando se suicidar. Só aí que saí pra fazer compras.

Voltei pra casa e pus a comida sobre a mesa. Nada de porcarias de *fast food*. Tinha comprado lasanha e bracholas numa rotisserie. Não esqueci de trazer também duas garrafas de um tinto Valpolicella, pra matar a saudade dos tempos em que ia comer no Bellochio. Fui até o quarto da Claudinha. Os olhos dela fuzilaram, lançando lâminas de fogo na minha direção.

— Não está com fome?

— Vai te foder!

As lágrimas escorrendo pela face, ficou me encarando com uma grande expressão de ódio. Dei um suspiro, sentei na beira da cama e disse:

— Veja bem. A verdade é esta: você não gosta de mim, nem eu de você. Seu papel neste filme é tentar fugir e voltar pro teu querido, e o meu papel é levar você de volta pro teu pai. Você quase conseguiu e me machucou bastante. Mesmo assim, acabei vencendo a parada. Mas estou cansado disso e acho um saco continuar um fodendo o outro. Pra evitar maiores aborrecimentos, que tal se a gente ficasse numa boa?

Continuou calada.

— E então?

Depois de uns segundos pareceu amansar, dizendo resignada:

— Tá bom.

Desamarrei-lhe os braços. Ela se levantou e foi pro banheiro. Arrumei a mesa na cozinha. Queria comer como gente e não feito um porco. Por isso, esquentei a comida no micro-ondas, pus uma toalha na mesa, pratos, talheres, guardanapos, um copo e uma taça pro vinho. Pouco depois a Claudinha veio enrolada numa toalha e sentou na minha frente. Comemos em silêncio.

E tive que enfrentar mais outro longo dia, trancado no apartamento. Só de olhar pro lado dela já sentia raiva. Não ousava sair, pois temia que aprontasse alguma coisa, berrando nas janelas, se atirando lá de cima e sei lá mais o quê. Não dava nem pra encher a cara e esquecer tudo, porque precisava ficar alerta. Por isso, já estava a ponto de estourar. Mais um pouco e enlouquecia.

25

No outro dia, pela manhã, contemplei minha cara amassada no espelho do banheiro. Tirei o esparadrapo do supercílio, que estava inchado e com sangue coagulado. Um dos pontos tinha saído, deixando a ferida aberta. Tomei um banho, lavando cuidadosamente o corte. Depois limpei a ferida com um spray antisséptico e refiz o curativo. Saí do banheiro, tranquei a porta do quarto da Claudinha e deixei o apartamento. Como de costume, fui dar meu passeio pela praia. Sentindo fome, entrei no boteco de costume e pedi uma média com um pão com manteiga na chapa. Estava comendo quando tocou o telefone. Atendi e era o doutor Fragelli!

— Acordei o senhor, doutor Medeiros?

— Já estava acordado — respondi, irritado.

— Afinal, tenho uma boa notícia pra lhe dar. Acredito que seus problemas estão por terminar.

Meu coração bateu mais rápido no peito.

— Quer dizer que já posso devolver a garota pro doutor Videira?

Fez uma pausa.

— Não é bem assim... Na atual circunstância, pensamos que isso pode ser muito perigoso.

— Então...?

— Acontece que o doutor Videira ainda não se restabeleceu de todo, de modo que ele não está em condições ideais pra cuidar da filha agora. Reconhecendo que a garota pode tentar escapar ou que o vagabundo pode tentar resgatá-la, de comum acordo, achamos que seria mais conveniente despachá-la direto pra França, onde ficará num colégio interno.

— Se bem entendi, o senhor está querendo dizer que, em vez de entregar a garota pro pai, ponho ela num avião?

— É isso mesmo.

Dei um suspiro. Puta merda! Afinal, aqueles putos se tocavam.

— Vamos então combinar o que o senhor vai fazer — disse o doutor Fragelli. — O avião dela sai hoje às vinte horas. Isso significa que deverão estar aguardando-o no aeroporto de Guarulhos, o mais tardar, às dezessete horas, mas recomendo que chegue um pouco antes. Um emissário do doutor Videira, chamado Fogaça, o estará esperando no ponto de encontro do aeroporto às catorze horas e trinta minutos, com as passagens, o passaporte, dinheiro e a bagagem da garota. Depois disso, é só o senhor se certificar de que a garota efetivamente embarcou no avião. Em Paris, alguém, talvez a madrasta, se encarregará dela.

Fiquei em silêncio e o doutor Fragelli completou, apressado:

— Anotou? Recapitulando: voo das vinte horas, pela Air France, catorze horas e trinta minutos no ponto de encontro. José Fogaça é o nome do emissário do doutor Videira. Desejo-lhe boa sorte. Depois de tudo terminado, gostaria de conversar com o senhor. Está bem?

Fiquei mais algum tempo sentado no boteco. Como sempre, a Claudinha ia acordar bem tarde. Refleti sobre meus próximos passos. Depois do almoço subia a serra, o que dava no máximo uma hora e meia. Da avenida Ricardo Jafet até o aeroporto, se o trânsito estivesse bom, levava mais ou menos uns 45 minutos. Tinha tempo de sobra, com um lastro de umas duas horas. Podia ficar sossegado. Mas o estranho é que não estava nada tranquilo. É que não via a hora de me livrar daquele traste o quanto antes. Ficar fazendo o que até a hora do almoço? Resolvi dar uma caminhada pela orla. O tempo estava bom. Fazia calor, mas vinha uma brisa do mar que refrescava um pouco. Puxa vida! Afinal, ia poder voltar pra minha rotina. Sentia saudades do meu apartamento, do velho sofá estripado, onde costumava me deitar, com um bom copo de uísque do lado e um romance policial na mão. Sentia saudades também dos bifes acebolados no Trás-os-Montes, dos almoços na casa do Bellochio e de um tipo de ação diferente daquela que se resumia a ficar tomando conta de uma garotinha mimada. Na verdade, aqueles últimos dias tinham sido mesmo insuportáveis. Não bastassem os desaforos que ouvia a cada momento da boca da Claudinha, ainda tinha que me segurar pra não avançar sobre ela e fazer o que mais queria fazer. A garota vinha me enlouquecendo. Não sei por quanto tempo podia suportar, vendo ela seminua do meu lado, se oferecendo com a bocetinha arreganhada. Era demais pra mim. Mas agora era só enfiá-la no avião e retomar meu ritmo de vida. Fui até o prédio e peguei a C-14. O carro reabastecido, passei pelo Pão de Açúcar, comprei uma porção de arroz à grega, uma de bracholas, outra de maionese, latinhas de Coca Lemon e guaraná. Álcool nem pensar. Deixava a farra pra depois.

Voltando pro apartamento, tomei outro banho e fiz a barba. Depois, sentei na varanda e comecei a ler os jornais. Na seção policial uma notícia me chamou a atenção. Na região do Grajaú um carro suspeito, um Audi, tinha tentado furar o bloqueio numa barreira da polícia. Depois de um tiroteio começou uma perseguição pelas ruas do bairro. Até que, acuados, os bandidos saíram do carro atirando. Dois homens, conhecidos como Gordo e Dentinho, haviam sido mortos. Dentro do carro a polícia encontrou mais dois bandidos, conhecidos como Doutor e Bala, bastante feridos. Postos numa ambulância, haviam sido levados pro hospital mais próximo. No porta-malas do Audi foi achada uma grande quantidade de cocaína e armas. Refleti que o doutor Átila, ao contrário do que pensava, estava mesmo cumprindo sua promessa. Pouco a pouco o bando do Nenzinho ia sendo desmantelado. Com o Doutor preso, o vagabundo perdia o seu cérebro, o seu articulador. Isso me deixou eufórico, porque sabia que a prisão do líder do Comando Negro ia ser uma questão de tempo. Com o quartel-general destruído, com os homens de confiança sendo mortos ou presos, não demorava muito e ele estava em cana novamente. Mas também fiquei contente ao saber que o Doutor e o Bala tinham sobrevivido no entrevero com a polícia. Guardava boas recordações daqueles dois e queria, do fundo do coração, que nada acontecesse com eles.

— Oi. Que horas são? — A Claudinha se espreguiçava, na entrada da varanda, do seu modo habitual, ou seja, esticando os braços e mostrando a barriguinha.

— Tenho uma boa notícia. Vamos embora hoje.

— Embora? Embora pra onde?

— São Paulo. Recebi ordens pra levar você direto pro aeroporto.

— Pro aeroporto?! — exclamou, já mais agressiva. — O que que vou fazer na merda do aeroporto?

— Você vai pra Paris.

— Você não ia me levar na casa do meu pai?

— As coisas mudaram. Recebi ordens de te levar pro aeroporto.

Cruzando os braços, gritou:

— Por quê?

Apenas dei de ombros e disse:

— Não temos tempo a perder. É melhor você ir tomar banho logo pra gente almoçar. E vê se não me enche mais o saco.

A Claudinha estremeceu, mas, muito atrevida, ficou me encarando. Em seguida disse, me desafiando:

— Quanto quer apostar que não entro na porra daquele avião?

Ameacei levantar, ao mesmo tempo que berrava:

— Já pro banho, sua merdinha!

Me olhou assustada e saiu correndo na direção do banheiro.

— Caralho! — murmurei, rangendo os dentes e voltando a ler o jornal.

Depois do almoço arrumei rapidamente a bagagem. Por precaução, deixei a Claudinha trancada no quarto e desci com as maletas. Estava excitado, como se fosse me encontrar com uma garota. Voltei rapidinho pro apartamento, fui no banheiro e enchi uma seringa com Fenergan. Não queria aquela porrinha aprontando mais uma pra cima de mim. Com uma dose daquilo, dormia que nem um anjo até São Paulo. Abri a porta do quarto. A Claudinha estava deitada de costas na cama. Quando me viu franziu a cara, enfezada que nem um pequinês. Só faltou latir pra mim.

— Vira de bunda — disse curto e grosso.
— O que você vai fazer? — perguntou já com voz de choro.
— Te aplicar uma injeção.
— Por favor — a Claudinha gemeu. — Depois de tomar isso, quando acordo, fico com enjoo e dor de cabeça.
Dei de ombros.
— Problema seu. Não posso arriscar.
— Por favor — implorou novamente, começando a chorar.
— Prometo ficar quieta.
— Desde quando você é de cumprir promessa?

Antes que pudesse fazer alguma coisa, num gesto rápido saltou da cama, subiu no peitoril da janela e ameaçou se jogar. Podia ser que estivesse blefando, mas era melhor não arriscar. Abaixei a seringa e disse:
— Calma, não faça besteira.
— Eu pulo daqui! Não vou deixar você me dar essa porra de injeção de novo!

Puto da vida, contei até dez. Me segurei e cheguei à conclusão de que não dava pra engrossar. A garota estava por cima agora.
— Então vamos fazer um trato: você sai daí e a gente conversa... — arrisquei.
— Não, você não é de confiança. Vai me pegar e me espetar isso na bunda!

Caralho! Ainda mais essa! Olhei no relógio: quase uma hora. Não tinha tempo a perder. Disse resignado:
— Está bem. Fazemos um trato. Se sair daí, não te dou a injeção e você me acompanha numa boa.
— Então joga a injeção pela janela.

Não tinha remédio senão fazer o que ela mandava. A Claudinha abriu um sorriso e, lampeira, veio na minha direção. Dei-lhe uma gravata.

— Ai, você tá me machucando!

— Muito bem. No elevador descemos abraçados, que nem se eu fosse teu namorado. Se fizer alguma gracinha, quebro teu pescoço. Assim, ó.

Apertei de leve. Ela gritou de novo:

— Ai, filho da puta! Tá doendo.

— E é pra doer mesmo e vai doer mais ainda, se aprontar comigo!

E fechei minha série de ameaças:

— Lembra de uma coisa: sou policial, mas, de vez em quando, gosto de matar e já matei muita gente que bobeou comigo!

***

Chegando no carro, abri o porta-luvas e peguei um pedaço de corda.

— O que você vai fazer? — a Claudinha perguntou, chorosa. — Prometi ficar quieta e fiquei...

— O problema, meu amor — disse, enquanto amarrava as mãos dela —, é que agora vamos subir a serra. Dá de você ficar histérica e pular em cima de mim.

— Seu filho da puta!

— E, se começar a gritar, vai pra trás e com a mordaça! — ameacei, ligando o carro.

Deixamos o prédio, seguimos pela avenida Presidente Wilson e, depois, pela Bernardino de Campos. O tempo estava ruim, com nuvens carregadas. Não demorou muito e a gente deixava a cidade pra trás e seguia na direção da serra. A chuva tinha começado a cair com força. Quando peguei o desvio pra acessar a rodovia dos Imigrantes, pela rodovia Manuel da Nóbrega, a Claudinha choramingou:

— Queria ir no banheiro.

— Agora?!

— Tô apertada. Você ficou me apressando no apartamento.

Puta merda, ainda mais essa! Mas o melhor era parar, antes que se mijasse toda. Entrei num posto de gasolina e estacionei diante da porta do banheiro. Quando ameacei ir junto, protestou:

— Não posso ir sozinha? Acontece que também tenho que trocar o absorvente.

O que ela podia fazer num banheiro de posto? Gritar? Ia passar por louca. Fugir comigo ali na frente? Impossível.

— Está bem, mas vê se não demora — disse, lhe desamarrando as mãos.

Voltei pra C-14, sentei e liguei o rádio. Um pouco de música decente ia me acalmar. Mas só tinha lixo: sertanejo e pagode. Desliguei o rádio, encostei a cabeça no encosto e fechei os olhos. Estava cansado. Tinha dormido muito mal naquelas noites. Acho que cochilei um pouco porque, de repente, fui surpreendido pela garota que abria a porta do carro:

— Oi, demorei muito?

Olhei no relógio: ela havia ficado quase meia hora no banheiro! "E se tivesse fugido, pedindo carona pra um caminhoneiro?" — pensei, aflito. Porra, precisava me acalmar. A Claudinha não estava ali, diante de mim, muito obediente, estendendo as mãos pra eu amarrar? Saímos do posto de gasolina, andamos uns dois quilômetros até acessar a rodovia dos Imigrantes. A chuva continuava a cair, agora num ritmo mais intenso. Eram raios, trovões e estava difícil de enxergar. Ainda mais porque o filho da puta do Bellochio tinha esquecido de trocar as palhetas da perua. Mas, pra nossa sorte, o trânsito estava tranquilo, com poucos veículos na pista, de maneira que, apesar da chuva, chegamos rapidamente no alto da serra. Seguia na velocidade permitida, 120 quilômetros por hora. Não precisava correr além disso porque tinha muito tempo pela frente. A Claudinha parecia tensa, olhando inquieta pros lados. Talvez estivesse assim porque sabia que, querendo ou não querendo, dentro de pouco tempo ia viajar pra Paris.

Até que, num determinado momento, reparei numa Pajero preta estacionada no acostamento. Mal passamos por ela, entrou rapidamente na pista e acelerou. A Claudinha, de imediato, mudou a fisionomia. De abatida que estava, ficou excitada e virou a cabeça, olhando pra trás. Desconfiando que tinha treta, mantive a velocidade. Olhei pelo retrovisor e vi que a perua vinha a toda. Pisei fundo, mesmo sabendo que a C-14 não era páreo pra uma Pajero, o que se confirmou quando o carro negro, pouco a pouco, foi crescendo no espelho. "E se...?" — pensei comigo mesmo, temendo concluir o pensamento e com o coração batendo acelerado. Por via das dúvidas, peguei a .45 na cintura e enfiei entre as pernas. Se a Pajero estivesse mesmo me perseguindo, precisava ficar esperto. Continuava a pisar fundo no acelerador, mas não demorou muito e a perua preta me alcançou e começou a dar sinais de luz, pedindo passagem. Podia ser somente um apressadinho, mas, se fosse isso, por que tinha entrado na rodovia só depois de eu ter passado? E por que a Claudinha parecia tão agitada? Continuei na minha, obrigando a Pajero a pegar a pista da direita. Não demorou muito e a gente estava emparelhado. Como os vidros da Pajero eram cobertos por uma película de insulfilme muito escura, não dava pra saber quem vinha no carro. Mas de repente a janela de trás se abriu, e um homem negro, de óculos escuros, apareceu com uma arma na mão. Era o Nenzinho! Porra! Como a filha da puta tinha conseguido avisar o vagabundo? No posto! Na porra do posto, enquanto eu estava dormindo no volante do carro! Acelerei ao máximo a C-14, mas em vão — a perua tremia que nem se fosse desmanchar. Sorte que não tinha posto a Claudinha no banco de trás e nem tinha deixado a Pajero me ultrapassar pela esquerda. Com a garota sentada ao meu lado, ia ser difícil pra ele me acertar. A menos que a gente invertesse a nossa posição na estrada, mas isso eu não ia permitir.

Pelo retrovisor, reparei que o Nenzinho apontava a pistola pro pneu da C-14. Antes que atirasse, meti o pé no breque. Dei uma derrapada violenta no asfalto molhado, o carro quase virou, mas o tiro atingiu somente a lataria. Agarrei o volante com força e controlei a C-14. Pensando rápido, decidi atravessar o canteiro. Meti a perua pelo gramado, mas, pra minha desgraça, uma das rodas traseiras da perua entrou num buraco lamacento. Puta que pariu! Pisei fundo no acelerador, e nada. Nisso, reparei que a Pajero vinha velozmente, em marcha a ré, pelo acostamento. Se me pegassem ali parado, estava fodido. Dei outra acelerada, esterçando ao máximo o volante. A C-14 lentamente saiu do buraco e, quando estava começando a ganhar velocidade, a Pajero emparelhava de novo comigo. Forcei o carro pra direita e batemos de lado um no outro e seguimos grudados, cantando os pneus, na direção da pista contrária da Imigrantes, onde os caminhões pesados, os ônibus e os carros passavam em velocidade. Retesava os músculos, segurando o volante com força. Fumaça saía do motor e dos pneus e, pra me deixar ainda mais nervoso, a Claudinha tinha começado a berrar. Enlouquecido com aquilo, peguei a pistola e, sem fazer pontaria, atirei no lugar onde devia estar o motorista da Pajero. O tiro estilhaçou o vidro da janela dianteira, a perua preta bambeou, com as rodas soltas, o que me levou a desconfiar que tinha acertado no motorista, mas isso não impediu que os dois carros continuassem juntos. Atravessamos então a outra pista da rodovia, por milagre não colidindo com nenhum veículo, até que vi, crescendo na minha direção, o pilar de ferro largo que sustentava as placas de sinalização da estrada. Num reflexo, estercei pra esquerda. Escutando o estrondo da Pajero ao colidir contra o pilar de ferro, andei por mais uns metros, pisando fundo no freio e derrapando no saibro e no mato molhado. Parei ao bater em cheio numa árvore, enquanto metia a cabeça no volante, perdendo momentaneamente os sentidos.

Acordei com o ruído irritante da buzina da Pajero que tinha disparado. Senti um gosto adocicado na boca: era do sangue que me escorria da testa e do supercílio, de novo aberto. Mexi a cabeça lentamente pra direita. A Claudinha lutava freneticamente pra se livrar da corda nos pulsos. Então reparei, com o canto do olho, que a porta traseira da Pajero se abria. Cambaleando, um homem saiu com uma pistola na mão. Era o Nenzinho, que vinha em nossa direção. Tentei sair de onde estava, mas não consegui, impedido pelo cinto de segurança que tinha travado. Procurei pela .45 e reparei que ela estava junto do meu pé direito. Estiquei o braço esquerdo, mas alcancei só a ponta do cano. E o filho da puta, tropeçando nas pernas feito um bêbado, cada vez mais próximo da C-14. Se desse comigo ali tentando me safar, na certa atirava em mim. Apoiei a cabeça de novo no volante, fingindo que tinha desmaiado, enquanto continuava tentando pegar a .45. O Nenzinho chegou junto do carro, abriu a porta, e a Claudinha exclamou alegre:

— Nê! Então você veio me buscar?

Entreabri o olho. O Nenzinho estava de pé, apoiado na porta, cambaleando e respirando fundo, soltando sangue pelo nariz e pela boca. Depois de um instante, disse com uma voz cheia de rancor:

— Se quer saber, mina, acho que tu só me trouxe uruca!

— Como você pode dizer uma coisa dessas, Nê? Vamos, me tira daqui! — ela implorou.

Ele riu, mostrando os grandes caninos manchados de sangue:

— Desde que tô contigo, só tenho tido azar. Por tua causa, o filho da puta do gambé me fodeu, guentou minha muamba, fodeu meu mocó. E agora tô aqui baleado. Tu dá uruca, mina. Acho melhor te apagar pra passar essa maré de azar!

A Claudinha começou a chorar:

— Pelo amor de Deus, Nê. Fala que não é verdade! Você veio pra me buscar. Eu sou tua, você sabe.

O Nenzinho esticou o braço e fez um carinho no rosto da Claudinha e disse com a voz melosa:

— É uma pena, gatinha, mas vou ter que te apagar. Não tem jeito.

Me esforçando ao máximo, consegui pegar a .45. Levantei a pistola na frente da barriga e apontei pro vagabundo. O Nenzinho se inclinou sobre a Claudinha, que berrava de terror, encostou a Glock na cabeça dela e disse:

— Tu é mesmo um tesãozinho, minha gata, mas tá na hora do adeus. *Bye, bye,* meu *love.*

Atirei antes, acertando em cheio a cara do Nenzinho. Deu um grito abafado, saltou pra trás, bateu com a cabeça na porta e, em seguida, caiu sobre a Claudinha, que começou a berrar feito uma doida. Enfiei a pistola na cintura. Minha cabeça doía pra caralho e estava ainda um pouco tonto do choque. Conseguindo me livrar do cinto, saí do carro, fui até a Pajero. O lado direito do motor da perua, que tinha batido no pilar de ferro, parecia uma lata de cerveja amassada, de onde saía muita fumaça. Abri a porta do motorista. O Bilão, comprimido pelo *airbag*, tinha um buraco na altura da orelha. Dei umas porradas na buzina e a merda parou de me azucrinar. Ouvi um gemido. Era o Monstro, sentado no banco do passageiro. As partes arrebentadas do console e do *airbag* apertavam o peito do negrão, que estava coberto de sangue. Dei a volta no carro e parei junto da janela. Lentamente e com muito esforço, o Monstro se virou na minha direção.

— Aguenta aí que vou buscar socorro.
— Socorro?... Pra que socorro? — gemeu.
— Pra tirar você daí.

Disse isso sem convicção. Do jeito que tinha sido a batida, o Monstro estava fodido. Mas que outra coisa podia dizer?

— Me tirar daqui...? Eu já era, mano...

O Monstro respirava com dificuldade, soltando um ronco grosso que nem o de um porco sendo degolado.

— Queria... queria te pedir uma coisa... — disse com dificuldade, gemendo e cuspindo sangue.
— Diga.
— ... chega mais perto, mano... — o Monstro falou de um modo quase inaudível.

Aproximei o ouvido da boca dele. De repente uma pistola surgiu não sei de onde, e o Monstro encostou a ponta do cano na minha testa. Meu coração gelou, fiquei paralisado de terror.

Fechei os olhos, pensando que minha hora tinha chegado. Mas, então, em vez de um tiro, apenas escutei o negrão sussurrar:

— *Puff... puff... puff...*

Abri os olhos. O Monstro deixou cair a pistola e murmurou, sorrindo de um modo triste:

— Adeus, *brother...*

Deu um gemido fundo, arregalou os olhos, e uma baba sanguinolenta saiu de sua boca. Pobre Monstro. Em todo caso, melhor morrer assim do que entubado numa cama de hospital. Chovia cada vez mais forte, um verdadeiro dilúvio. Mas não era hora de velório. Logo, logo a polícia estava ali. E eu não queria dar explicações. Pelo menos por enquanto. Puxei as pálpebras do Monstro. Corri de volta pra c-14, onde encontrei a Claudinha gritando e chorando. Agarrei o Nenzinho e puxei ele pra fora do carro. Bati a porta. Contornei a perua e sentei ao volante. Liguei a chave. Pra minha sorte, o motor pegou. Dei a ré e as rodas giraram na lama. Pisei fundo no acelerador, e a perua, gemendo feito uma serra enferrujada, começou a se deslocar lentamente, até que livrei os pneus do atoleiro. Virei de frente, guiei até a rodovia e parei junto do acostamento, procurando manter a calma porque a porrinha não parava de se contorcer e gritar. Quando o trânsito ficou livre, atravessei rapidamente a rodovia e enfiei a perua no canteiro central. Aguardei mais um pouco até poder entrar na pista contrária. Bem a tempo porque, apesar do ruído intenso da chuva e dos berros da Claudinha, ouvi as primeiras sirenes.

A c-14 pendia pra um lado, e eu não podia correr muito, mas acho que dava pra chegar em São Paulo. Na cidade, em último caso, tomava um táxi. Seguia tenso, com a cabeça doendo e um fio de sangue teimando em me tapar um dos olhos. A merdinha, muito histérica, continuava a berrar feito uma louca. Uma hora me enchi, embiquei o carro na direção do acostamento e estacionei.

— Quer parar de gritar? — rosnei, cheio de raiva.

— Filho da puta! Assassino! Você matou ele! Vou contar pra polícia o que você fez! — cuspiu na minha direção.

De repente a Claudinha parou com os xingamentos e começou a guinchar. O ruído daquele guincho, parecido com o de um morcego, entrou fundo no meu ouvido que nem se fosse uma broca. Fiquei louco. Avancei contra ela e berrei:

— Você vai é calar essa porra de boca, sua merda!

— Vai pra puta que te pariu!

Cego de raiva, agarrei a Claudinha, virei-a de bruços sobre meu colo e, puxando sua calcinha, comecei a lhe dar palmadas na bunda. Ela berrou, esperneou, me xingou de tudo quanto é nome. Mas não estava nem aí: bati até que sua pele ficasse vermelha e minha mão doesse. Quando acabei de surrar a Claudinha, lhe dei um empurrão, e ela se amontoou junto ao console.

— Aprendeu, sua porrinha?! Se não ficar quieta, entra de novo no cacete! — ladrei, rangendo os dentes.

A Claudinha, sempre fungando, com a remela escorrendo do nariz, se levantou e sentou no banco. Adiantei o corpo, ela recuou assustada, pensando que ia apanhar de novo. Mas apenas lhe desamarrei os pulsos. Depois, enfiei a mão no bolso, peguei um lenço e lhe dei.

Estava esgotado, soltando os bofes pela boca. Mais um pouco tinha um infarto. Encostei a cabeça no encosto do banco e fechei os olhos. Escutei então um ruído estranho, incômodo. Abri os olhos. A Claudinha estava dilacerando o lenço com os dentes! Parecia um rato roendo um fio de cobre. Era demais pra mim. Antes que esganasse a merdinha, virei o corpo, peguei a maleta dela no banco de trás e ordenei:

— Anda, troca de roupa.

A Claudinha vestia uma minissaia de jeans e uma camiseta branca com a inscrição "If I loved someone, I'd love MYSELF", mas as peças de roupa estavam molhadas e manchadas de sangue. Ela imediatamente largou do lenço e obedeceu. Abriu a maleta, pegou um short e uma blusa vermelha com alças. Sem-cerimônia, tirou a roupa na minha frente. Como sempre, não usava sutiã. Fiquei excitado ao ver os peitinhos, que balançavam de um lado pro outro enquanto se arrumava. Desviei os olhos. Peguei uma camiseta na minha maleta e também me troquei, depois de limpar o sangue do rosto.

— Pronta?

— Já — disse, mais humilde e num fio de voz.

Antes de partir perguntei, ainda irritado:

— Como fez pra telefonar pro Nenzinho?

Ficou em silêncio, mordendo o lábio inferior.

— Anda, fala!

— A janelinha... — por fim, murmurou.

— Então você saiu pela janela do banheiro?

Balançou a cabeça.

— Subi na privada e pulei.

— E onde telefonou?

— No orelhão do lado do banheiro. Liguei a cobrar.

Eu era mesmo um nó cego! Nem pra tomar cuidado pra ver se tinha um telefone perto do banheiro... Dei a partida, entrei novamente na pista e segui sem falar mais nada na direção de São Paulo.

***

Por causa da chuva, o trânsito estava muito complicado. Não bastasse isso, ainda a C-14 praticamente se arrastava. Já tinha fodido o meu carro e, agora, fodendo também o do Bellochio, me fodia de vez. Podia passar sem carro, mas meu parceiro não. E onde ia arrumar grana pra consertar a jabirosca dele? Mas isso era café pequeno diante do que havia enfrentado. Parecia que tinha acabado de acordar de um pesadelo. Ainda estavam impressas na minha mente a perseguição de carro, o Bilão jogando a Pajero contra mim, o choque violento contra o pilar de ferro, o Nenzinho vindo até a C-14 pra matar a Claudinha, o tiro que acertei nele e a morte do Monstro. Num determinado momento, percebi que estava tremendo como se estivesse com febre. Procurei me controlar. Afinal, o pior havia passado. A garota seguia do meu lado, quieta que nem um túmulo. Olhei pra ela. Ainda chorava, mas de mansinho, quase sem fazer ruído. Melhor assim. Não ia suportar mais outra cena. Já tinha esgotado a cota do dia.

Chegamos no aeroporto às dezessete horas e dez minutos. Corremos até o ponto de encontro. Lá deparei com um caretinha loiro, de óculos de aros dourados, os cabelos esticados com gel.

— Doutor Medeiros? — perguntou com uma voz afetada e parecendo muito impaciente. — Estamos atrasados!

— A bagagem? — me limitei a perguntar.

— Já foi despachada. Acho melhor a gente ir imediatamente pro portão de embarque.

Arrastando a Claudinha, fui abrindo caminho na multidão, dando cotoveladas e empurrões. Às minhas costas, escutava os xingamentos: "Grosseiro!", "Mal-educado!", "Filho da puta!". Que se fodessem! Não ia querer que a pentelha perdesse o avião por nada nesse mundo.

Por fim, chegamos no portão de embarque.

— Dona Cláudia, aqui estão sua bolsa com o passaporte, o bilhete, os *travellers*, os cartões de crédito e a *nécessaire* — o caretinha disse todo aflito. — Vamos que já está na hora.

A Claudinha olhou fixamente pra mim e abriu um sorriso malicioso.

— Então, adeus...

Largou a bolsa e a tal da *nécessaire*, ficou na ponta dos pés e pôs as mãos em torno do meu pescoço. E, sem que eu esperasse, colou a boca na minha. Quando começava a me deliciar com seu hálito doce e ácido feito um morango, de repente me mordeu o lábio inferior com força.

— Ai! — gritei, empurrando-a.

Como se fosse uma vampira, a Claudinha lambeu o sangue dos lábios e disse com a voz rouca:

— Sabe que você é um tesão?

Deu uma gargalhada e completou:

— Pena que é também um babaca...

A Claudinha se abaixou, pegou a bolsinha, a *nécessaire* e disse:

— *Bye, bye*.

E, me virando as costas, saiu rebolando na direção do portão de embarque. Fiquei olhando aquela bundinha que se movia ritmadamente, impulsionada pelas coxas firmes. E, me lembrando da pele acetinada que tinha marcado com umas boas palmadas, do gosto açucarado de sua boca, da mordida em meu lábio, murmurei, sentindo um arrepio no corpo:

— É, tem razão... Sou mesmo um babaca.

— Como?

Era o engomadinho que, intrigado, me interrogava. Dei um tapa na nuca dele e disse:

— Nada não, mané.
Balancei a cabeça e, virando as costas, deixei o aeroporto.

26

A NOTÍCIA DA MORTE DO líder do Comando Negro e de seus comparsas, como não poderia deixar de ser, provocou muita controvérsia. De início, na imprensa e na tevê, se falou em acerto de contas de bandos rivais, depois, em ação secreta da polícia. Os membros dos Direitos Humanos, como sempre, acharam de protestar contra o que chamaram de "abuso de poder, execução sumária", deputados do PT fizeram moções na Câmara Municipal de São Paulo, ameaçando instalar uma Comissão de Inquérito, mas, como a ação tinha sido muito bem acobertada pela polícia, sem pistas, acabaram por deixar tudo como estava.

Depois que a poeira baixou, fui convocado pra uma reunião reservada com o pessoal do DEIC e do Denarc. Fiz então um longo relato dos acontecimentos aos doutores Átila, Fragelli e Azevedo, que, bastante interessados, fizeram muitas perguntas. Procurei ser bem objetivo, deixando de contar detalhes que pudessem me incriminar. Qualquer trouxa sabia que era impossível fazer o que fiz trabalhando nos limites estreitos da lei. Mesmo assim, não ia ser um idiota dando corda pra me enforcar. Se alguma coisa vazasse da história, devia ser o primeiro a levar na bunda. Fingi que não tinha me excedido e fingiram acreditar. O caldo só engrossou quando fiz uma acusação formal à atuação do doutor Ledesma, contando como ele havia me entregado ao Morganti. Tive a impressão de que o doutor Átila e o doutor Fragelli não gostaram nada da história e pareceram ficar bastante constrangidos. Tanto é assim que, depois de um silêncio prolongado, o doutor Átila pigarreou e disse:

— É muito grave o que o senhor nos conta, doutor Medeiros, mas acreditamos que há atenuantes.

— Atenuantes? O que o senhor quer dizer com atenuantes?

— O senhor mesmo tem que reconhecer que o doutor Ledesma sofreu uma pressão muito grande.

— Pressão muito grande? — reagi com indignação. — Que pressão? Foi só o Morganti sequestrar o cavalo dele pra ele me entregar!

— Doutor Medeiros — insistiu, cruzando as mãos —, entendo a sua posição, a sua revolta. O senhor viveu momentos de grande tensão, chegando mesmo a correr risco sério de morte. Mesmo assim, acredito que não lhe custava nada ser um pouco tolerante com um instante de fraqueza dele.

Ia dizer que achava estranha aquela observação, que não entendia como estavam tentando proteger um policial que tinha entregado um colega pras feras por causa da merda de um cavalo. Mas achei melhor não dizer nada. Como sempre, o efeito corporativo era mais forte. Quem era eu perto de um delegado? Os caras estavam se cagando e andando pra tudo o que eu tinha sofrido. O mais importante pra eles no momento era limpar a cagada do Ledesma.

— Não sei se lhe interessa saber, doutor Medeiros — veio em socorro do doutor Átila o doutor Fragelli —, mas o doutor Ledesma, nos últimos tempos, andava muito estressado, o que resultou num infarto...

— Não, não sabia — disse por dizer, porque, na verdade, o que queria mesmo é que ele se fodesse.

— A coisa foi muito grave. Foi internado, lhe implantaram não sei quantas pontes de safena. E agora está se recuperando, mas não acreditamos que voltará à ativa — tornou a falar o assistente de delegado de classe especial, como se estivesse me censurando por ter ousado criticar o mala.

E o que que eu tinha a ver com a doença do doutor Ledesma? Com certeza não tinha nada a ver, mas eles faziam de tudo pra parecer que eu era culpado pela doença dele e que, por isso, era pra ficar na minha.

— Portanto — concluiu o doutor Átila com gravidade —, sugerimos que passe uma esponja nessa história. Seria uma covardia com um homem doente, acabado.

O único que não me disse nada a respeito daquela merda foi o doutor Azevedo, que me fitava sério, batucando os dedos sobre a mesa.

Pra encerrar a conversa de vez, pediram sigilo absoluto sobre a missão e sobre nossa conversa. Falaram de modo muito vago numa promoção, que eu sabia que não ia vir e pouco estava me importando com isso. Me comunicaram também que meu prontuário estava limpo, o mesmo acontecendo com minha ficha no Serasa. Ouvi aquilo com muita impaciência, porque não via a hora de me mandar de lá. Me levantei, pensando se valia a pena mandar aqueles delegados se foderem. Depois, achando que era perda de tempo, me despedi secamente e fui embora.

Ia deixando o prédio do DEIC quando me chamaram:

— Doutor Medeiros!

Me voltei: era o doutor Azevedo. Ele me alcançou e, estendendo a mão, disse abrindo um sorriso:

— Quero lhe dar os parabéns! Quer saber de minha opinião particular? O senhor se saiu espetacularmente!

Dei de ombros.

— Quanto ao Ledesma... — parecendo embaraçado, calou-se, pra então depois prosseguir: — Não me estranha que o senhor tenha ficado revoltado. Nesse aspecto, tenho que discordar dos meus colegas. O ato do Ledesma foi mesmo indigno. Por causa de um cavalo, colocar em risco a sua vida... Enfim, se quer saber da minha opinião, esse delegado é um pobre-diabo e, na escala humana, o senhor está muitos graus acima dele.

— Obrigado...

— E outra coisa. Acho que meus colegas, digamos, não foram convenientemente agradecidos ao senhor... Penso que merecia mesmo uma promoção. Mas, como têm medo de que a história vaze... De minha parte, o que eu puder fazer pelo senhor, esteja certo de que...

Cortei a fala dele:

— Obrigado. Mas se o senhor quer saber, isso pra mim não tem o menor valor. O importante é que consegui tirar a garota de lá.

Me apertou de novo a mão e disse, muito solene:

— São de homens como o senhor que precisamos na polícia, doutor Medeiros!

Bom, pelo menos tinha o consolo de ouvir aquilo. Ainda mais da boca de um delegado como o doutor Azevedo.

***

A reunião no DEIC aconteceu pela manhã. Depois de almoçar numa biboca qualquer na cidade, fui até o Detran pra ver se pegava meu Vectra de volta. Mas, como suspeitava, o carro estava depenado. Nem me dei o trabalho de procurar o revólver no porta-luvas: com certeza o tresoitão já era. Assinei uns papéis e disse pro responsável pelo estacionamento que pegava o carro mais tarde. Acenei pro velho companheiro. Desconfiando que não ia mais me ver, me fitou tristemente dos faróis quebrados, derrubando lágrimas de óleo no chão. Na avenida Vinte e Três de Maio tomei um táxi e fui até a casa do doutor Videira, na Granja Viana. Não me sentia nada à vontade de ir lá. Mas havia recebido quase uma intimação do doutor Fragelli e, assim, me resignei a ter mais uma conversa desagradável.

Quando entrei no escritório do doutor Videira, quase levei um choque com a aparência dele. Parecia ter perdido todo o vigor e a exuberância física. Estava muito magro, pálido e vestia um robe azul-marinho. Ao se levantar da poltrona de couro pra me cumprimentar, fez isso com certa dificuldade.

— Sente-se, por favor, doutor Medeiros — disse com uma voz cansada, apontando a cadeira diante da escrivaninha de madeira preta com tampo de vidro.

Sentei e ele também sentou. Reparei que, na parede, acima da poltrona de couro, havia um quadro de corpo inteiro da Claudinha, com seu jeito de garota sapeca, vestida de calça jeans e uma blusa bem curta, que deixava à mostra a linda barriguinha.

— Muito bem, doutor Medeiros... — voltou a falar, abrindo um sorriso. — Me desculpe fazer o senhor vir aqui, mas, como vê, não tenho lá muitas condições de me deslocar por aí. O vagabundo me aprontou uma boa...

Contou rapidamente que tinha corrido sério risco de morte, sendo obrigado a tirar parte do intestino. Havia perdido muito sangue, e os médicos disseram que a sobrevivência dele só se devia ao fato de ser fisicamente robusto.

— Quase passei dessa pra melhor. Ou pra pior, dependendo do ponto de vista.

Dei de ombros.

— Bom, pelo menos o senhor está aí, e o vagabundo que o atingiu, debaixo da terra...

— De fato, o senhor fez um bom serviço...

Em seguida, perguntou:

— O senhor bebe alguma coisa?

— Um uísque podia ser.

Chamou alguém pelo interfone. Pouco depois, uma mulher entrava com um carrinho cheio de garrafas, copos e um balde de gelo.

— Obrigado, dona Carmem.

O doutor Videira se levantou, caminhou lentamente até o carrinho e disse:

— Temos Chivas, Dimple, Ballantines... Mas quero lhe oferecer um Johnnie Walker Blue Scotch. Este daqui é um muito especial, Anniversary Bottle. Vamos ver o que acha.

Abriu a garrafa bacará e me serviu uma dose num copo. Olhou pra garrafa, balançou a cabeça, sorriu de um jeito maroto:

— Olha, estou expressamente proibido de beber. Mas uma gota não vai me matar. Não posso deixar de brindar com o senhor, depois do que aconteceu. Ainda mais com um uísque desses...

Serviu-se de uma boa dose do Johnnie Walker e foi se sentar.

— À sua saúde! — disse, erguendo o copo.

— À sua recuperação! — rebati.

Bebi um gole.

— É ótimo! — disse com entusiasmo, porque nunca tinha bebido um uísque daquele.

— Bom que tenha gostado.

O doutor Videira depositou o copo sobre a mesa e disse:

— Seria demais lhe pedir que me contasse como foi que conseguiu resgatar minha filha? O doutor Fragelli foi muito reservado no telefone.

Olhei bem pra cara do doutor Videira. O que devia lhe contar? Senti pena dele. Por isso dourei a pílula, falseando a história e dando a entender que a Claudinha tinha sido realmente sequestrada e que estava lá no quartel-general do Nenzinho contra a vontade. Omiti, é claro, os detalhes a respeito dos problemas que tinha me causado. Pareceu contente com a versão. Talvez não acreditasse nela, mas não demonstrou isso, como se fizesse um esforço muito grande pra acreditar no que lhe contava. Era a história que convinha ao orgulho dele. Continuei a falar, e os olhos do doutor Videira brilharam intensamente quando contei como tinha conseguido tirar a Claudinha do quartel-general do Nenzinho e, acima de tudo, quando falei da perseguição que sofri e do tiroteio na rodovia dos Imigrantes.

— Então foi o senhor mesmo que deu cabo do vagabundo?

— Foi, mas o pessoal do DEIC, e concordo com eles, acha melhor manter a versão do acerto de contas entre bandos rivais.

O doutor Videira bebeu um gole do uísque e disse:

— Pode ficar tranquilo que manterei essa versão.

Em seguida, completou com um sorriso:

— Sabe que o senhor é um homem admirável?

Era o segundo elogio que recebia naquele dia. Não demorava muito, ia pensar que estavam falando de outra pessoa.

— O senhor não sabe o quanto lhe sou grato — continuou, agora com a voz comovida. — Trazer minha filha de volta, livrar ela daquela corja... Essa menina vem me dando um baita dum trabalho, se metendo em confusão, e isso só podia dar no que deu. Mas agora está sã e salva, graças ao senhor. Espero que esse episódio tenha servido de lição pra minha filha.

Quanto a isso tinha minhas dúvidas. Logo, logo a pentelha aprontava outra. Como que ouvindo meu pensamento, disse:

— O senhor não calcula a falta que a mãe faz a ela... A Marina, bem, a Marina não foi uma amiga, nem um bom exemplo pra minha filha, muito pelo contrário, sinto dizer. Está é interessada nas coisas dela. E a menina cresceu assim solta. Muito por minha culpa, também devo acrescentar. Sempre fui de lhe fazer as vontades, nunca lhe neguei nada.

Olhou fixo pra mim e depois perguntou:

— O senhor tem filhos, doutor Medeiros?

— Não, esse pecado, pelo menos, não cometi.

O doutor Videira deu uma boa risada.

— Pois cometi o meu, mas não me arrependo — virou um pouco o corpo e fitou o quadro às suas costas. — Tenho uma verdadeira veneração por esse diabinho. Faria qualquer coisa por ela. E é aí que talvez esteja o problema. Um homem como eu, que vive grande parte do dia metido em negócios, não tem tempo pra criar convenientemente uma filha. Mas o que posso fazer? Quando a gente ama de fato alguém, ama incondicionalmente, mesmo sabendo que esse amor pode fazer um mal danado.

Ele se calou. O que podia dizer a ele, eu que não entendo nada de criação de filhos e também nem queria entender? O doutor Videira deu um suspiro.

— Desculpe chatear o senhor com essa conversa que talvez não lhe interesse. O importante é que quero que fique sabendo que sou seu devedor.

— O senhor não está me chateando e nem me deve nada.

— É a sua opinião, que respeito. De minha parte, ainda acho que me prestou um favor inestimável. E pra fazer isso, segundo me disseram, enfrentou terríveis dificuldades. Por isso, gostaria de lhe recompensar.

Antes que dissesse alguma coisa, pegou um talão de cheques, preencheu rapidamente uma folha e o empurrou na minha direção.

— Por favor, doutor Medeiros, me diga com sinceridade se é o suficiente. Pelos transtornos que teve, pelo grande favor que me fez.

Adiantei o corpo e dei uma espiada no cheque. Era uma quantia enorme, um dinheiro que talvez nunca viesse a ver de novo na vida. E oferecida pra mim assim, sem mais nem essa. Era só esticar a mão e pegar. Mas, em vez de fazer isso, empurrei o cheque de volta, na direção dele.

— Muito obrigado, mas não posso aceitar.

Parecendo desconcertado, me fitou com os olhos tristes.

— Mas eu queria recompensar o senhor! Não vou me sentir bem sabendo que sou seu devedor...

Então era uma questão de orgulho. Orgulho contra orgulho. Me levantei da cadeira.

— O senhor não me deve nada. Não cumpri mais do que a minha obrigação.

O doutor Videira estava petrificado. Talvez não conseguisse acreditar no que estava vendo: um pé-rapado que nem eu jogando pela janela meio milhão de reais.

— O senhor é um homem muito orgulhoso — disse a custo.

Dei de ombros.

— Sou o que sou.

Podia ter acrescentado umas frases babacas, tipo "ninguém me compra", "eu não tenho preço", mas ele não merecia ouvir uma coisa dessas. Não chegava carregar a cruz de ter uma filha pentelha que nem a Claudinha e ser casado com aquela pilantra que passeava em Paris, não dando a mínima se ele tivesse quase morrido? O olhar do doutor Videira, naquele momento, dizia exatamente isso. De novo senti uma pena muito grande dele. Tornei a sentar e disse:

— Bom, vamos lá, acho que a gente podia acertar umas tantas coisas. Pra resgatar a sua filha, tive uns pequenos prejuízos.

— Que tipo de prejuízos?

— Bem, na ação destruí meu carro e o do meu amigo, perdi minha arma, além de que meu parceiro me emprestou uma quantia em dinheiro pra cuidar de sua filha, enquanto estive escondido com ela.

O doutor Videira pegou uma folha de papel e uma caneta.

— Por favor, me diga então a marca, o modelo e o ano de fabricação dos carros, o tipo da arma e a quantidade de dinheiro.

— O meu carro era um Vectra 99, o do meu parceiro, uma perua Caravan C-14, o ano de fabricação, sinceramente, não sei. Quanto à arma, costumava usar um Taurus .38, cano curto.

— A quantia de dinheiro?

— Ah, uns quatrocentos reais.

Abriu a gaveta, pegou um maço de dinheiro, separou algumas notas e estendeu pra mim:

— Por favor, confira.

Enfiei o dinheiro no bolso sem conferir.

— Quanto aos carros e à arma, vou providenciar o mais depressa possível. Tem predileção por alguma cor?

— Tanto faz.

Me levantei, e ele também se levantou.

— Devo deduzir que o senhor está sem carro, não? Vou pedir a meu chofer que te leve de volta à cidade.

O doutor Videira me acompanhou até a saída. Na porta, antes que me despedisse, pôs a mão no meu ombro e disse, comovido:

— O senhor pode ter certeza de que encontrou um amigo. Se precisar de mim pra qualquer coisa, não hesite em me procurar.

Ao ouvir aquilo, desmanchei de vez meu juízo negativo sobre ele e procurei retribuir na mesma moeda:

— Quero dizer que a recíproca é verdadeira. Se precisar de mim de novo, também estou pronto pro que der e vier.

Saí da casa do doutor Videira mais aliviado. Um de meus grandes problemas estava resolvido: ressarcir o Bellochio. Já estava a ponto de ir a um banco pedir um financiamento pra devolver o dinheiro emprestado e comprar outra C-14 e um carrinho pra mim, talvez o mais barato do mercado, um Uno Mille. Ficar sem condução é que não podia ficar.

Voltei então pra minha rotina. As coisas no DP tinham mudado. O doutor Ledesma foi substituído pelo doutor Buari. Era um cara mais novo que o antigo delegado, mas já de todo careca, a não ser por uns fios de cabelo espetados no alto da cabeça. No dia em que foi apresentado pra gente, reuniu o pessoal e fez um discurso breve. O engraçado era que trocava os "erres" pelos "eles", dizendo esperar a "coopelação de todos — investigadoles, esclivães e demais funcionálios". O mesmo papo de sempre. Ou de "semple", como ele talvez tivesse que dizer.

— Não sendo um nó cego como o mala do Ledesma... — sussurrou o Bellochio ao meu ouvido.

Concordei no ato. Se ficasse na dele e não enchesse o saco da gente já estava muito bom.

— O doutor Ledesma é insubstituível — disse a Swellen, pra depois acrescentar: — E, falando no doutor Ledesma, quando é que a gente vai visitar ele?

— Swellen! — dissemos os dois ao mesmo tempo.

À noite, saí pra jantar com os parceiros. Fomos no Brasinha. A picanha estava especialmente boa, macia e sangrenta, e a cerveja, estupidamente gelada. Bebemos, comemos à farta, demos boas risadas. Quase meia-noite, a Sílvia, saindo de um plantão, veio encontrar a gente. Como era bom estar de novo junto com os amigos, sem a preocupação de cuidar de uma pentelha ou de tentar escapar do cerco de bandidos. A única nota desagradável da noite foi saber, pelo Bellochio, que corria na zona sul a notícia de que o Morganti tinha herdado o reino do Nenzinho. Eliminando os rivais, vinha reinando soberano e instalando o terror na região do Grajaú.

— É, nossa missão ficou incompleta — disse, balançando a cabeça. — A gente bem que podia ter metido umas balas no filho da puta.

— A vida dá as suas voltas, *partner* — comentou o Bellochio com a boca cheia. — Uma hora a gente cruza com esse corno...

***

Passaram-se uns três dias. Continuava a tentar pôr em ordem as minhas coisas. O apartamento estava na maior bagunça. Desconfiava que a neguinha não tinha vindo uma única vez pra limpar. Como estava com fome, deixava pra depois a arrumação. Desci pra comer meu bife com cebolas no Trás-os-Montes. Depois daqueles incidentes, era a primeira vez que entrava no boteco. Seu Felício, o negão da cozinha, o Maciel e o Genivaldo, o rapaz que servia no balcão, me fizeram a maior festa. Tive então que contar detalhes da minha missão, que eles ouviram de boca aberta. Acabei de falar e o português disse, balançando a cabeça e alisando a careca:

— Uns gajos por aí andavam a dizer que o senhor tinha virado bandido, mas nunca acreditei. Homens como o senhor não se vendem, não é, senhor doutor?

— Depende do preço — disse, bebendo um gole de uma cachaça especial de Pernambuco que ele havia reservado pra mim. — Se fosse por uma caninha como essa...

Passei o resto da tarde no boteco, bebendo, comendo e papeando. Quando voltei pra casa, já eram quase seis horas. Ao passar pelo hall do prédio, o porteiro me mostrou duas caixas sobre a mesa:

— Encomenda pro senhor.

Em seguida, me apontou um homem de gravata e grossos óculos de míope sentado numa cadeira do lado da mesa dele. Estava com uma cara de poucos amigos. Talvez pela longa espera.

— Ele o está aguardando desde as quatro, doutor — disse o Demerval com um tom de censura na voz.

— Pois não? — disse, me dirigindo ao homem.

— Doutor Medeiros, não é? — disse num tom profissional, se levantando e consultando uns papéis. — Tenho uma entrega pra lhe fazer e gostaria que assinasse o comprovante.

— Entrega? Entrega do quê?

— Tenho notas fiscais de um Vectra Elite e de uma Blazer Colina. O senhor não quer examinar os veículos antes de assinar?

Puta merda! O doutor Videira tinha agido rápido. Acompanhei o sujeito até a rua. E quase caí de costas quando vi um Vectra preto reluzindo junto do meio-fio. Cheguei mais perto. O homem abriu a porta e discorreu com a autoridade de um vendedor:

— É um modelo completo: motor 2.4, 16v. A Blazer, uma 2.4 MPF1, 4 × 2, embora não seja completa, também é um belo veículo.

Aquilo não era pro meu bico! Assinei os papéis e entrei no Vectra. Puta merda! Bancos de couro, câmbio automático e o caralho a quatro. Um luxo pra um investigador de merda que nem eu. Não demorava muito e o Vectra estava um lixo só, que eu não era de cuidar de carro. Liguei o motor, que ronronou feito um gatinho manso. Entrei na garagem e guardei o Vectra, depois meti a Blazer num estacionamento por perto. A perua azul-marinho, tinindo de nova, ia fazer as alegrias do parceiro. Subi pro apartamento levando as caixas. Só aí reparei que grudado numa delas tinha um envelope com um bilhete escrito a mão:

Caro amigo,

Espero que não se ofenda com o Vectra especial que estou lhe oferecendo. É uma pequena lembrança que não paga nem metade do enorme favor que me fez. Sinto uma grande admiração por você e fico feliz por ter me estendido a mão. Quanto à C-14, *não achei uma em boas condições e que inspirasse confiança. Espero que seu amigo também não se ofenda com a Blazer. Quanto à arma, tomei a liberdade de lhe oferecer uma de minha coleção particular. Se não gostar, sinceramente me diga, que terei prazer em trocar. Seguem junto com o revólver duas garrafas daquele uísque que experimentou em minha casa. Quando for beber, não se esqueça de erguer um brinde à nossa amizade. Um abraço fraterno.*

Luís Carlos

Abri a caixa menor e me deparei com um Colt .38, de quatro polegadas, oxidado, com cabo de madeira. Uma bela joia. Senti saudade do tresoitão velho de guerra, mas tinha certeza de que, com o Colt, não ia fazer feio.

Eram sete e pouco. Pensei se valia a pena sair. Bem que podia terminar a noite num inferninho da Major Sertório com uma garota jeitosa. Mas senti é vontade de ficar em casa, coçando o saco, coisa que não fazia há muito tempo. Decidindo isso, abri a outra caixa enviada pelo doutor Videira e peguei uma das garrafas do Johnnie Walker. Sabia que era um uísque muito especial, mas um dia como aquele era pra lá de especial. Finalmente, depois de muito atropelo, estava em paz e sem ninguém pra me encher o saco. Enchi um copo com gelo e uma boa dose do uísque. Pus um CD pra tocar e me deitei de comprido no sofá. As molas choraram um pouco, talvez porque tivessem se desacostumado com o meu corpo.

Nina Simone começou a cantar "Feeling good":

Birds flying high you know how I feel
Sun in the sky you know how I feeel
Breeze driftin' on by you know how I feeel

It's a new dawn
It's a new day
It's a new life
For me
And I'm feeling good

Ergui silenciosamente um brinde ao doutor Videira. Tomei um gole bem devagar, saboreando a bebida e pensando sobre a vida. Depois de tanta confusão, as coisas não tinham mudado muito. Estava sem mulher e minha conta no banco continuava no vermelho. Talvez se vendesse o Vectra... No DP, com certeza, o novo delegado não ia hesitar em me mandar mais serviço sujo. E sujeira era o que não faltava em São Paulo. Pela janela aberta, escutava o ruído das ratazanas se aproveitando das sombras, pra sair dos esgotos e impregnar tudo de imundície. Bebi outro gole e cheguei à conclusão de que, apesar dessa merda toda, a vida não era tão ruim assim. Sempre tinha a Nina Simone cantando "Feeling good" só pra mim, uma boa história do Marlowe, uma talagada de um uísque de primeira, um bife acebolado no Trás-os-Montes e uns dois ou três amigos do peito com quem podia beber e jogar conversa fora.

Este livro, composto na fonte Fairfield e
paginado por Luciana Inhan, foi impresso
em off-set 75g na gráfica Imprensa da Fé.
São Paulo, Brasil, inverno de 2009.